¿QUIÉN MATÓ
A PALOMINO MOLERO?

MARIO VARGAS LLOSA

¿QUIÉN MATÓ
A PALOMINO MOLERO?

Seix Barral **Biblioteca Breve**

Cubierta: Gianni Sennacheribbo

Primera edición: abril 1986
Segunda edición: mayo 1986
Tercera edición: junio 1986
Cuarta edición: julio 1986
Quinta edición: septiembre 1986
Sexta edición: noviembre 1986
Séptima edición: septiembre 1987
Octava edición: marzo 1988
Novena edición: junio 1989
Décima edición: febrero 1990
Decimoprimera edición: diciembre 1990
Decimosegunda edición: noviembre 1991
Decimotercera edición: octubre 1992

ISBN: 84-322-0542-7

Depósito legal: B. 36.167 - 1992

Impreso en España

1992. — Romanyà/Valls. Verdaguer, 1
Capellades (Barcelona)

A José Miguel Oviedo

I

—Jijunagrandísimas —balbuceó Lituma, sintiendo que iba a vomitar—. Cómo te dejaron, flaquito.

El muchacho estaba a la vez ahorcado y ensartado en el viejo algarrobo, en una postura tan absurda que más parecía un espantapájaros o un Ño Carnavalón despatarrado que un cadáver. Antes o después de matarlo lo habían hecho trizas, con un ensañamiento sin límites: tenía la nariz y la boca rajadas, coágulos de sangre reseca, moretones y desgarrones, quemaduras de cigarrillo, y, como si no fuera bastante, Lituma comprendió que también habían tratado de caparlo, porque los huevos le colgaban hasta la entrepierna. Estaba descalzo, desnudo de la cintura para abajo, con una camisita hecha jirones. Era joven, delgado, morenito y huesudo. En el dédalo de moscas que revoloteaban alrededor de su cara relucían sus pelos, negros y ensortijados. Las cabras del churre remoloneaban en torno, escarbando los pedruscos del descampado en busca de alimentos y a Lituma se le ocurrió que en cualquier momento empezarían a mordisquear los pies del cadáver.

—¿Quién carajo hizo esto? —balbuceó, conteniendo la náusea.

—Yo qué sé —dijo el churre—. Por qué me carajea a mí, qué culpa tengo. Agradezca que fuera a avisarle.

—No te carajeo a ti, churre —murmuró Lituma—. Carajeo porque parece mentira que haya en el mundo gente tan perversa.

El churre debió llevarse el susto de su vida esa mañana, al pasar con sus cabras por este pedregal y toparse con semejante espectáculo. Se había portado como un ciudadano ejemplar, el churre. Dejó al rebaño pastando piedras junto al cadáver y corrió a Talara a dar parte a la Comisaría. Tenía mérito porque Talara estaba lo menos a una hora de caminata desde aquí. Lituma recordó su carita sudada y su voz de escándalo cuando se apareció en la puerta del Puesto:

—Han matado a un tipo, allá, en el camino a Lobitos. Si quieren, los llevo, pero ya mismo. Dejé sueltas las cabras y me las pueden robar.

No le habían robado ninguna, felizmente; al llegar, en medio del sacudón que fue para él ver el estado del muerto, el guardia había entrevisto al chiquillo contando el rebaño con sus dedos y lo oyó suspirar, aliviado: «Todititas.»

—Pero por la Santísima Virgen —exclamó el taxista, a su espalda—. Pero, pero, qué es esto.

En el trayecto, el churre les había descrito más o menos lo que verían, pero una cosa era imaginárselo y otra verlo y olerlo. Porque también apestaba feísimo. No era para menos, con ese sol que parecía taladrar piedras y cráneos. Se estaría descomponiendo a toda carrera.

—¿Me ayuda a descolgarlo, Don? —dijo Lituma.

—Qué remedio —gruñó el taxista, santiguándose. Lanzó un escupitajo hacia el algarrobo—. Si me hubieran dicho para qué iba a servir el Ford, no me lo compraba ni de a vainas. Usted y el Teniente abusan porque me creen muy manso.

Don Jerónimo era el único taxista de Talara. Su viejo carromato, negro y grande como una carroza funeraria, podía incluso pasar cuantas veces quisiera la reja que separaba al pueblo de la zona reservada donde estaban las oficinas y las casas de los gringos de la International Petroleum Company. El Teniente Silva y Lituma utilizaban el taxi cada vez que debían hacer un desplazamiento demasiado largo para los caballos y la bicicleta, únicos medios de transporte del Puesto de la Guardia Civil. El taxista gruñía y protestaba cada vez que lo llamaban, diciendo que lo hacían perder plata, a pesar de que en estos casos el Teniente le pagaba la gasolina.

—Espere, Don Jerónimo, ahora me acuerdo —dijo Lituma, cuando ya iban a coger al muerto—. No podemos tocarlo hasta que venga el Juez y haga el reconocimiento.

—Esa vaina quiere decir que voy a tener que hacer el viajecito otra vez —carraspeó el viejo—. Le advierto que el Juez me paga la carrera o se busca otro cacaseno.

Y, casi en el acto, se dio un golpecito en la frente. Abriendo mucho los ojos, acercó la cara al cadáver.

—¡Pero si a éste lo conozco! —exclamó.

—¿Quién es?

—Uno de esos avioneros que trajeron a la Base Aérea con la última leva —se animó la expresión del viejo—. Él es. El piuranito que cantaba boleros.

II

—¿Cantaba boleros? Entonces, tiene que ser el que te dije, primo —aseguró el Mono.

—Es —asintió Lituma—. Lo averiguamos y es. Palomino Molero, de Castilla. Sólo que eso no resuelve el misterio de quién lo mató.

Estaban en el barcito de la Chunga, en las vecindades del Estadio, donde debía haber un match de box porque hasta ellos llegaban, clarito, los gritos de los hinchas. El guardia había venido a Piura aprovechando su día franco; un camionero de la International lo había traído en la mañana y lo regresaría a Talara a medianoche. Siempre que venía a Piura, mataba el tiempo con sus primos León —José y el Mono— y con Josefino, un amigo del barrio de La Gallinacera. Lituma y los León eran de La Mangachería y había una rivalidad tremenda entre mangaches y gallinazos, pero la amistad entre los cuatro había superado esa barrera. Eran uña y carne, tenían su himno y se llamaban a sí mismos los inconquistables.

—Resuélvelo y te ascenderán a general, Lituma —hizo una morisqueta el Mono.

—Va a estar difícil. Nadie sabe nada, nadie ha visto nada, y, lo peor de todo, la autoridad no colabora.

—¿Acaso la autoridad allá en Talara no es usted, compadre? —se sorprendió Josefino.

—El Teniente Silva y yo somos la autoridad policial. La que no coopera es la Aviación. Y como el flaquito era avionero, si ellos no cooperan, quién carajo va a cooperar. —Lituma sopló la espuma de su vaso y bebió un trago de cerveza abriendo la boca como un cocodrilo—. Jijunagranputas. Si ustedes hubieran visto cómo lo dejaron, no estarían tan felices, planeando ir al burdel. Y entenderían que yo no pueda pensar en otra cosa.

—Entendemos —dijo Josefino—. Pero aburre pasárselas hablando de un cadáver. No jodas más con tu muertito, Lituma.

—Eso te pasa por meterte de cachaco —dijo José—. Trabajar es enroncharse. Y, además, tú no sirves para eso. Un cachaco debe tener corazón de piedra, ser un conchesumadre si hace falta. Tú eres un sentimental de mierda, más bien.

—Es verdad, lo soy —admitió Lituma, abatido—. No puedo quitarme al flaquito de la cabeza. Tengo pesadillas, me parece que me jalan los huevos como a él. Pobrecito: los tenía hasta las rodillas y aplastados como huevos fritos.

—¿Se los tocaste, primo? —se rió el Mono.

—A propósito de huevos, ¿el Teniente Silva se tiró ya a la gorda? —preguntó José.

—Ese polvo nos tiene a todos en pindingas —añadió Josefino—. ¿Ya se la tiró?

—Al paso que va, se morirá sin tirársela —suspiró Lituma.

José se levantó de la mesa:

—Bueno, vámonos al cine a hacer tiempo, porque antes de medianoche el bulín es un velorio. En el Variedades dan una de charros, con Rosita Quintana. El cachaco invita, por supuesto.

—No tengo plata ni para esta cerveza —dijo Lituma—. ¿Me vas a fiar, no, Chunguita?

—Que te fíe la que ya sabes —repuso la Chunga, desde el mostrador, con aire aburrido.

—Me imaginaba lo que me ibas a contestar —dijo Lituma—. Lo hacía por fregarte, nomás.

—Anda a fregar a la que ya sabes —bostezó la Chunga.

—Dos a cero —hizo una morisqueta el Mono—. Gana la Chunga.

—No te calientes, Chunguita —dijo Lituma—. Aquí tienes lo que te debo. Y no te metas con mi mamacita, que la pobre está muerta y enterrada en Simbilá.

La Chunga, mujer alta y desabrida, sin edad, cogió los billetes, los contó y le dio el vuelto cuando el guardia, los León y Josefino ya salían.

—Una pregunta, Chunguita —la desafió Josefino—. ¿Ningún cliente te ha roto una botella en la cabeza por contestar como contestas?

—De cuándo acá tan curioso —repuso la Chunga, sin dignarse mirarlo.

—Pues un día alguien te la va a romper, por ser tan simpática.

—Apuesto que no serás tú —bostezó la Chunga, acomodada de nuevo en el mostrador, una fila de barriles con un tablón encima.

Los cuatro inconquistables cruzaron el arenal hasta la carretera, pasaron frente al Club de los blanquitos de Piura y caminaron en dirección al Monumento a Grau. La noche estaba tibia, quieta y con muchas estrellas. Olía a algarrobos, a cabras, a caca de piajeno, a fritura, y Lituma, sin poder quitarse de la cabeza la imagen de Palomino Molero ensartado y despedazado, se preguntó si se arrepentía de haberse hecho cachaco y de no vivir ya en la bohemia de un inconquistable. No, no se arrepentía. Aunque fuera jodido trabajar, ahora comía todos los días y su vida estaba libre de la incertidumbre de antes. José, el Mono y Josefino silbaban un vals, haciendo contrapunto, y él trataba de imaginar el acento arrullador y la melodía envolvente con que, según todos, cantaba boleros el flaquito. En la puerta del Variedades se despidió de sus primos y de Josefino. Les mintió: el camionero de la International regresaría a Talara más temprano que otras veces y no quería quedarse sin movilidad. Trataron de sablearle unos soles, pero no les aflojó ni medio.

Echó a andar hacia la Plaza de Armas. En

el trayecto, divisó en una esquina al poeta Joaquín Ramos, de monóculo, tirando a la cabra a la que llamaba su gacela. La Plaza estaba llena de gente, como si fuera a haber retreta. Lituma no prestó atención a los transeúntes y, de prisa, como quien va a una cita de amor, cruzó el Viejo Puente hacia Castilla. La idea había tomado cuerpo mientras bebía cerveza donde la Chunga. ¿Y si la señora no estaba? ¿Y si, para olvidar su desgracia, se había mudado a otra ciudad?

Pero encontró a la mujer en la puerta de su casa, sentada en un banquito, tomando el fresco de la noche mientras desgranaba unas mazorcas en una batea. Por la puerta abierta de la casita de barro se veía, en la habitación iluminada por una lámpara de querosene, el escaso mobiliario: sillas de paja, algunas desfondadas, una mesa, unos porongos, un cajón que debía hacer las veces de aparador, y una foto coloreada. «El flaquito», pensó.

—Buenas —dijo, deteniéndose frente a la mujer. Advirtió que estaba descalza y con el mismo vestido negro que tenía esa mañana, en la Comisaría de Talara.

Ella murmuró «Buenas noches» y lo miró sin reconocerlo. Unos perros escuálidos se olisqueaban y gruñían alrededor. A lo lejos, había un bordoneo de guitarras.

—¿Podría conversar un ratito con usted, Doña Asunta? —preguntó, con voz respetuosa—. Sobre su hijito Palomino.

En la media penumbra, Lituma alcanzó a ver la cara surcada de arrugas y sus ojitos

13

casi cubiertos por los abultados párpados, escudriñándolo con desconfianza. ¿Habría tenido así los ojos siempre o se le hincharían en los últimos días de tanto llorar?

—¿No me reconoce? Soy el guardia Lituma, del Puesto de Talara. El que estaba allá cuando el Teniente Silva le tomó la declaración.

La señora se persignó, gruñendo algo incomprensible, y Lituma la vio ponerse de pie, trabajosamente. Entró a la casa arrastrando la batea llena de granos de maíz y el banquito. La siguió, y, apenas estuvo bajo techo, se quitó la gorra. Lo impresionaba pensar que éste había sido el hogar del flaquito. Lo que estaba haciendo no era una diligencia ordenada por su superior sino una iniciativa propia; con tal que no le trajera dolores de cabeza.

—¿La encontraron? —musitó la mujer, con la misma voz temblorosa que en Talara, mientras hacía la declaración. Se dejó caer en una silla y como Lituma la miraba sin comprender, alzó la voz—: La guitarra de mi hijo. ¿La encontraron?

—Todavía no —dijo Lituma, recordando. La señora Asunta había insistido muchísimo, mientras hipaba y respondía a las preguntas del Teniente Silva, en que le entregaran la guitarra del flaquito. Pero, después que la señora partió, ni él ni el Teniente se acordaron del asunto—. No se preocupe. Tarde o temprano la encontraremos y se la traeré personalmente.

Ella volvió a santiguarse y a Lituma le pareció que lo exorcizaba. «Le recuerdo su desgracia», pensó.

—Él quiso dejarla aquí y yo le dije llévatela, llévatela —la oyó salmodiar, con su boca en la que apenas sobrevivía uno que otro diente—. No, mamacita, en la Base no tendré tiempo de tocar, no sé si habrá un ropero para guardarla. Que se quede aquí, tocaré cuando venga a Piura. No, no, hijito, llévatela, para que te entretengas, para que te acompañes cuando cantes. No te prives de tu guitarra que te gusta tanto, Palomino. Ay, ay, ay, pobre mi hijito.

Arrancó a llorar y Lituma lamentó haber venido a traer malos recuerdos a la mujer. Balbuceó algunas palabras de consuelo, rascándose el pescuezo. Para hacer algo, se sentó. Sí, la fotografía era de él, haciendo su primera comunión. Contempló largo rato la carita alargada y angulosa del niño moreno, con el pelo bien asentado, vestido de blanco, un cirio en la mano derecha, un misal en la izquierda y un escapulario en el pecho. El fotógrafo le había enrojecido las mejillas y los labios. Un churre enclenque, de carita arrobada, como si estuviera viendo al Niño-Dios.

—Ya en esa época cantaba lindísimo —gimoteó Doña Asunta, señalando la fotografía—. El Padre García lo hacía cantar en el coro a él solito y en la misma misa lo aplaudían.

—Todos dicen que tenía una voz regia —comentó Lituma—. Que hubiera sido un artista, uno de esos que cantan por la radio y hacen giras. Todos lo dicen. Los artistas no deberían hacer servicio militar, deberían estar exceptuados.

—Palomino no tenía que hacer el servicio militar —dijo la señora Asunta—. Estaba exceptuado.

Lituma le buscó los ojos. La señora se santiguó y se puso a llorar de nuevo. Mientras la oía llorar, Lituma observaba los insectos que revoloteaban en torno a la lámpara. Eran decenas, se precipitaban zumbando contra el vidrio una y otra vez, tratando de alcanzar la llama. Querían suicidarse, los brutos.

—El brujo ha dicho que cuando la encuentren, los encontrarán a ellos —gimoteó Doña Asunta—. Los que tienen su guitarra son los que lo mataron. ¡Asesinos! ¡Asesinos!

Lituma asintió. Tenía ganas de fumar, pero, prender un cigarro, ante el dolor de esta señora, le parecía una irreverencia.

—¿Su hijito estaba exceptuado del servicio militar? —preguntó tímidamente.

—Hijo único de madre viuda —recitó Doña Asunta—. Palomino era el único porque los otros dos se me murieron. Es la ley.

—Es verdad, se cometen muchos abusos —Lituma volvió a rascarse el cuello, convencido de que iba a recomenzar el llanto—. ¿O sea que no tenían derecho a levarlo? Qué atropello. Si no lo levan, estaría vivo, seguro.

Doña Asunta negó, mientras se secaba los ojos con el ruedo de la falda. A lo lejos seguía oyéndose el bordoneo de guitarra y a Lituma le vino la fantástica idea de que quien tocaba, allá en la oscuridad, acaso a la orilla del río, mirando la luna, era el flaquito.

—No lo levaron, fue de voluntario —gimoteó Doña Asunta—. Nadie lo obligó. Se hizo avionero porque quiso. Él mismo buscó su desgracia.

Lituma se la quedó observando, en silencio. Era una mujer bajita, sus pies descalzos apenas rozaban el suelo.

—Tomó su ómnibus, se fue a Talara, se presentó en la Base y dijo que quería hacer su servicio militar en la Aviación. ¡Pobrecito! Buscó su muerte, señor. Él solito, él solito. ¡Pobre Palomino!

—¿Y por qué no le contó eso al Teniente Silva, allá en Talara? —dijo Lituma.

—¿Acaso me preguntó? Yo contesté todo lo que me preguntaron.

Era cierto. Si Palomino tenía enemigos, si lo habían amenazado, si lo había oído discutir o pelearse con alguien, si sabía de alguno que tuviera motivo para querer hacerle daño, si le había dicho que pensaba escaparse de la Base. La señora respondió dócilmente a todas las preguntas: no, nadie, nunca. Pero, era verdad, al Teniente no se le había ocurrido preguntarle si el flaquito entró al servicio porque salió sorteado o como voluntario.

—¿O sea que le gustaba la vida militar? —se asombró Lituma. La idea que se había hecho del cantante de boleros era, pues, falsa.

—Eso es lo que no entiendo —sollozó Doña Asunta—. ¿Por qué has hecho eso, hijito? ¿Tú de avionero? ¡Tú, tú! ¿Y allá, en Talara? Los aviones se caen, ¿quieres matarme a sustos? Cómo has podido hacer una cosa así, sin consultarme. Porque si te consultaba me hubieras dicho que no, mamacita. Pero entonces por qué, Palomino. Porque necesito irme a Talara. Porque es de vida o muerte, mamacita.

«Más bien de muerte», pensó Lituma.

—¿Y por qué era de vida o muerte para su hijito irse a Talara, señora?

—Eso es lo que nunca supe —se santiguó por cuarta o quinta vez doña Asunta—. No me lo quiso decir y se ha llevado su secreto al cielo. ¡Ay, ay! ¿Por qué me hiciste esto, Palomino?

Una cabrita parda, con pintas blancas, había metido la cabeza en la habitación y miraba a la mujer con sus ojos grandes y piadosos. Una sombra se la llevó, tirando de la soga que la sujetaba.

—Se arrepentiría al poco tiempo de enrolarse —fantaseó Lituma—. Cuando descubrió que la vida militar no era pan comido y hembritas para regalar, como tal vez se creyó. Sino algo muy, muy fregado. Por eso desertaría. Eso, al menos, lo entiendo. Lo que no se comprende es por qué lo mataron. Y de esa manera tan bárbara.

Había pensado en voz alta, pero Doña Asunta no parecía haberlo advertido. O sea que se enroló para salir de Piura, porque eso era para él de vida o muerte. Alguien lo habría amenazado aquí en la ciudad y pensó que estaría seguro en Talara, en el interior de una Base Aérea. Pero no pudo resistir la vida militar y desertó. Aquel o aquellos de quienes huía lo encontraron y lo mataron. ¿Pero por qué así? Hay que estar locos o ser monstruos para torturar de ese modo a un muchacho que apenas había dejado de ser churre. Muchos se metían al Ejército por penas de amor, también. Pudo ser por una decepción amorosa, tal vez. Estaría muy enamorado de una chica que le dio calabazas, o lo engañó, y, amargado, decidió irse lejos. ¿Adónde? A Talara. ¿Cómo? Metiéndose de avionero. Le parecía posible y a la vez imposible. Volvió a rascarse el cuello, nervioso.

—¿A qué ha venido usted a mi casa? —lo encaró de pronto Doña Asunta, con brusquedad.

Se sintió en una posición falsa. ¿A qué había venido, pues? A nada, por pura curiosidad malsana.

—A saber si usted podía darme alguna pista —balbuceó.

Doña Asunta lo miraba disgustada y el guardia pensó: «Se ha dado cuenta que le miento.»

—¿Ya no me tuvieron como tres horas allá, diciéndoles lo que sabía? —murmuró, adolorida—. Qué más quieren. Qué más, qué más. ¿Creen que yo sé acaso quién mató a mi hijo?

—No se moleste, señora —se excusó Lituma—. No quiero incomodarla, ya me voy. Muchas gracias por recibirme. Le avisaremos, cualquier cosa.

Se puso de pie, murmuró «Buenas noches» y salió, sin darle la mano, porque temió que Doña Asunta se la dejara extendida. Se puso el quepis de cualquier modo. A los pocos trancos que dio por la terrosa callecita de Castilla, bajo las estrellas nítidas e incontables, se serenó. Ya no se oía la remota guitarra; sólo voces hirientes de chiquillos, peleándose o jugando, el parloteo de las familias que departían a las puertas de sus casas y algunos ladridos. ¿Qué te pasa?, pensó. ¿Por qué estás tan saltón? Pobre flaquito. No volvería a ser el mangache de antes, hasta que no entendiera cómo podía haber en el mundo gentes tan malvadas. Sobre todo que, por donde se le diera la vuelta, la víctima parecía haber sido un churre buena gente, incapaz de hacer daño a una mosca.

Llegó al Viejo Puente y, en lugar de cruzarlo, para volver a la ciudad, entró en el Ríobar, erigido con maderas sobre la misma estructura del antiquísimo puente que unía las dos orillas del río Piura. Sentía la garganta áspera como una lija. El Ríobar estaba vacío.

Apenas se sentó en el taburete, se le acercó Moisés, el dueño y cantinero, de largas orejas acampanadas. Le decían Dumbo.

—No me acostumbro a verte de uniforme, Lituma —se burló, alcanzándole un jugo de lúcuma—. Me pareces disfrazado. ¿Y los inconquistables?

—Se fueron a ver una de charros —dijo Lituma, bebiendo con avidez—. Yo tengo que regresar a Talara ahorita mismo.

—Qué jodido lo de Palomino Molero —dijo Moisés, ofreciéndole un cigarrillo—. ¿Cierto que le cortaron los huevos?

—No se los cortaron, se los descolgaron de un jalón —murmuró Lituma, disgustado. Era lo primero que todos querían saber. Ahora también Moisés se pondría a hacer bromas con los huevos del flaquito.

—Bueno, es lo mismo —Dumbo movió las enormes orejas como si fueran las alas de un gran insecto. Era también narigón y de barbilla protuberante. Todo un fenómeno.

—¿Tú conociste a ese muchacho? —preguntó Lituma.

—Y tú también, estoy seguro. ¿No te acuerdas de él? Los blanquitos lo contrataban para dar serenatas. Lo hacían cantar en fiestas, en la procesión, en el Club Grau. Cantaba como un Leo Marini, te juro. Tienes que haberlo conocido, Lituma.

—Todos me lo dicen. Los León y Josefino cuentan que estábamos juntos una noche que lo hicieron cantar donde la Chunga. Pero yo no me acuerdo.

Entrecerró los ojos y, una vez más, pasó revista a esa serie de noches, tan parecidas, alrededor de una mesita de madera erizada de botellas, con humo que hacía arder los ojos, olor a alcohol, voces de borrachos, siluetas confusas y cuerdas de guitarra entonando valses y tonderos. ¿Distinguía, de pronto, en la turbamulta de esas noches la voz juvenil, templadita, acariciadora, que empujaba a bailar, a abrazar a una mujer, a susurrarle cosas bonitas? No, no aparecía en su memoria por ninguna parte. Sus primos y Josefino se equivocaban. Él no estaba ahí, él no había oído cantar jamás a Palomino Molero.

—¿Averiguaron quiénes son los asesinos? —dijo Moisés, echando humo por la nariz y la boca.

—Todavía —dijo el guardia—. ¿Tú eras amigo de él?

—Venía a veces a tomarse un jugo —repuso Moisés—. No es que fuéramos grandes amigos. Pero conversábamos.

—¿Era alegre, conversador? ¿O más bien seriote y antipático?

—Callado y timidón —dijo Moisés—. Un romántico, una especie de poeta. Lástima que lo levaran, debió sufrir con la disciplina del cuartel.

—No lo levaron, estaba exceptuado del servicio —dijo Lituma, saboreando las últimas gotas del jugo de lúcuma—. Se presentó voluntario. Su madre no lo entiende. Y yo tampoco.

—Ésas son las cosas que hacen los amantes desengañados —movió las orejas Dumbo.

—Es lo que pienso yo también —asintió Lituma—. Pero eso no aclara quiénes lo mataron ni por qué.

Un grupo de hombres entró en el Ríobar y Moisés fue a atenderlos. Era hora de ir a buscar al camionero de la International que lo regresaría a Talara, pero sentía una gran flojera. No se movió. Veía al flaquito afinando la guitarra, lo veía en la penumbra de las calles donde vivían los blancos de Piura, al pie de las rejas y de los balcones de sus novias y enamoradas, hechizándolas con su linda voz. Lo veía, luego, recibiendo las propinas que le daban por la serenata. ¿Se habría comprado la guitarra juntando esas propinas a lo largo de muchos meses? ¿Por qué era de vida o muerte para él irse de Piura?

—Ahora me acuerdo que sí —dijo Moisés, abanicando con furia las orejas.

—¿Que sí, qué? —Lituma puso sobre el mostrador el dinero por el jugo de lúcuma.

—Que estaba enamorado hasta las cachas. A mí me contó algo. Un amor imposible. Me dijo eso.

—¿Alguna mujer casada?

—¡Qué sé yo, Lituma! Hay muchos amores imposibles. Enamorarse de una monja, por ejemplo. Pero me acuerdo clarito que una vez le oí decir eso. ¿Por qué traes la cara tan amarga, flaco cantor? Porque estoy enamorado, Moisés, y mi amor es imposible. Por eso se metió de avionero, entonces.

—¿No te dijo por qué era imposible su amor? ¿Ni quién era ella?

Moisés negó con la cabeza y las orejas al mismo tiempo:

—Sólo que la veía a escondidas. Y que le

23

daba serenatas, de lejos, por las noches.

—Ya veo —dijo Lituma. Imaginó al flaquito huyendo de Piura por temor a un marido celoso que lo había amenazado de muerte. «Si supiéramos de quién estaba enamorado, por qué su amor era imposible, nos ayudaría mucho.» Tal vez la ferocidad con que lo habían maltratado tenía esa explicación: la rabia de un marido celoso.

—Si eso te ayuda, puedo decirte que su amorcito vivía por el aeropuerto —añadió Moisés.

—¿Por el aeropuerto?

—Una noche estábamos conversando aquí, Palomino Molero sentado donde tú estás. Oyó que un amigo mío se iba a Chiclayo y le preguntó si podía jalarlo hasta el aeropuerto. ¿Y qué vas a hacer en el aeropuerto a estas horas, flaco cantor? «Voy a darle una serenata a mi amorcito, Moisés.» O sea que ella vivía por ahí.

—Pero por allá no vive nadie, allá sólo hay arena y algarrobos, Moisés.

—Piensa un poco, Lituma —agitó las orejas Dumbo—. Busca, busca.

—De veras —se rascó el pescuezo el guardia—. Ahí, al ladito, está la Base Aérea, las casas de los aviadores.

III

—Sí, sí, las casas de los aviadores —repitió el Teniente Silva—. Es una pista. Ahora el puta no podrá decir que vamos a hacerle perder tiempo.

Pero Lituma se dio cuenta que el Teniente, aunque le seguía la conversación y hablaba de la cita con el jefe de la Base Aérea, tenía cuerpo y alma concentrados en el revoloteo de Doña Adriana, que barría la fonda. Sus movimientos, rápidos y despercudidos, levantaban a veces el ruedo de la falda por sobre sus rodillas, dejando entrever el muslo grueso y aguerrido, y, cuando se inclinaba a recoger la basura, descubrían el comienzo de sus pechos, sueltos y altaneros bajo el ligero vestido de percala. Los ojitos del oficial no perdían un movimiento de la dueña de la fondita y brillaban con luz codiciosa. ¿Por qué Doña Adriana lo ponía tan arrecho al Teniente Silva? Lituma no lo entendía. El Teniente era blanquiñoso, joven y pintón, con un bigotito rubio y unos anteojos de sol que se quitaba rara vez; a cualquier chica talareña se la hubiera metido al bolsillo. Pero a él sólo le interesaba Doña Adriana. Se lo había confesado a Lituma: «Esta gorda me tiene con garrotillo, carajo.» ¿Quién lo entendería? Tenía años como para ser su madre, lucía canas entre los pelos lacios, y, además, era una gorda con redondeces por todas partes, una de esas que llamaban «cintura de llanta». Estaba casada con Matías, un pescador que pescaba de noche y dormía de día. La trastienda de la fonda era su hogar. Tenían varios hijos, ya grandes, que vivían por su cuenta y dos de ellos trabajaban como obreros de la International Petroleum Company.

—Si sigue mirando así a Doña Adriana se le van a gastar los ojos, mi Teniente. Póngase los anteojos, siquiera.

—Es que cada día está más buena moza —murmuró el Teniente, sin apartar la vista de las maromas de la escoba de Doña Adriana. Se frotó el anillo dorado del anular contra el pantalón y añadió—: No sé qué hace, pero la verdad es que cada día está más rica y más hembra.

Habían tomado un tazón de leche de cabra y un sandwich de queso mantecoso mientras esperaban al taxista. El Coronel Mindreau les había dicho a las ocho y media. Eran los únicos parroquianos de la fondita, una débil armazón de cañas, esteras y calaminas, con estanterías llenas de botellas, cajas y latas, unas mesitas chuecas y, en un rincón, el primus donde Doña Adriana cocinaba para sus pensionistas. Por una abertura en la pared, sin puerta, se veía, al fondo, el cuartito donde dormía Matías, después de la noche en altamar.

—No sabe las flores que le ha estado echando el Teniente mientras usted barría, Doña Adriana —dijo Lituma, con sonrisa melosa. La dueña de la fonda regresaba cadereando, la escoba en alto—. Dice que, a pesar de sus años y sus quilitos, es usted la mujer más tentadora de Talara.

—Lo digo porque lo creo —susurró el Teniente Silva, poniendo cara de conquistador—. Y, además, es la verdad. La Doña lo sabe de sobra.

—En vez de esas majaderías con una madre de familia, dígale a ese Teniente que haga su trabajo —suspiró Doña Adriana, sentándose en un banquito, junto al mostrador, y poniendo cara de pésame—. Dígale que, en vez de estar fastidiando a señoras casadas, busque a los asesinos de ese muchacho.

—Si los encuentro ¿qué? —El Teniente chasqueó la lengua con obscenidad—. ¿Me premiará con una nochecita? Por ese premio los encuentro y se los pongo esposados a sus pies, le juro.

«Lo dice como si la tuviera al palo», pensó Lituma. Se había estado divirtiendo con los juegos del Teniente, pero se acordó del flaquito y se le acabó la diversión. Si ese malagracia del Coronel Mindreau cooperara, sería más fácil. Si él, que debía tener informaciones, antecedentes, que podía interrogar al personal de la Base, quisiera meter el hombro, alguna pista aparecería y echarían mano a esos conchas de su madre. Pero el Coronel Mindreau era un egoísta. ¿Por qué se negaba a ayudarlos? Porque los aviadores se creían unos príncipes de sangre azul. A la Guardia Civil la choleaban y miraban por sobre el hombro.

—Suelte, so atrevido, o despierto a Matías —se enfureció Doña Adriana, jaloneando. Le había alcanzado una cajetilla de Inca al Teniente Silva y éste le tenía cogida la mano—. Vaya a sobar a su sirvienta, so fresco, no a una madre de familia.

El Teniente la soltó, para prender su cigarrillo, y a Doña Adriana se le fue el enojo. Siempre era así: se ponía como un fosforito con los piropos y las manos largas, pero, en el fondo, a lo mejor hasta le gustaba. «Todas son un poco putas», pensó Lituma, deprimido.

—En el pueblo no se habla de otra cosa —dijo Doña Adriana—. Yo vivo aquí desde que nací y nunca jamás, en todos los años que tengo, se ha visto en Talara matar a nadie con esa maldad. Aquí la gente se mata como Dios manda, peleando de iguales, de hombre a hombre. Pero así, crucificando, torturando, jamás de la vida. Y ustedes no hacen nada, qué vergüenza.

—Estamos haciendo, mamacita —dijo el Teniente Silva—. Pero el Coronel Mindreau no nos ayuda. No me deja interrogar a los compañeros de Palomino Molero. Ellos tienen que saber algo. Andamos perdidos por su culpa. Pero la verdad se descubrirá, tarde o temprano.

—Pobre la madre de ese muchacho —suspiró Doña Adriana—. El Coronel Mindreau se cree el rey de Roma, basta verlo cuando viene al pueblo con su hija del brazo. Ni saluda ni mira. Y ella es peor todavía. ¡Qué humos!

No eran aún las ocho y ya el sol quemaba. Rayos dorados atravesaban las esteras y se filtraban por las junturas de las cañas y las calaminas. La fonda parecía alanceada por esas jabalinas luminosas en las que flotaban corpúsculos de polvo y revoloteaban decenas de moscas. No había mucha gente en la calle. Lituma podía oír, bajito, la rompiente de las olas y el murmurar de la resaca. El mar estaba cerquita y su olor impregnaba el aire. Era un olor rico, que hacía bien, pero tramposo, pues sugería playas acicaladas, de aguas transparentes, y el mar de Talara andaba siempre impregnado de residuos de petróleo y de las suciedades de los barcos del puerto.

—Dice Matías que el muchacho tenía una voz divina, que era un artista —exclamó Doña Adriana.

—¿Don Matías conocía a Palomino Molero? —preguntó el Teniente.

—Lo oyó cantar un par de noches, mientras preparaba las redes —dijo Doña Adriana.

El viejo Matías Querecotillo y sus dos ayudantes se hallaban cargando las redes y el cebo en El León de Talara, cuando, de repente, los distrajo el bordoneo de una guitarra. La luna estaba tan clara y lúcida que no hacía falta encender la linterna para ver que ese grupito de sombras en la playa eran media docena de avioneros. Fumaban sentados en la arena, entre los botes. Cuando el muchacho empezó a cantar, Matías y sus ayudantes dejaron las redes y se acercaron. El muchacho tenía una voz cálida, de reverberaciones que hacían sentir ganas de llorar y electrizaban la espalda. Cantó *Dos almas* y, cuando terminó, lo aplaudieron. Matías Querecotillo pidió permiso para estrechar la mano del cantante. «Me ha recordado usted mi juventud —lo felicitó—. Me ha puesto triste.» Ahí se había enterado que era Palomino Molero, uno de la última leva, un piuranito. «Tú podrías cantar en Radio Piura, Palomino», oyó Matías que decía uno de los avioneros. Desde entonces, el marido de Doña Adriana lo había visto un par de veces más, en la misma playa, entre los botes varados, a la hora de ir a alistar El León de Talara. Cada vez, había hecho un alto en la faena para oírlo.

—Si Matías hizo eso y le dijo eso, no hay duda que el muchacho tenía una voz de ángel —aseguró Doña Adriana—. Porque Matías no se emociona así nomás, él es más bien frión.

«Se la sirvió en bandeja», pensó Lituma, y, en efecto, el Teniente se relamió los labios como un gato:

—¿Quiere decir que ya no sopla, Doña

30

Adrianita? Yo la podría calentar, si quiere. Yo más bien soy un carbón ardiendo.

—No necesito que me calienten —se rió Doña Adriana—. Cuando hace frío, entibio mi cama con botellas de agua hirviendo.

—El calor humano es más rico, mamacita —ronroneó el Teniente Silva, inflando los labios hacia Doña Adriana, como si fuera a succionarla.

Y en eso se apareció Don Jerónimo a buscarlos. No podía llegar con el taxi hasta la fonda, pues la calle era un arenal donde se hubiera atollado, así que había dejado su Ford en la pista, a unos cien metros. El Teniente Silva y el guardia firmaron el vale por el desayuno y se despidieron de Doña Adriana. Afuera, el sol los golpeó sin misericordia. Pese a ser las ocho y cuarto, había un calor de mediodía. En la luz cegadora, parecía que las cosas y las personas irían en cualquier momento a disolverse.

—Talara está llena de murmuraciones —dijo Don Jerónimo, mientras andaban, los pies hundiéndose en el suelo blando—. Encuentre a esos asesinos o lo lincharán, Teniente.

—Que me linchen —se encogió de hombros el Teniente—. Juro que yo no lo maté.

—Andan diciendo cosas —escupió Don Jerónimo, cuando llegaron al taxi—. ¿No le han ardido las orejas?

—No me arden nunca —repuso el Teniente—. ¿Qué, por ejemplo?

—Que están tapando la vaina porque los

asesinos son peces gordos. —Don Jerónimo
le daba a la manivela para encender el motor. Repitió, guiñando un ojo—: ¿Cierto que
hay peces gordos, mi Teniente?

—No sé si gordos o flacos, no sé si peces o
tiburones. —El Teniente se instaló en el
asiento de adelante—. Pero se joderán igual.
El Teniente Silva se caga olímpicamente en
los peces gordos, Don Jerónimo. Y, ahora,
apúrese, no quiero llegar tarde donde el Coronel.

Cierto, el Teniente era hombre recto y, por
eso, Lituma le tenía, además de aprecio, admiración. Era bocón, lisuriento, algo chupa-
co, y, cuando se trataba de la gorda cantine-
ra, perdía la chaveta, pero Lituma, en todo
el tiempo que llevaba trabajando a sus órdenes, lo había visto esforzarse siempre, en
todas las denuncias y querellas que llegaban
a la Comisaría, por hacer justicia. Y sin preferencia por nadie.

—¿Hasta ahora qué han descubierto, Teniente? —Don Jerónimo tocaba bocina, pero
los churres, los perros, los chanchos, los piajenos y las cabras que se cruzaban delante
del taxi no se apresuraban lo más mínimo.

—Ni mierda —admitió el Teniente, con
una mueca.

—No es mucho —se burló el taxista.

Lituma oyó que su jefe repetía lo que le
había dicho esa mañana:

—Pero hoy descubrirèmos algo, se huele
en el aire.

Ya estaban en los confines del pueblo, y, a

derecha y a izquierda, se veían las torres de los pozos petroleros, erizando el terreno pelado y pedregoso. A lo lejos, titilaban los techos de la Base Aérea. «Ojalá que siquiera algo», se dijo Lituma, como un eco. ¿Sabrían alguna vez quién y por qué habían matado al flaquito? Más que una necesidad de justicia o de venganza, sentía una curiosidad ávida por ver sus caras, por escuchar los motivos que habían tenido para hacer lo que habían hecho con Palomino Molero.

En la Prevención de la Base, el oficial de servicio los examinó de arriba abajo, como si no los conociera. Y los tuvo esperando bajo el sol candente, sin ocurrírsele hacerlos pasar a la sombra de la oficina. Mientras esperaban, Lituma echó una ojeada al contorno. ¡Puta, qué lecheros! ¡Vivir y trabajar en un sitio así! A la derecha se alineaban las casas de los oficiales, igualitas, de madera, empinadas sobre pilotes, pintadas de azul y de blanco, con pequeños jardines de geranios bien cuidados y rejillas para los insectos en puertas y ventanas. Vio señoras con niños, muchachas regando las flores, oyó risas. ¡Los aviadores vivían casi tan bien como los gringos de la International, carajo! Daba envidia ver todo tan limpio y ordenado. Hasta tenían su piscina, ahí, detrás de las casas. Lituma nunca la había visto pero se la imaginó, llena de señoras y chicas en ropa de baño, tomando el sol y remojándose. A la izquierda estaban las dependencias, hangares, oficinas, y, al fondo, la pista. Había varios aviones formando un triángulo. «Se dan la gran vida», pensó. Como los gringos de la International, éstos, detrás de sus muros y rejas, vivían igual que en las películas. Y gringos y aviadores podían mirarse la cara por sobre las cabezas de los talareños, que se asaban de calor allá abajo en el pueblo, apretado a orillas del mar sucio y grasiento. Porque, desde la Base, sobrevolando Talara, se divisaban en un promontorio rocoso, detrás de rejas protegidas día y noche por vigilantes armados, las casitas de los ingenieros, técnicos y altos empleados de la International. También ellos tenían su piscina, con trampolines y todo, y en el pueblo se decía que las gringas se bañaban medio calatas.

Por fin, después de una larga espera, el Coronel Mindreau los hizo pasar a su despacho. Mientras iban hacia las oficinas, entre oficiales y avioneros, a Lituma se le ocurrió: «Algunos de éstos saben lo que ha pasado, carajo.»

—Adelante —les dijo el Coronel, desde su escritorio.

Hicieron chocar sus tacones, en el umbral, y avanzaron hasta el centro de la pieza. En el escritorio había un banderín peruano, un calendario, una agenda, expedientes, lápices, y varias fotografías del Coronel Mindreau con su hija y de ésta sola. Una joven de carita larga y respondona, muy seria. Todo estaba ordenado con manía, igual que los armarios, los diplomas y el gran mapa del Perú que servía de telón de fondo a la silueta del Jefe de la Base Aérea de Talara. El Coronel Mindreau era un hombre bajito, fortachón, con unas entradas que avanzaban por ambas sienes hasta media cabeza y un bigotito entrecano, milimétricamente recortado. Daba la misma impresión de pulcritud que su escritorio. Los observaba con unos ojitos grises y acerados, sin el menor asomo de bienvenida.

—¿En qué puedo servirlos? —murmuró, con una urbanidad que su expresión glacial contradecía.

—Venimos otra vez por el asesinato de Palomino Molero —repuso el Teniente, con mucho respeto—. A solicitarle su colaboración, mi Coronel.

—¿No he colaborado ya? —lo atajó el Coronel Mindreau. En su vocecita había como un sedimento de burla—. ¿No estuvieron en este mismo despacho hace tres días? Si perdió el Memorándum que le di, conservo una copia.

Abrió rápidamente un expediente que tenía frente a él, sacó un papelito y leyó, con voz átona:

«Molero Sánchez, Palomino. Nacido en Piura el 13 de febrero de 1936, hijo legítimo de Doña Asunta Sánchez y de Don Teófilo Molero, difunto. Instrucción primaria completa y secundaria hasta tercero de Media en el Colegio Nacional San Miguel, de Piura. Inscrito en la clase de 1953. Comenzó a servir en la Base Aérea de Talara el 15 de enero de 1954, en la Compañía tercera, donde, bajo el mando del Teniente Adolfo Capriata, recibió instrucción junto con los demás reclutas que iniciaban su servicio. Desapareció de la Base en la noche del 23 al 24 de marzo, no reportándose a su compañía luego de haber gozado de un día de franco. Se le declaró desertor y se dio parte a la autoridad correspondiente.»

El Coronel carraspeó y miró al Teniente Silva:

—¿Quiere una copia?

«¿Por qué nos odias», pensó Lituma. «¿Y por qué eres tan déspota, concha de tu madre?»

—No hace falta, mi Coronel —sonrió el Teniente Silva—. El Memorándum no se ha perdido.

—¿Y entonces? —enarcó una ceja el Coronel, con impaciencia—. ¿En qué quiere usted que colabore? El Memorándum dice todo lo que sabemos de Palomino Molero. Yo mismo hice la investigación, con oficiales, clases y avioneros de su compañía. Nadie lo vio y nadie sabe quién pudo haberlo matado ni por qué. Mis superiores han recibido un informe detallado y están satisfechos. Usted no, por lo visto. Bueno, es problema suyo. La gente de la Base está limpia de polvo y paja en este asunto y no hay nada más que averiguar aquí adentro. Era un tipo callado, no se juntaba con nadie, no hacía confidencias a nadie. Por lo visto, no tenía amigos ni tampoco enemigos, en la Base. Algo flojo para la instrucción, según los partes. Desertó por eso, tal vez. Busque afuera, averigüe quién lo conocía en el pueblo, con quién estuvo desde que desertó hasta que lo mataron. Aquí pierde su tiempo, Teniente. Y yo no puedo darme el lujo de perder el mío.

¿Intimidaría a su jefe el tonito perentorio, sin concesiones, del Coronel Mindreau? ¿Lo haría retirarse? Pero Lituma vio que su jefe no se movía.

—No hubiéramos venido a molestarlo si no tuviéramos un motivo, mi Coronel. —El Teniente seguía en posición de firmes y hablaba tranquilo, sin apresurarse.

Los ojitos grises pestañearon, una vez, y hubo en su cara un amago de sonrisa.

—Había que empezar por ahí, entonces.

—El guardia Lituma ha hecho unas averiguaciones en Piura, mi Coronel.

Lituma tuvo la impresión de que el Jefe de la Base se sonrojaba. Sentía una incomodidad creciente y le pareció que nunca conseguiría dar un informe bien dado, a una persona tan hostil. Pero, casi atorándose, habló. Contó que, en Piura, había sabido que Palomino Molero se presentó al servicio sin tener obligación de hacerlo, porque, según le dijo a su madre, era de vida o muerte para él salir de la ciudad. Hizo una pausa. ¿Lo estaba escuchando? El Coronel examinaba, entre disgustado y benevolente, una foto en la que aparecía su hija rodeada de dunas de arena y algarrobos. Por fin, lo vio volverse hacia él:

—¿Qué quiere decir eso de vida o muerte?

—Pensamos que tal vez lo había explicado

aquí, al presentarse —intervino el Teniente—.
Que a lo mejor aclaró por qué tenía que salir
de Piura con tanta urgencia.

¿Se hacía el cojudo, su jefe? ¿O estaba tan
nervioso como él por las maneritas del Coronel?

El Jefe de la Base paseó sus ojos por la
cara del oficial, como contándole los barri-
tos. Al Teniente Silva le arderían las mejillas
con semejante mirada. Pero no demostraba
la menor emoción; esperaba, inexpresivo,
que el Coronel se dignara hablarle.

—¿No se le ocurrió que si nosotros supiéramos semejante cosa, lo habríamos dicho
en el Memorándum? —deletreó, como si sus
interlocutores desconocieran la lengua o fueran tarados—. ¿No pensó que si nosotros,
aquí en la Base, hubiéramos sabido que Palomino Molero se sentía amenazado y perseguido por alguien, se lo hubiéramos comunicado en el acto a la policía o al juez?

Debió callarse, porque comenzó a roncar
un avión, muy cerca. El ruido creció, creció,
y Lituma creyó que iban a reventarle los
tímpanos. Pero no se atrevió a taparse los
oídos.

—El guardia Lituma también averiguó
otra cosa, mi Coronel —dijo el Teniente, al
disminuir el ruido de las hélices. Imperturb-
able, parecía no haber oído las preguntas
del Coronel Mindreau.

—¿Ah, sí? —dijo éste, ladeando la cabeza
hacia Lituma—. ¿Qué cosa?

Lituma se aclaró la garganta antes de contestar. La expresión sardónica del Coronel lo enmudecía.

—Palomino Molero estaba muy enamorado —balbuceó—. Y parece que...

—¿Por qué tartamudea? —le preguntó el Coronel—. ¿Le pasa algo?

—No eran amores muy santos —susurró Lituma—. Tal vez por eso se escapó de Piura. Es decir...

La cara del Coronel, cada vez más desabrida, hizo que se sintiera tonto y la voz se le cortó. Hasta entrar en el despacho, las conjeturas que había hecho la víspera le parecían convincentes, y el Teniente le había dicho que, en efecto, tenían su peso. Pero, ahora, ante esa expresión escéptica, sarcástica, del Jefe de la Base Aérea, se sentía inseguro y hasta avergonzado de ellas.

—En otras palabras, mi Coronel, podría ser que a Palomino Molero lo chapara en sus amoríos un marido celoso y lo amenazara de muerte —vino a ayudarlo el Teniente Silva—. Y que, por eso, el muchacho se enrolara aquí.

El Coronel los consideró a uno y a otro, callado, pensativo. ¿Qué majadería iba a soltar?

—¿Quién es ese marido celoso? —dijo, al fin.

—Eso es lo que nos gustaría saber —repuso el Teniente Silva—. Si supiéramos eso, sabríamos un montón de cosas.

—¿Y cree que yo estoy al tanto de los amoríos de los cientos de clases y avioneros que hay en la Base? —volvió a deletrear, con infinitas pausas, el Coronel Mindreau.

—Usted tal vez no, mi Coronel —se disculpó el Teniente—. Pero se nos ocurrió que alguien en la Base, tal vez. Un compañero de cuadra de Palomino Molero, algún instructor, alguien.

—Nadie sabe nada de la vida privada de Palomino Molero —lo interrumpió de nuevo el Coronel—. Yo mismo lo he averiguado. Era introvertido, no hablaba con nadie de sus cosas. ¿No está en el Memorándum, acaso?

A Lituma se le ocurrió que al Coronel le importaba un carajo la desgracia del flaquito. Ni ahora ni la vez pasada había traslucido la menor emoción por ese crimen. Ahora mismo se refería al avionero como a un don nadie, con mal disimulado desprecio. ¿Era por lo que había desertado tres o cuatro días antes de que lo mataran? Además de antipático, el Jefe de la Base tenía fama de ser un monstruo de rectitud, un maniático del Reglamento. Como el flaquito, seguramente harto de la disciplina y el encierro, se fugó, el Coronel lo tendría por un réprobo. Pensaría, incluso, que un desertor se merecía lo que le pasó.

—Es que, mi Coronel, hay sospechas de que Palomino Molero tenía amoríos con alguien de la Base Aérea de Piura —oyó que decía el Teniente Silva.

Vio, casi al mismo tiempo, que las mejillas pálidas y bien rasuradas del Coronel enrojecían. Su expresión se avinagró y encendió. Pero no llegó a decir lo que iba a decir porque, de improviso, se abrió la puerta y Lituma vio en el marco, recortada contra la luz nívea del pasillo, a la chica de la fotografía. Era delgadita, más aún que en las fotos, con unos cabellos cortos y crespos y una naricilla respingada y despectiva. Vestía una blusa blanca, una falda azul, zapatillas de tenis y parecía tan malhumorada como su propio padre.

—Me estoy yendo —dijo, sin entrar al despacho y sin hacer siquiera una venia al Teniente y a Lituma—. ¿Me lleva el chofer o me voy en bici?

Había en su manera de decir las cosas un disgusto contenido, como cuando hablaba el Coronel Mindreau. «De tal palo tal astilla», pensó el guardia.

—¿Y adónde, hijita? —se dulcificó al instante el Jefe de la Base.

«No sólo no la riñe por interrumpir así, por no saludar, por hablarle con tanta grosería», pensó Lituma. «Encima le pone voz de paloma cuculí.»

—Ya te lo dije esta mañana —replicó con salvajismo la muchacha—. A la piscina de los gringos, la de aquí no estará llena hasta el lunes, ¿te has olvidado? ¿Me lleva el chofer o me voy en la bici?

—Que te lleve el chofer, Alicia —baló el Coronel—. Pero que venga pronto, eso sí, lo necesito. Dile a qué hora quieres que te recoja.

La muchacha cerró la puerta de un tirón y desapareció sin despedirse. «Tu hija nos venga», pensó Lituma.

—O sea que —comenzó a decir el Teniente, pero el Coronel Mindreau le impidió proseguir.

—Eso que usted ha dicho es un disparate —sentenció, recobrando el rubor de las mejillas.

—¿Perdón, mi Coronel?

—¿Cuáles son las pruebas, los testigos? —El Jefe de la Base se volvió a Lituma y lo escrutó como a un insecto—. ¿De dónde ha sacado usted que Palomino Molero tenía amores con una señora de la Base Aérea de Piura?

—No tengo pruebas, mi Coronel —balbuceó el guardia, asustado—. Averigüé que se iba a dar serenatas en secreto por ahí.

—¿A la Base Aérea de Piura? —deletreó el Coronel—. ¿Sabe usted quiénes viven allá? Las familias de los oficiales. No las de los avioneros ni las de los clases. Sólo las madres, esposas, hermanas e hijas de los oficiales. ¿Está usted insinuando que ese avionero tenía amores adúlteros con la esposa de un oficial?

Un racista de mierda. Eso es lo que era: un racista de mierda.

—Podría ser con alguna sirvienta, mi Coronel —oyó Lituma que decía el Teniente Silva. Se lo agradeció con toda el alma, porque se sentía acorralado y mudo ante el furor frío del aviador—. Con alguna cocinera o

42

niñera de la Base. No estamos sugiriendo nada, sólo tratando de esclarecer este crimen, mi Coronel. Es nuestra obligación. La muerte de ese muchacho ha provocado malestar en todo Talara. Hay habladurías, dicen que la Guardia Civil no hace nada porque hay complicados peces gordos. Estamos algo perdidos y por eso exploramos cualquier indicio que se presente. No es para tomarlo a mal, mi Coronel.

El Jefe de la Base asintió. Lituma notó el esfuerzo que hacía para aplacar su mal humor.

—No sé si usted sabe que yo he sido jefe de la Base Aérea de Piura hasta hace tres meses —dijo, casi sin abrir la boca—. Serví allá dos años. Sé la vida y milagros de esa Base, porque ha sido mi hogar. Que un avionero haya podido tener amores adúlteros con la esposa de uno de mis oficiales es algo que nadie va a decir en mi presencia, a no ser que pueda probarlo.

—No he dicho que sea la esposa de un oficial —se atrevió a musitar Lituma—. Podría ser una sirvienta, como dijo el Teniente. ¿No hay sirvientas casadas en la Base? Iba a dar serenatas allá, a ocultas. De eso sí tenemos pruebas, mi Coronel.

—Bueno, encuentren a esa sirvienta, interróguenla, interroguen a su marido sobre las supuestas amenazas a Molero y, si confiesa, tráiganmelo. —La frente del Coronel brillaba con un sudor que había brotado desde la fugaz irrupción de su hija en el despacho—.

No vuelvan más aquí, en relación a este asunto, a no ser que tengan algo concreto que pedirme.

Se puso de pie, con rapidez, dando por terminada la entrevista. Pero Lituma advirtió que el Teniente Silva no saludaba ni pedía permiso para retirarse.

—Tenemos algo concreto que pedirle, mi Coronel —dijo, sin vacilar—. Quisiéramos interrogar a los compañeros de cuadra de Palomino Molero.

De encarnada, la tez del Jefe de la Base Aérea de Talara pasó otra vez a pálida. Unas ojeras violáceas circundaron sus ojitos. «Además de conchesumadre, es medio loco», pensó Lituma. ¿Por qué se ponía así? ¿Por qué le daban esas rabietas interiores?

—Se lo voy a explicar de nuevo, ya que, por lo visto, no lo entendió la vez pasada. —El Coronel arrastraba cada palabra como si pesara muchos kilos—. Los Institutos Armados gozan de fueros, tienen sus tribunales donde sus miembros son juzgados y sentenciados. ¿No le enseñaron eso en la Escuela de la Guardia Civil? Bien, se lo enseño yo ahora, entonces. Cuando se suscitan problemas de índole delictiva, las investigaciones las hacen los propios Institutos Armados. Palomino Molero murió en circunstancias no aclaradas, fuera de la Base, cuando se encontraba en condición de prófugo del servicio. Ya he elevado el informe debido a la superioridad. Si la jefatura lo considera oportuno, ordenará una nueva investigación, a través de sus propios organismos. O trasladará todo el expediente al Poder Judicial. Pero mientras no venga una orden de este tipo, del Ministerio de Aviación o del Comando Supremo de las Fuerzas Armadas, ningún guardia civil va a violar los fueros castrenses en una Base a mi mando. ¿Está claro, Teniente Silva? Contésteme. ¿Está claro?

—Muy claro, mi Coronel —dijo el Teniente.

El Coronel Mindreau señaló la puerta con ademán terminante:

—Entonces, pueden ustedes retirarse.

Esta vez, Lituma vio que el Teniente Silva hacía chocar los tacos y pedía permiso. Lo imitó y salieron. Afuera, se calaron los quepis. A pesar de que el sol golpeaba más fuerte que cuando llegaron y que la atmósfera era más opresiva que en el despacho, a Lituma le pareció refrescante, liberador, estar al aire libre. Respiró hondo. Era como salir de la cárcel, carajo. Cruzaron los patios de la Base hacia la Prevención, callados. ¿Se sentía el Teniente Silva tan abatido y maltratado como él por la forma como los había recibido el Jefe de la Base?

En la Prevención, los esperaba una nueva contrariedad. Don Jerónimo se había marchado. No tenían más remedio que regresar al pueblo a patita. Una hora de caminata, por lo menos, sudando la gota gorda y tragando tierra.

Echaron a andar por el centro de la carretera, siempre mudos, y Lituma pensó: «Después del almuerzo, dormiré una siesta de tres horas.» Tenía una capacidad ilimitada para dormir, a cualquier hora y en cualquier postura, y nada lo curaba mejor de esos estados de ánimo como un buen sueño. La carretera serpenteaba lentamente, descendiendo a Talara por un terreno ocre, sin una sola mata verde, entre pedruscos y rocas de todas las formas y tamaños.

El pueblo era una mancha lívida y metálica, allá abajo, junto a un mar verde plomizo, sin olas. En la intensa resolana apenas se distinguían los perfiles de las casas y los postes del alumbrado.

—Qué mal rato nos hizo pasar ¿no, mi Teniente? —dijo, secándose la frente con un pañuelo—. Nunca he conocido a un tipo tan malagracia. ¿Usted cree que odia a la Guardia Civil de puro racista o por alguna cosa en especial? ¿O tratará con esa patanería a todo el mundo? Le juro que nadie me ha hecho tragar tanta saliva amarga como este calvito.

—Huevadas, Lituma —dijo el Teniente, frotándose en la camisa el anillo de oro macizo, con una piedra roja, de su promoción—. Para mí, la entrevista con Mindreau fue cojonuda.

—¿Me está tomando el pelo, mi Teniente? Qué bueno que le queden ánimos para bromear. Lo que es yo, me quedé con el alma en los pies por culpa de esa entrevista.

—Eres pichón en estas lides, Lituma —se rió el Teniente—. Tienes mucho que aprender. Fue una entrevista de la puta madre, te aseguro. Utilísima.

—Entonces, no entendí nada, mi Teniente. A mí me pareció que el Coronel nos basureaba a su gusto, que nos trató peor que a sus sirvientes. ¿Acaso aceptó lo que fuimos a pedirle?

—Ésas son las puras apariencias, Lituma —volvió a soltar la carcajada el Teniente Silva—. Para mí, el Coronel habló como una lorita borracha.

Se volvió a reír, con la boca abierta, e hizo sonar los nudillos, aplastándoselos.

—Antes, yo creía que él no sabía nada, que nos jodía la vida por el cuento ese de los fueros, por susceptibilidad castrense —explicó el Teniente Silva—. Ahora, estoy seguro que sabe mucho y tal vez todo lo que pasó.

Lituma se volvió a mirarlo. Adivinó que, bajo los anteojos oscuros, los ojitos del oficial estaban, como su cara y su voz, hechos unas pascuas.

—¿Que sabe quiénes mataron a Palomino Molero? —preguntó—. ¿Cree usted que el Coronel lo sabe?

—No sé qué sabe, pero sabe un chuchonal de cosas —asintió el Teniente—. Está tapando a alguien. ¿Por qué se iba a poner tan nervioso, si no? ¿No te diste cuenta acaso? Qué poco observador, Lituma, no mereces estar en la Benemérita. Esas rabietas, esas majaderías ¿qué crees que eran? Pretextos para disimular lo mal que se sentía. Así es, Lituma. No fue él quien nos hizo cagar parados.

Fuimos nosotros los que le hicimos pasar un rato horrible.

Se rió, feliz de la vida, y todavía estaba riéndose cuando, un momento después, oyeron un motor. Era una camioneta con los colores azules de la Base Aérea. El chofer paró sin que ellos se lo pidieran.

—¿Van a Talara? —los saludó, desde la ventanilla, un Suboficial jovencito—. Suban, los jalamos. Usted acá, conmigo, Teniente. El guardia puede ir atrás.

En la parte de atrás, había dos avioneros que debían ser mecánicos, engrasados hasta las narices. La camioneta estaba llena de latas de aceite, botes de pintura y brochas.

—¿Y? —dijo uno de ellos—. ¿Van a descubrir el pastel o enterrarán el crimen para proteger a los peces gordos?

Había en su pregunta un gran rencor.

—Lo descubriríamos si el Coronel Mindreau nos ayudara un poco —respondió Lituma—. Pero no sólo no nos ayuda, encima cada vez que venimos a verlo nos trata como a perros con rabia. ¿Es así con ustedes, en la Base?

—No es mala gente —dijo el avionero—. Es rectísimo y hace andar la Base como un cañón. La culpa del mal humor que se gasta la tiene su hija.

—Lo trata con la punta del pie ¿no? —refunfuñó Lituma.

—Es una malagradecida —dijo el otro avionero—. Porque el Coronel Mindreau ha sido su padre y también su madre. La vieja se murió cuando ella era churre. Él la ha criado, solito.

La camioneta frenó junto a la Comisaría. El Teniente y Lituma se bajaron.

—Si no descubren a los asesinos, todo el mundo va a pensar que han recibido platita de los peces gordos —se despidió el Suboficial jovencito.

—No te preocupes, chiquillo, estamos por el buen camino —oyó Lituma que mascullaba entre dientes el Teniente Silva, cuando la camioneta se perdía ya en una polvareda color cerveza.

IV

La noticia de los escándalos que el tenientito estaba haciendo en el bulín de Talara llegó a la Comisaría por boca de una de las polillas. La Loba Marina vino a quejarse de que su macró le daba últimamente más palizas que de costumbre:

—Con los moretones que me deja en el cuerpo, no consigo clientes. Entonces no le llevo plata y entonces me pega de nuevo. Explíqueselo usted, Teniente Silva. Yo trato y es por gusto, no entiende.

La Loba Marina les contó que la noche anterior se había presentado el tenientito en el bulín, solo. Se pegó una tranca con una seguidilla de mulitas de pisco que se empujó como si fueran vasos de agua. No se tomaba los piscos como alguien que quiere divertirse sino buscando emborracharse rápido. Cuando estuvo borracho se abrió la bragueta y orinó a las polillas que tenía más cerca, a clientes y a macrós. Luego, se trepó al mostrador y estuvo haciendo un show hasta que la Policía Aeronáutica vino a llevárselo. El Chino Liau calmaba a la gente para que no le fueran a hacer nada: «Si le pegan me friegan a mí y se friegan ustedes, porque me cerrarán el negocio. Ellos ganan siempre.»

El Teniente Silva no pareció darle importancia al cuento de la Loba Marina. Al otro día, mientras almorzaban en la fonda de Doña Adriana, un parroquiano contó que la víspera el aviador había repetido las gracias, aumentadas, pues esta vez le dio por romper botellas con el cuento de que quería ver las estrellitas de vidrio volando por el aire. También había tenido que venir a sacarlo la Policía de la Base. Al tercer día, el propio Chino Liau se presentó en el Puesto, lloriqueando:

—Anoche batió su record. Se bajó los pantalones y quiso hacerse la caca en la pista de baile. Está loco, Teniente. Viene sólo a provocar, como si quisiera que lo enfríen. Haga algo, porque, si no, le juro, alguien se lo va a cargar. Y no quiero que me metan en líos con la Base.

—Anda a hablar con el Coronel Mindreau, Chinito —le aconsejó el Teniente Silva—. Es problema de él.

—Yo no voy a hablar con el Coronel por nada del mundo —le contestó el Chino—. A Mindreau yo le tengo un miedo del carajo, dicen que es rectísimo.

—Entonces te has jodido, Chino. Porque yo no tengo autoridad sobre los aviadores. Si fuera un civil, con mucho gusto.

El Chino Liau miró a Lituma y al Teniente consternado:

—¿No van ustedes a hacer nada?

—Rezaremos por ti —lo despidió el oficial—. Chau, Chino, salúdame al mujerío.

Pero cuando Liau partió, el Teniente Silva se volvió hacia Lituma, quien, tecleando con un solo dedo en la vieja Remington, redactaba el parte del día, y, con una vocecita que al guardia le dio cosquillas, le comentó:

—Eso del aviador se pasa de oscuro, ¿no te parece, Lituma?

—Sí, mi Teniente —asintió el guardia. Hizo una pausa, antes de preguntar—: ¿Y por qué se pasa de oscuro?

—Nadie va a matonear así en el bulín, donde están los tipos más peligrosos de Talara, sólo por hacerse el gracioso. Y cuatro días seguidos. Algo me huele raro. ¿A ti no?

—Sí, mi Teniente —aseguró Lituma. No entendía la insinuación de su jefe pero estaba ansioso, puro oídos—: ¿O sea que usted cree que?

—Que tú y yo nos deberíamos tomar una cerveciola donde Liau, Lituma. Por cuenta de la casa, claro está.

El bulín del Chino Liau había deambulado por medio Talara, perseguido por el párroco. El Padre Domingo, apenas lo detectaba, lo hacía clausurar por la Alcaldía. Pocos días después de la clausura, el bulín volvía a resucitar en una cabaña o casita, tres o cuatro manzanas más allá. El Chino Liau ganó, al fin. Ahora estaba a la salida del pueblo, en un almacén de tablones acondicionado de cualquier manera. Era primitivo y endeble, con su suelo de tierra regado a diario para que no hubiese polvo y un techo de calaminas sueltas, que chirriaban con el viento. Los cuartitos de las polillas, al fondo del local, estaban llenos de rendijas por donde los churres y los borrachos venían a espiar a las parejas.

El Teniente Silva y Lituma se fueron al bulín andando despacio, después de ver una película de vaqueros en el cine al aire libre del señor Frías (la pantalla era la pared Norte de la Iglesia, lo que daba al Padre Domingo derecho a censurar las películas). Lituma arrastraba sus botines por la tierra blanda casi sin levantarlos. El Teniente fumaba.

—Dígame al menos qué se la ha ocurrido, mi Teniente. ¿Por qué cree que las locuras de ese aviador tienen que ver con la muerte del flaquito?

—No se me ha ocurrido nada —echó una bocanada de humo el Teniente Silva—. Sólo que, como en este asunto no damos pie con bola, hay que pegar manotazos a todos lados a ver si achuntamos aunque sea de casualidad. Si no, por lo menos habrá sido un pretexto para echar una ojeada al bulín y pasar revista al material. Aunque sé que no encontraré ahí a la mujer de mis sueños.

«Ya me va a hablar de la gorda», pensó Lituma. «Qué manía.»

—Ayer en la noche se la mostré —recordó el Teniente Silva, con melancolía—. Cuando salí a mear, al corral. Ella vino trayéndole agua a la chancha. Me miró y se la mostré. Cogida con las dos manos, así. «Esto es para ti, mamacita. Hasta cuándo la vas a tener al hambre, pues.»

Se rió, nervioso, como cada vez que hablaba de Doña Adriana.

—¿Y ella qué hizo, mi Teniente? —le siguió la cuerda Lituma. Sabía que hablarle de Doña Adriana era darle en la yema del gusto.

—Se escapó corriendo, por supuesto. Y haciéndose la enojada —suspiró el Teniente—. Pero me la vio. Estoy seguro que se quedó pensando y a lo mejor hasta se soñó con ella. Compararía con la de Don Matías, que la debe tener muerta, un puro pellejo. Eso la ablandará, Lituma. Terminará aflojándomelo. Y ese día te invitaré una borrachera con trago fino, te prometo.

—La verdad que es usted perseverante, mi Teniente. Merece que Doña Adriana le haga caso, aunque sea como premio a su constancia.

Había poca gente en el bulín. El Chino Liau salió a recibirlos, encantado.

—Cuánto le agradezco que venga, Teniente. Ya sabía que usted no me fallaría. Pasen, pasen. ¿Por qué cree que está el local así de vacío? Por el loquito, por qué va a ser. La gente viene a divertirse, no a que la insulten o la meen. Se ha corrido la voz y nadie quiere líos con un aviador. No hay derecho ¿no es cierto?

—¿No ha llegado todavía? —preguntó el Teniente.

—Se cae a eso de las once, por lo general —dijo el Chino Liau—. Vendrá, espérenlo.

Los sentó en una mesita del rincón más apartado y les sirvió un par de cervezas. Varias polillas se les acercaron a meterles conversación, pero el Teniente las despachó. No podían atenderlas, esta vez habían venido a resolver un asunto de hombres. La Loba Marina, agradecidísima de que Lituma hubiera amenazado a su macró con meterlo en el calabozo si le seguía pegando, besó al guardia en la oreja. «Cuando quieras venir conmigo, vienes nomás», le susurró. Hacía tres días que no le pegaba, les dijo.

El tenientito cayó al bulín cerca de la medianoche. Lituma y su jefe se habían despachado ya cuatro cervezas. Antes de que el Chino Liau los previniera, Lituma, que había examinado las caras de todos los recién llegados, supo que era él. Bastante joven, delgado, moreno, el pelo cortado casi al rape. Vestía la camisa y el pantalón caqui del uniforme, pero sin insignias ni galones. Entró solo, sin saludar a nadie, indiferente al efecto que su presencia causó —codazos, miradas, guiños, cuchicheos entre las polillas y los escasos comensales— y fue derecho a acodarse en el bar. «Un corto», ordenó. Lituma se dio cuenta que el corazón se le había apurado. No le quitaba los ojos. Lo vio tomarse la copita de pisco de un trago y pedir otra.

—Así es todas las noches —les susurró la Loba Marina, que estaba en la mesa contigua, con un marinero—. A la tercera o cuarta comienza el show.

Esta noche comenzó entre la quinta y la sexta. Lituma le había llevado la cuenta cabalito de las mulitas de pisco. Lo espiaba por sobre las cabezas de las parejas que bailaban a los compases de una radiola a pilas. El aviador estaba con la cabeza apoyada en las manos, mirando fijamente la copa que tenía entre los brazos, como protegiéndola. No se movía. Parecía concentrado en una meditación que lo aislaba de las polillas, de los macrós y del mundo. Sólo se animaba para llevarse la copa a la boca, con un movimiento automático, e inmediatamente volvía a convertirse en estatua. Pero entre la quinta y sexta copa, Lituma se distrajo y cuando lo buscó de nuevo, ya no estaba en el mostrador. Miró en todas direcciones y lo encontró en la pista de baile. Avanzaba, resuelto, hacia una de las parejas: la Pelirroja y un hombre bajito y encorbatado, pero sin saco, que se movía muy a conciencia, prendido de ella como si se fuera a ahogar. El tenientito lo cogió de la camisa y lo apartó de un jalón, diciendo en voz tan alta que lo oyó todo el bulín:

—Permiso; ahora me toca a mí la señorita.

El encorbatado dio un respingo y miró a todos lados como pidiendo que le explicaran qué ocurría o le aconsejaran qué hacer. Lituma vio que el Chino Liau le indicaba con las manos que se quedara tranquilo. Es lo que el parroquiano optó por hacer, encogiéndose de

hombros. Fue hasta la pared de las polillas y
sacó a bailar a la Pecosa, con aire compungi-
do. Entretanto, el tenientito, disforzado,
daba saltos, movía las manos, hacía muecas.
Pero no mostraba la más mínima alegría en
sus payasadas. ¿Quería llamar la atención
solamente? No, también joder. Esos saltos y
cimbreos, esas figuras paroxísticas eran un
pretexto para dar codazos, hombrazos y ca-
derazos a los que se le ponían al alcance.
«Qué concha de su madre», pensó Lituma.
¿Cuándo intervendrían? Pero el Teniente Silva fumaba, muy tranquilo, mirando al aviador con expresión divertida a través de las
argollas de humo, como si le festejara las
gracias. Qué paciencia se gastaba la gente.
Los parroquianos que recibían los encontro-
nazos del aviador se hacían a un lado, son-
reían, se encogían de hombros con cara de
estar pensando «cada loco con su tema, tran-
quilos nomás». Al terminar la música, el tenientito volvió al bar y pidió otro pisco.

—¿Sabes quién es, Lituma? —oyó decir a
su jefe.

—No. ¿Usted lo conoce?

El Teniente Silva asintió, con un tonito
malicioso.

—El enamorado de la hija de Mindreau.
Como lo oyes. Los vi de la mano en la ker-
messe, el Día de la Aviación. Y varios domingos, en misa.

—Será por eso que el Coronel le aguanta
estas matonerías —murmuró Lituma—. A
cualquier otro lo hubiera puesto en el cala-

bozo, a pan y agua, por desprestigiar a la institución.

—Hablando de matonerías, no te pierdas ésta, Lituma —dijo su jefe.

El tenientito estaba encaramado en el mostrador, con una botella de pisco en la mano, en actitud de quien va a pronunciar un discurso. Abrió los brazos y gritó: «¡Seco y volteado por la puta que los parió!» Se llevó la botella a la boca y bebió un trago tan largo que a Lituma le ardió el estómago de sólo pensar lo que sería recibir en las tripas semejante fuego. Al tenientito también le debió arder pues hizo una mueca y se encogió como si hubiera recibido un derechazo. El Chino Liau se le acercó, todo venias y sonrisas, tratando de convencerlo de que se bajara del mostrador y no hiciera más escándalo. Pero el aviador le mentó la madre y le dijo que si no se metía la lengua al culo iba a pulverizar todas las botellas del local. El Chino Liau se apartó, con expresión filosófica. Vino a acuclillarse junto a Lituma y el Teniente Silva.

—¿No van ustedes a hacer nada?

—Que se emborrache un poco más —decidió el Teniente.

El aviador desafiaba ahora a macrós y parroquianos —que evitaban mirarlo y seguían bailando, conversando y fumando como si él no estuviera allí— a que se encalataran, si eran hombres. ¿Por qué andaban vestidos?, gesticulaba. ¿Les daba vergüenza que les vieran los huevos? ¿O no los tenían? ¿O los tenían tan chiquitos que con razón se avergonzaban de ellos? Él estaba orgulloso de sus huevos, más bien.

—¡Vean y aprendan! —rugió. En un dos por tres se desabrochó la correa y Lituma vio que el pantalón caqui se le resbalaba, descubriendo unas piernas flacuchentas y peludas. Lo vio patalear para zafar los pies, atrapados en el pantalón, pero, o porque ya estaba muy borracho o porque hacía esos movimientos con demasiada cólera, se enredó más, trastabilleó y se vino de bruces desde lo alto del mostrador a la pista de baile. La botella que tenía en la mano se hizo trizas, su cuerpo rebotó como un costal de papas. Hubo una salva de risas. El Teniente Silva se puso de pie:

—Ahora es cuando, Lituma.

El guardia lo siguió. Cruzaron la pista de baile. El teniente permanecía de espaldas, con los ojos cerrados, las piernas desnudas, el pantalón enroscado en sus tobillos, en medio de un círculo de pedazos y astillas de vidrio. Resoplaba, atolondrado. «Se ha pegado un contrazuelazo de la puta madre», pensó Lituma. Lo cogieron de los brazos y lo incorporaron. Comenzó a manotear y a decir lisuras, a media lengua. Babeaba, hasta el cien de borracho. Le subieron el pantalón, le sujetaron la correa, y, pasándole los brazos por las axilas, cada uno de un lado, lo arrastraron hasta la salida. Polillas, clientes y macrós, aplaudieron, felices de que se lo llevaran.

—¿Qué hacemos con él, mi Teniente? —preguntó Lituma, en el exterior. Hacía viento, las calaminas del bulín vibraban y había más estrellas que antes. Las luces de Talara parecían, también, estrellitas que hubieran bajado hasta el mar aprovechando la oscuridad.

—Llevémoslo a la playita ésa —dijo su jefe.

—Suéltenme, perros —articuló el tenientito. Pero se mantuvo tranquilo, sin hacer el menor intento de zafarse de sus brazos.

—Ahorita te soltamos, mi hermano —le dijo el Teniente, con cariño—. Tranquilo nomás, no te calientes.

Lo arrastraron unos cincuenta metros, por un arenal con matas de hierba reseca, hasta una playa de grava y arena. Lo reclinaron en el suelo y se sentaron a sus lados. Las cabañas de la vecindad se hallaban a oscuras. El viento se llevaba mar adentro la música y los ruidos del bulín. Olía a sal y a pescado y el runrún de la resaca adormecía como un somnífero. A Lituma le vinieron ganas de acurrucarse en la arena, taparse la cara con el quepis y olvidarse de todo. Pero había venido a trabajar, carajo. Estaba ansioso y atemorizado, pensando que ese cuerpo semitendido a sus pies les haría una revelación terrible.

—¿Te sientes mejor, compadre? —dijo el Teniente Silva. Levantó al aviador hasta sentarlo y lo apoyó contra su cuerpo, pasándole el brazo por los hombros, igualito que si fuera su compinche del alma—. ¿Sigues borrachito o se te está pasando?

—¿Quién chucha eres tú y quién chucha es tu madre? —balbuceó el aviador, recostando la cabeza en el hombro del Teniente Silva. Lo agresivo de su voz no congeniaba para nada con la docilidad de su cuerpo, blando y sinuoso, apoyado contra el jefe de Lituma como en un espaldar.

—Yo soy tu amigo, mi hermano —dijo el Teniente Silva—. Agradéceme que te sacara del bulín. Si seguías mostrando los huevos, te los iban a cortar. Y qué ibas a hacer por la vida capadito, piensa nomás.

Se calló porque al aviador lo había sacudido una sucesión de arcadas. No llegó a vomitar pero, por si las moscas, el Teniente le apartó la cabeza y se la mantuvo inclinada contra el suelo.

—Tú debes ser un maricón —balbuceó, siempre rabioso, cuando se le pasaron las arcadas—. ¿Me has traído aquí para que te haga el favor de meterte la pichula?

—No, mi hermano —se rió el Teniente Silva—. Te he traído para que me hagas un favor. Pero no ése.

«Tiene su estilacho para sonsacar sus secretos a las gentes», pensó Lituma, admirado.

—¿Y qué favor quieres que te haga, chucha de tu madre? —hipó y babeó con furia el aviador, volviendo a apoyarse en el hombro del Teniente Silva con la mayor confianza, como un gatito que busca el calor de la gata.

—Que me cuentes qué le pasó a Palomino Molero, mi hermano —susurró el oficial. Lituma se sobresaltó.

El aviador no había reaccionado. No se movía, no hablaba y hasta parecía, pensó Lituma, que se hubiera quedado sin respiración. Estuvo así un buen rato, petrificado. El guardia espiaba a su jefe. ¿Iba a repetirle la pregunta? ¿Había entendido o se hacía el que no?

—Que la chucha de tu madre te cuente qué le pasó a Palomino Molero —gimoteó, al fin, tan bajo que Lituma tuvo que estirar el pescuezo. Seguía acurrucado contra el Teniente Silva y parecía que temblaba.

—Mi pobre mamacita no sabe ni quién es Palomino Molero —repuso su jefe, con el mismo tono afable—. Tú, en cambio, sabes. Anda, mi hermano, dime qué pasó.

—¡Yo no sé nada de Palomino Molero! —gritó el aviador y Lituma saltó sobre la arena—. ¡No sé nada! ¡Nada, nada!

Tenía la voz rota y temblaba de pies a cabeza.

—Claro que sabes, mi hermano —lo consoló el Teniente Silva, con mucho afecto—. Por eso vienes a emborracharte al bulín todos los días. Por eso andas medio loco. Por eso provocas a los macrós como si estuvieras harto de tu pellejo.

—¡No sé nada! —aulló de nuevo el tenientito—. ¡Nada de nada!

—Cuéntame lo del flaquito y te sentirás mejor —prosiguió el Teniente, como haciéndole rorró, rorró—. Te juro que sí, mi hermano, yo soy un poco psicólogo. Déjame ser tu confesor. Palabra que te hará bien.

Lituma estaba sudando. Sentía la camisa pegada a la espalda. Pero no hacía calor, más bien fresquito. La brisa levantaba unas olitas que rompían a pocos metros de la orilla, con un chasquido enervante. «¿Por qué te asustas, Lituma?», pensó. «Cálmate, cálmate.» Tenía en la cabeza la imagen del flaquito, allá en el pedregal, y pensaba: «Ahora sabré quién lo mató.»

—Ten huevos y cuéntame —lo animaba el Teniente Silva—. Te sentirás bien. Y no llores.

Porque el tenientito había comenzado a sollozar como un churre de teta, la cara aplastada en el hombro del Teniente Silva.

—No lloro por lo que tú crees —balbuceó, ahogándose, entre nuevas arcadas—. Me emborracho porque ese concha de su madre me clavó un puñal. ¡No me deja ver a mi hembra! Me ha prohibido verla. Y ella tampoco quiere verme, carajo. ¿Tú crees que hay derecho a hacer una cosa tan concha de su madre?

—Claro que no hay, mi hermano —lo palmeó en la espalda el Teniente Silva—. ¿El concha de su madre que te prohibió ver a tu hembra es Mindreau?

Ahora sí, el tenientito levantó la cabeza del hombro del jefe de Lituma. En el resplandor lechoso de la luna, el guardia vio su cara embarrada de mocos y babas. Tenía las pupilas dilatadas y brillantes, ebrias de desasosiego. Movía la boca sin articular palabra.

—¿Y por qué te ha prohibido el Coronel que veas a su hija, mi hermano? —le preguntó el Teniente Silva, con la misma naturalidad que si le hubiera preguntado si llovía—. ¿Qué le hiciste? ¿La llenaste?

—Shit, shit, carajo —babeó el aviador—. ¡Carajo, carajo, no lo nombres! ¿Quieres joderme?

—Claro que no, mi hermano —lo calmó el Teniente—. Ayudarte es lo que quiero. Me preocupa verte así, tan jodido, emborrachándote, haciendo escándalos. Estás arruinando tu carrera ¿no te das cuenta? Okay, no lo nombraremos más, mi palabra.

—Íbamos a casarnos apenas saliera mi ascenso el próximo año —gimoteó el tenientito, dejándose caer de nuevo sobre el hombro del Teniente Silva—. El concha de su madre me hizo creer que estaba de acuerdo y que cambiaríamos aros para Fiestas Patrias. Me metió el dedo ¿ves? ¿Acaso está permitido ser tan traidor, tan mañoso, tan canalla en la vida, carajo?

Se había movido y ahora miraba a Lituma.

—No, mi Teniente —murmuró el guardia, confuso.

—¿Y quién es este huevón? —babeó el aviador, dejándose caer nuevamente contra el Teniente Silva—. ¿Qué hace aquí? ¿De dónde salió este otro concha de su madre?

—No es nadie, mi adjunto, un tipo de confianza —lo tranquilizó el Teniente Silva—.

No te preocupes por él. Ni por el Coronel Mindreau, tampoco.

—Shit, shit, shit, carajo, no lo nombres.

—Tienes razón, me olvidé —lo palmeó el Teniente Silva—. A todos los padres les duele que sus hijas se les casen. No quieren perderlas. Dale tiempo al tiempo, al final se ablandará y te casarás con tu hembra. ¿Quieres un consejo? Llénala. Cuando la vea embarazada, el viejo no tendrá más remedio que autorizar el matrimonio. Y, ahora, cuéntame lo de Palomino Molero.

«Este hombre es un genio», pensó Lituma.

—Ése no se ablandará nunca porque no es humano. No tiene alma ¿ves? —gimoteó el aviador. Tuvo otra de esas arcadas que se le mezclaban con los hipos de la borrachera y a Lituma se le ocurrió que la camisa de su jefe debía estar una mugre—. Un monstruo que ha jugado conmigo como su cholito ¿ves? ¿Ya entiendes por qué estoy hasta el cien? ¿Ya entiendes por qué no me queda más que emborracharme hasta las cachas todas las noches?

—Claro que entiendo, mi hermano —dijo el Teniente Silva—. Estás templado y te friega que no te dejen ver a tu hembra. Pero a quién se le ocurre templarse de la hija de Mindreau, perdón, quise decir de ese déspota. Anda, mi hermano, cuéntame de una vez lo de Palomino Molero.

—¿Te crees muy vivo, no? —balbuceó el tenientito, enderezando la cabeza. Era como

66

si se le hubiese pasado la borrachera. Lituma se aprestó a sujetarlo pues le pareció que iba a agredir a su jefe. Pero, no, estaba demasiado borracho, no podía tenerse erecto, se había desmoronado otra vez sobre el Teniente Silva.

—Anda, hermano —lo consoló éste—. Te hará bien, te distraerá de tu problema. Te olvidarás de tu hembra por un rato. ¿Lo mataron porque se metió con la mujer de un oficial? ¿Fue por eso?

—Yo a ti no te voy a contar un carajo de Palomino Molero —rugió el tenientito, aterrado—. Si quieres, mátame primero.

—Eres un malagradecido —lo reprendió el Teniente, con suavidad—. Yo te he sacado del bulín, donde te iban a cortar los huevos. Yo te he traído aquí para que se te quite la tranca y vuelvas a la Base sanito y no te castiguen. Yo te estoy sirviendo de pañuelo, de almohada y de paño de lágrimas. Mira nomás cómo me has puesto con tus babas. Y tú ni siquiera quieres contarme por qué mataron a Palomino Molero. ¿Tienes miedo de algo?

«No le va a sacar nada», se desmoralizó Lituma. Habían perdido el tiempo y, lo peor, él se había hecho absurdas ilusiones. Este borrachín no los libraría de las tinieblas.

—Ella también es una grandísima mierda, hasta peor que su padre —se quejó entre dientes. Tuvo una arcada y, atorándose, continuó—: Y, a pesar de todo lo que me ha hecho, la quiero. ¡Quién comprende eso! Sí, carajo. La tengo aquí, en el corazón. Y qué chucha.

—¿Y por qué dices que tu hembra también es una mierda, mi hermano? —preguntó el Teniente Silva—. Ella tiene que obedecer a su papá ¿no? ¿O es que ya no te quiere? ¿Te ha largado?

—Ella no sabe lo que quiere, ella es la voz de su amo,. RCA Víctor, el perro del disco, eso es lo que es. Sólo hace y dice lo que manda el monstruo. El que me largó fue él, por boca de ella.

Lituma trataba de recordar a la muchacha, tal como la había visto, en la breve aparición que hizo en el despacho de su padre. Tenía presente el diálogo entre ambos pero le costaba recordar si era bonita. Entreveía una silueta más bien menuda, debía tener mucho carácter por la manera como hablaba, y seguro era engreidísima. Una carita de mirar a todo el mundo desde un trono ¿no? Habría barrido el suelo con el pobre aviador, en qué estado lo había dejado.

—Cuéntame lo de Palomino Molero, mi hermano —repitió el Teniente Silva una vez más—. Por lo menos, algo. Por lo menos, si lo mataron por enredarse, allá en Piura, con la mujer de un oficial. Anda, siquiera eso.

—Estaré borracho pero no soy ningún cojudo, a mí tú no me vas a tratar como a tu cholito —balbuceó el aviador.

Hizo una pausa y añadió, con amargura:

—Pero, si quieres saber una cosa, lo que le pasó se lo buscó.

—¿Palomino Molero, quieres decir? —susurró el Teniente.

—Dirás el concha de su madre de Palomino Molero, más bien.

—Bueno, el concha de su madre de Palomino Molero, si prefieres —ronroneó el Teniente Silva, palmeándolo—. ¿Por qué se las buscó?

—Porque picó muy alto —carraspeó el tenientito, con ira—. Porque se metió en corral ajeno. Esas cosas se pagan. Él las pagó y bien hecho que las pagara.

Lituma tenía la piel de gallina. Éste sabía. Éste sabía quiénes y por qué mataron al flaquito.

—Así es, mi hermano, el que pica alto, el que se mete en corral ajeno, generalmente las paga —le hizo eco el Teniente Silva, más amistoso que nunca—. ¿Y en qué corral se metió Palomino?

—En el de la puta que te parió —dijo el aviadorcito, separándose de su espaldar. Hacía esfuerzos por incorporarse. Lituma lo vio gatear, ponerse de pie a medias, derrumbarse y quedar a cuatro patas.

—No, en ése no fue, mi hermano, y tú lo sabes —prosiguió el Teniente Silva, incansable y cordial—. Fue allá, en Piura, en una casa de la Base Aérea. En una de ésas junto al aeropuerto. ¿No es verdad?

El tenientito levantó la cabeza, siempre a cuatro patas, y a Lituma le dio la impresión de que iba a ladrar. Los miraba con una mirada vidriosa y angustiada y parecía hacer grandes esfuerzos para dominar la borrachera. Pestañeaba sin tregua.

—¿Y quién te contó eso, concha de tu madre?

—Ahí está el detalle, mi hermano, como diría Cantinflas —se rió el Teniente Silva—. No sólo tú sabes cosas. Yo también sé algunas. Yo te digo las que sé, tú las que sabes y resolvemos juntos el misterio mejor que Mandrake el Mago.

—Dime tú primero qué sabes de la Base de Piura —articuló el aviador. Seguía a cuatro patas y Lituma pensó que ahora sí se le había pasado la borrachera. Por la manera como hablaba y, sobre todo, porque parecía habérsele ido también el miedo.

—Con mucho gusto, mi hermano —dijo el Teniente Silva—. Pero, ven, siéntate, fúmate este pucho. Se te está pasando la tranca ¿no? Mejor.

Encendió dos cigarrillos y le alcanzó el paquete a Lituma. El guardia sacó uno y lo prendió.

—Mira, yo sé que Palomino tenía un amorcito allá en la Base de Piura. Le daba serenatas con su guitarra, le iba a cantar con esa linda voz que dicen que tenía. En las noches y a escondidas. Le cantaría boleros, parece que eran su especialidad. Ya está, ya te dije lo que sé. Ahora te toca. ¿A quién iba a darle serenatas Palomino Molero?

—No sé nada de nada —exclamó el aviador. Estaba asustadísimo de nuevo. Los dientes le seguían castañeteando.

—Sí sabes —lo animó el jefe de Lituma—. Sabes que el marido de esa a la que daba serenatas malició algo, o los pescó, y sabes que Molero tuvo que salir pitando de Piura. Por eso se vino aquí, por eso se enroló en Talara. Pero el marido celoso lo descubrió, vino a buscarlo y se lo cargó. Por lo que tú dijiste, mi hermano. Por picar alto, por meterse en otro corral. Anda, no te estés tan calladito. ¿Quién se lo cargó?

El aviador tuvo otra arcada. Esta vez vomitó, encogido, haciendo un ruido espectacular. Cuando hubo terminado, se limpió la boca con la mano y comenzó a hacer morisquetas. Terminó sollozando como un churre. Lituma tenía asco y también algo de pena. El pobre estaba sufriendo, se veía.

—Tú dirás por qué insisto tanto en que me digas quién fue —reflexionó el Teniente, haciendo argollas con el humo—. Curiosidad, mi hermano, nada más. Si el que se lo cargó fue alguien de la Base de Piura ¿qué puedo hacer yo? Nada. Ustedes tienen sus fueros, sus prerrogativas, se juzgan ustedes mismos. Yo no podría ni meter mi cuchara. Pura curiosidad ¿ves? Y, además, te voy a decir una cosa. Si yo estuviera casado con mi gorda y alguien viniera a darle serenatas, a cantarle boleritos románticos, también me lo cargaría. ¿Quién se enfrió a Palomino, mi hermano?

Hasta en este momento tenía que acordarse de Doña Adriana el Teniente. Era una enfermedad, pucha. El tenientito se ladeó, evitando el suelo ensuciado por sus vómitos, y se sentó en la arena, unos centímetros más adelante que Lituma y su jefe. Puso los codos sobre las rodillas y hundió la cabeza en las manos. Debía sentir los muñecos de la borrachera. Lituma recordó esa sensación de vacío con cosquillitas, el malestar inubicable, generalizado, que conocía muy bien de sus épocas de inconquistable.

—¿Y cómo sabes que iba a dar serenatas en la Base de Piura? —preguntó el aviador, de pronto. A ratos parecía con miedo, a ratos con ira, y ahora con las dos cosas a la vez—. ¿Quién carajo te contó eso?

En ese momento, Lituma se dio cuenta que se acercaban unas sombras. Segundos después, las tenían junto a ellos, abiertas en medio círculo. Eran seis. Llevaban fusiles y varas, y en el resplandor de la luna, Lituma reconoció los brazaletes. La Policía Aeronáutica. En las noches, recorrían las cantinas, las fiestas y el bulín en busca de gente de la Base que estuviera haciendo escándalos.

—Soy el Teniente Silva, de la Guardia Civil. ¿Qué pasa?

—Venimos a llevarnos al Teniente Dufó —repuso uno de ellos. No se le veían los galones, debía ser un Suboficial.

—Para decir mi nombre, primero lávese la boca —rugió el aviador. Consiguió incorporarse y tenerse de pie, aunque se balanceaba como si fuese a perder el equilibrio en cualquier momento—. A mí nadie me lleva a ninguna parte, carajo.

—Órdenes del Coronel, mi Teniente —replicó el jefe de la patrulla—. Con su perdón, pero tenemos que llevarlo.

El aviador carraspeó algo y se deslizó al suelo, en cámara lenta. El que mandaba la patrulla dio una orden y las siluetas se acercaron. Cogieron al Teniente Dufó de brazos y piernas y se lo llevaron en peso. Él los dejó hacer, rezongando algo incomprensible.

Lituma y el Teniente Silva los vieron desaparecer en la oscuridad. Poco después, a lo lejos, arrancó un jeep. La patrulla había estacionado sin duda junto al bulín. Terminaron de fumar sus cigarrillos, absortos en sus pensamientos. El Teniente fue el primero en levantarse, para emprender el regreso. Al pasar cerca del bulín oyeron música, voces y risas. Parecía lleno.

—Usted es una fiera para hacer hablar a la gente —dijo Lituma—. Qué bien lo fue llevando, llevando, hasta sonsacarle algunas cositas.

—No le saqué todas las que sabe —afirmó el Teniente—. Si hubiéramos tenido más tiempo, quizá hubiera desembuchado todo. —Escupió y respiró con apetito, como para llenarse los pulmones de aire marino—. Te voy a decir algo, Lituma. ¿Sabes qué me huelo?

—¿Qué, mi Teniente?

—Que en la Base Aérea todo el mundo sabe lo que pasó. Desde el portero hasta Mindreau.

—No me extrañaría —asintió Lituma—.

Por lo menos, ésa fue la impresión que me dio el Teniente Dufó. Que él sí sabía muy bien quién mató al flaquito.

Caminaron un buen rato en silencio, por una Talara dormida. La mayoría de las casitas de madera estaban a oscuras; sólo en una que otra se veía chispear un candil. Allá arriba, detrás de las rejas, en la zona reservada, también era noche total.

De pronto, el Teniente habló con una voz distinta:

—Hazme una gauchada, Lituma. Date una vuelta por la playa de los pescadores. Mira si El León de Talara ya zarpó. Si ha salido, te vas a dormir nomás. Pero, si estuviera en la playa, anda a avisarme a la fonda.

—Cómo, mi Teniente —se asombró Lituma—. Quiere decir que...

—Quiere decir que voy a tratar —asintió el Teniente, con una semirrisita nerviosa—. No sé si ocurrirá el milagro esta noche. Puede que no. Pero nada se pierde intentando. Ha resultado mucho más difícil de lo que creía. Algún día será. Porque, ¿sabes una cosa?, este cristiano no se morirá sin tirarse a esa gorda y sin saber quiénes mataron a Palomino Molero. Son mis dos metas en la vida, Lituma. Más todavía que el ascenso, aunque no me lo creas. Anda, anda de una vez.

«Cómo puede tener ánimos en este momento para eso», reflexionó Lituma. Pensó en Doña Adriana, encogida en su camita, soñando, inconsciente de la visita que iba a recibir. Ah, caracho, vaya pinga loca que había resultado el Teniente Silva. ¿Se lo aflojaría esta noche? No, Lituma estaba seguro que Doña Adriana jamás le daría gusto. De entre las cabañas a oscuras salió un perro a ladrarle. Lo ahuyentó de un puntapié. Siempre olía a pescado en Talara, pero ciertas noches, como ésta, el olor aumentaba hasta volverse insoportable. Lituma sintió una especie de vértigo. Caminó un rato tapándose la nariz con el pañuelo. Muchas barcas habían salido ya a pescar. Apenas quedaban media docena en la playita y ninguna de ellas era El León de Talara. Las examinó una por una, para estar seguro. Cuando se disponía a irse, advirtió un bulto, recostado en uno de los botecitos de la arena.

—Buenas noches —murmuró.

—Buenas —dijo la mujer, como molesta por haber sido interrumpida.

—Pero, vaya, qué hace usted aquí a estas horas, Doña Adriana. —La dueña de la fondita llevaba una chompa negra sobre el vestido y andaba descalza, como siempre.

—Vine a traerle su fiambre a Matías. Y, después que partió, me quedé a tomar un poco de aire. No tengo sueño. ¿Y tú, Lituma? ¿Qué se te ha perdido por aquí? ¿Una cita de amor?

El guardia se echó a reír. Se puso en cuclillas, frente a Doña Adriana, y mientras se reía, en la escasa luz —una nube envolvía a la luna— examinaba esas formas abundantes, generosas, que tanto codiciaba el Teniente Silva.

—¿De qué te ríes? —le preguntó Doña Adriana—. ¿Te has vuelto loco o estás un poco tomadito? Ah, ya sé, has estado donde el Chino Liau.

—Nada de eso, Doña Adriana —siguió riéndose Lituma—. Si se lo cuento, se va usted a morir de risa, también.

—Cuéntamelo, entonces. Y no te rías solo que pareces un cacaseno.

La dueña de la pensión estaba siempre de buen humor y animosa, pero Lituma la notó esta noche algo tristona. Tenía los brazos cruzados sobre el pecho y uno de sus pies escarbaba la arena.

—¿Está usted molesta por algo, Doña Adriana? —preguntó, ya serio.

—Molesta, no. Preocupada, Lituma. Matías no quiere ir a la Asistencia. Es muy porfiado y no puedo convencerlo.

Hizo una pausa y suspiró. Contó que, desde hacía por lo menos un mes, a su marido no se le quitaba la ronquera, y que, cuando tenía accesos fuertes de tos, escupía sangre. Ella había comprado unas medicinas en la farmacia y se las había hecho tomar casi a la fuerza, pero no le habían hecho nada. A lo mejor tenía algo grave y no se podía curar con esos remedios de farmacia. De repente necesitaba radiografías o una operación. El terco no quería saber nada de la Asistencia y decía que se le iba a pasar, que ir a ver un médico por una tos era cosa de rosquetes. Pero a ella no le metía el dedo a la boca: se sentía peor de lo que aparentaba porque cada noche se le hacía cuesta arriba salir a pescar. Le había prohibido que les hablara a sus hijos de los escupitajos con sangre. Pero ella se lo contaría el domingo, cuando vinieran a verla. A ver si ellos lo arrastraban al médico.

—Usted lo quiere mucho a Don Matías ¿no, Doña Adriana?

—He estado con él casi veinticinco años —sonrió la dueña de la pensión—. Parece mentira cómo se pasa, Lituma. A mí Matías me agarró tiernita, de quince añitos apenas. Yo le tenía miedo, por lo que era tan mayor. Pero me persiguió tanto que acabó por darse gusto. Mis padres no querían que me casara con él. Decían que era muy viejo, que el matrimonio no duraría. Se equivocaron, ya ves. Ha durado y, con todo, nos hemos llevado bastante bien. ¿Por qué me preguntas si lo quiero?

—Porque ahora ya me da un poco de vergüenza decirle lo que vine a hacer aquí, Doña Adriana.

El pie que jugaba en la arena se inmovilizó, a milímetros de donde estaba acuclillado el guardia.

—Déjate de misterios, Lituma. ¿Estás haciéndome una adivinanza?

—El Teniente me mandó a ver si Don Matías había salido ya a pescar —susurró, bajando la voz y con tonito malicioso. Se quedó esperando y, como ella no hizo ninguna pregunta, añadió—: Porque se fue a hacerle una visita, Doña Adriana, y no quería que su

77

marido lo fuera a pescar. Ahora mismo debe estar tocándole la puerta.

Hubo un silencio. Lituma sentía chasquear a las olitas que venían a morir en la orilla, cerca de él. Después de un momento, oyó que Doña Adriana se reía, despacito, con burla, conteniéndose, como para que él no la oyera. Él también volvió a reírse. Así estuvieron un buen rato, riéndose, cada vez más fuerte, contagiados.

—Qué maldad estar burlándonos así de la prendida del Teniente, Doña Adriana.

—Todavía debe estar tocando la puerta y rascando la ventana, rogando y rogando que lo deje entrar —habló entre risas la dueña de la pensión—. Prometiéndome el oro y el moro para que le abra. ¡Jajajá! ¡A los puros fantasmas! ¡Jajajá!

Todavía se rieron un rato más. Cuando se callaron, Lituma vio que el pie de la dueña de la fonda volvía a escarbar la arena, con método y obstinación. A lo lejos, silbó la sirena de la refinería. Estaban cambiando el turno, pues allí trabajaban de día y de noche. Oyó, también, ruidos de camiones en la carretera.

—La verdad es que lo tiene loco al Teniente, Doña Adriana. Si usted lo oyera. No habla de otra cosa. Ni siquiera mira a las otras mujeres. Para él, usted es la reina de Talara.

Oyó que Doña Adriana se reía otra vez, complacida.

—Es un mano larga, un día de éstos se va a llevar un sopapo por las confianzas que se toma conmigo —dijo, sin el menor enojo—. ¿Loco por mí? Puro capricho, Lituma. Se le ha metido conquistarme y, como no le hago caso, está entercado. ¿Piensas que voy a creerme que un muchacho como él se ha enamorado de una mujer que podría ser su mamá? Ni tonta, Lituma. Un antojo, nada más. Si le diera gusto una sola vez, ya está, se le quitaría el enamoramiento.

—¿Y usted le va a dar gusto aunque sea una vez, Doña Adriana?

—Por supuesto que ni la décima parte de una vez —respondió al instante la dueña de la pensión, haciéndose la molesta. Pero Lituma comprendió que fingía—. Yo no soy una de ésas. Yo soy una madre de familia, Lituma. A mí no me pone la mano encima otro hombre que mi marido.

—Entonces, el Teniente se va a morir, Doña Adriana. Porque, le juro que no he visto a un hombre tan templado de nadie como él de usted. Hasta le habla en sueños, figúrese.

—¿Y qué dice cuando me habla en sueños?

—No se lo puedo decir, porque son cosas cochinas, Doña Adriana.

Ella soltó la carcajada. Cuando terminó de reírse, se incorporó del botecito, y, siempre con los brazos cruzados, echó a caminar. Tomó el rumbo de la fonda, seguida por Lituma.

—Me alegro de este encuentro contigo —dijo—. Me has hecho reír, me has quitado la preocupación que tenía.

—Yo también me alegro, Doña Adriana —dijo el guardia—. Gracias a nuestra charla, me olvidé del flaquito que mataron. Lo tengo metido en la cabeza desde que lo vi, en el pedregal. A veces, me dan pesadillas. Espero que esta noche no.

Despidió a Doña Adriana en la puerta de la fonda y caminó hasta el Puesto. Él y el Teniente dormían allí, el oficial en un cuarto amplio, contiguo a la oficina, y Lituma en una especie de despensa pegada al patiecito de los calabozos. Los otros guardias eran casados y vivían en casas del pueblo. Mientras recorría las calles desiertas, imaginaba al Teniente rascando los vidrios de la fonda y susurrando palabras de amor al puro viento.

En la Comisaría, vio un papel ensartado en la manija de la puerta. Había sido puesto allí exprofeso, para que lo vieran al entrar. Lo desprendió con cuidado y, adentro —un cuarto de tablas, con un escudo, una bandera, dos escritorios y un basurero— encendió la lámpara. Estaba escrito en tinta azul, por alguien que tenía una letra pareja y elegante, alguien que sabía escribir sin faltas de ortografía:

«A Palomino Molero, los que lo mataron lo fueron a sacar de casa de Doña Lupe, en Amotape. Ella sabe lo que pasó. Pregúntele.»

La Comisaría recibía anónimos con frecuencia, sobre todo por asuntos de cuernos y de negociados en la Aduana del puerto. Éste era el primero que se refería a la muerte del flaquito.

—Amotape, vaya nombre —se burló el Teniente Silva—. ¿Será cierto que viene de la historia ésa del cura y su sirvienta? ¿Usted qué cree, Doña Lupe?

Amotape está a medio centenar de kilómetros al Sur de Talara, en medio de pedregales calcinados y dunas ardientes. En el contorno hay matorrales secos, bosquecillos de algarrobos y alguno que otro eucalipto, manchas de pálido verdor que alegran la monótona grisura del paisaje. Los árboles se han encogido, alargado y enrevesado para absorber la escasa humedad de la atmósfera y, a la distancia, parecen brujas gesticulantes. Bajo la sombra bienhechora de sus copas retorcidas hay siempre rebaños de escuálidas cabras, mordisqueando las vainas crujientes que se desprenden de las ramas; también, soñolientos piajenos; también, algún pastor, generalmente un churre o una churre de pocos años, piel requemada y ojos vivísimos.

—¿Usted cree que esa historia del cura y su sirvienta sobre Amotape será cierta, Doña Lupe? —repitió el Teniente Silva.

El poblado es un revoltijo de cabañas de barro y caña brava, con corralitos de estacas, y alguna que otra casa de rejas nobles, aglomerado en torno a una antigua placita con glorieta de madera, almendros, buganvilias y un monumento de piedra a Simón Rodríguez, el maestro de Bolívar, que murió en esta soledad. Los vecinos de Amotape, gentes pobres y polvorientas, viven de las cabras, los algodonales y de los camioneros y autobuseros que se desvían de la ruta entre Talara y Sullana para tomarse en el pueblo un potito de chicha o comerse un piqueo. El nombre del lugar, dice una leyenda piurana, viene de la Colonia, cuando Amotape, pueblo importante, tenía un párroco avaro, que odiaba dar de comer a los forasteros. Su sirvienta, que le amparaba las tacañerías, al ver asomar un viajero lo alertaba: «Amo, tape, tape la olla que viene gente.» ¿Sería cierto?

—Quién sabe —murmuró, al fin, la mujer—. A lo mejor, sí. A lo mejor, no. Dios sabrá.

Era muy flaca, de piel olivácea y apergaminada que se le hundía entre los huesos salientes de los pómulos y los brazos. Desde que los vio llegar, los miraba con desconfianza. «Con más desconfianza todavía de la que nos mira normalmente la gente», pensó Lituma. Los escrutaba con unos ojos profundos y asustadizos, y, a ratos, se sobaba los brazos como sorprendida por un escalofrío. Cuando su mirada se cruzaba con la de uno de ellos, la sonrisita que intentaba le salía tan falsa que parecía morisqueta. «Qué miedo tienes,

82

comadre», pensaba Lituma. «Tú sí que sabes cosas.» Los había mirado así mientras les servía de comer unos «chifles» de plátano frito y salado y un seco de chabelo. Así los miraba cada vez que el Teniente le pedía que les renovase la calabaza de «clarito». ¿A qué hora iba a empezar su jefe a hacerle preguntas? Lituma sentía que la chicha comenzaba a embotarle el cerebro. Era mediodía, hacía un calor de los mil diablos. Él y el Teniente eran los únicos parroquianos. Desde el local veían, sesgada, la iglesita de San Nicolás resistiendo heroica el paso del tiempo, y, más allá, a través del arenal, a unos cientos de metros, los camiones que iban rumbo a Sullana o a Talara. A ellos los había traído un camión que cargaba jaulas de pollos. Los dejó en la carretera. Mientras atravesaban el pueblo, habían visto brotar caras curiosas de todas las chozas de Amotape. Varias cabañas tenían pendones blancos, flameando en el tope de una estaca. El Teniente preguntó cuál de esas casas en que servían chicha era la de Doña Lupe. El corro de churres que los rodeaba señaló al instante la cabañita donde estaban ahora. Lituma suspiró, aliviado. Vaya, por lo menos la mujer existía. El viaje no había sido en vano, pues. Habían venido a la intemperie, oliendo cagarrutas de pollos, apartando las plumas que se les metían a la boca y a las orejas, ensordecidos por el cloqueo de sus compañeros de viaje. La asoleadera le había dado dolor de cabeza. Ahora, al regresar, tendrían que caminar de nuevo hasta la carretera, pararse allí y estirar el brazo hasta que un conductor se comidiera a regresarlos a Talara.

—Buenos días, Doña Lupe —había dicho el Teniente Silva, al entrar—. Venimos a ver si su chicha, sus chifles y su seco de chabelo son tan buenos como se comenta. Nos los han recomendado. Espero que no nos defraude.

A juzgar por la manera como los miraba, la dueña de la fonda no se había tragado el cuento del Teniente. Y, sobre todo, pensó Lituma, considerando lo ácida que era su chicha y lo insípido que sabían las hebras de carne de su seco. Al principio, los churres de Amotape estuvieron merodeando alrededor de ellos. Poco a poco, se fueron aburriendo y yendo. Ahora sólo quedaban en la choza, en torno al fogón, a las tinajas de barro, al camastro y a las tres mesitas chuecas plantadas sobre la tierra, unas criaturas semidesnudas, jugando con unas calabazas vacías. Debían de ser hijas de Doña Lupe, aunque parecía difícil que una mujer de su edad tuviera hijas tan chiquitas. ¿O, a lo mejor, no era tan vieja? Todos los intentos de entablar conversación con ella habían sido inútiles. Le hablaran del tiempo, la sequía, la cosecha de algodón de este año o del nombre de Amotape, contestaba siempre igual. Con monosílabos, silencio o evasivas.

—Te voy a decir una cosa que te va a sorprender, Lituma. ¿Tú también crees que Doña Adriana es una gorda, no es cierto? Te equivocas. Es una mujer bien despachada, lo que es muy distinto.

¿A qué hora iba a comenzar el Teniente? ¿Cómo iba a hacerlo? Lituma se sentía sobre ascuas, escindido entre la sorpresa y la admiración que le provocaban las astucias de su jefe. A él le constaba que el Teniente Silva estaba tan ávido como él por desenredar el misterio de la muerte de Palomino Molero. Había sido testigo de la excitación que, la noche anterior, le provocó el anónimo. Olfateando el papel como un sabueso la presa, sentenció: «No es una pasada. Trae un hedor de cosa cierta. Habrá que ir a Amotape.»

—¿Sabes cuál es la diferencia entre una gorda y una mujer bien despachada, Lituma? La gorda es fofa, chorreada, blanduzca. Tocas y la mano se hunde como en un queso mantecoso. Te sientes estafado. La mujer bien despachada es dura, llenita, tiene lo que hace falta y más. Todo en el sitio debido. Está bien distribuida y proporcionada. Tocas y resiste, tocas y rebota. Hay siempre de más, de sobra, para hartarse y hasta para regalar.

En el camino hacia Amotape, mientras el sol del desierto les taladraba los quepis, el Teniente había venido monologando sin cesar sobre el anónimo, especulando sobre el Teniente Dufó, sobre el Coronel Mindreau y su hija. Pero, desde que entraron a la choza de Doña Lupe era como si al Teniente Silva se le hubiera eclipsado la curiosidad por Palomino Molero. Toda la comida no había hecho otra cosa que hablar del nombre de Amotape, o, claro está, de Doña Adriana. A voz en cuello, sin importarle que la señora Lupe oyera sus arrechuras.

—Es la diferencia entre la grasa ·y el músculo, Lituma. La gorda es grasa. La mujer bien despachada, una canasta de músculos. Unas tetas musculosas es lo más rico que hay en el mundo, más rico todavía que este seco de chabelo de Doña Lupe. No te rías, Lituma, es así mismito como te lo digo. Tú no sabes de esas cosas, yo sí. Un poto grande y musculoso, unos muslos musculosos, unas espaldas y unas caderas de mujer con músculo, son manjares de príncipes, reyes y generales. ¡Uy, Dios mío! ¡Uy, uy, uy! Así es mi amorcito de Talara, Lituma. No gorda sino bien despachada. Una mujer con músculo, carajo. Y eso es lo que a mí me gusta.

El guardia se reía, por disciplina, pero Doña Lupe oía todas las habladurías del oficial, muy seria, escrutándolos. «Esperando», pensaba Lituma, seguramente tan en pindingas como él mismo. ¿Cuándo se decidiría el Teniente a empezar? Parecía no tener el menor apuro del mundo. Dale que dale con el tema de la gorda.

—Tú dirás: ¿cómo es que el Teniente sabe que Doña Adrianita es bien despachada y no gorda? ¿La ha tocado, acaso? Es verdad que apenas, Lituma. Apenas, apenitas, una tocadita aquí, de paso, un roce a la apuradita. Cojudeces, ya lo sé, tienes razón en lo que estarás pensando. Pero es que yo la he visto,

Lituma. Ya está, ya te conté mi secreto. La
he visto bañándose en fustán. Allá en la playita adonde van a bañarse las viejas de Talara para que no las vean los hombres, esa que
está detrás del faro, esa de piedras y rocas,
junto al peñón de los cangrejos. ¿Para qué
crees que me desaparezco siempre a eso de
las cinco, con mis prismáticos, contándote el
cuento de ir a tomarme un cafecito en el Hotel
Royal? ¿Para qué crees que me trepo al peñón
que está sobre esa playita? Para qué va a ser,
Lituma. Para mirar a mi amorcito mientras
se baña con su fustán rosado. Una vez que el
fustán se moja es como si estuviera calata,
Lituma. ¡Dios mío, écheme agua, Doña Lupe,
que me quemo! ¡Apágueme este incendio!
Ahí es cuando se ve lo que es un cuerpo bien
despachado, Lituma. Las nalgas duras, las
tetas duras, puro músculo de la cabeza a los
pies. Un día te llevaré conmigo y te la mos-
traré. Te prestaré mis prismáticos. Te queda-
rás bizco, Lituma. Verás que tengo razón.
Verás el cuerpo más sabroso de Talara. Sí,
Lituma, yo no soy celoso, por lo menos con
mis subordinados. Si te portas bien, un día
te treparé al peñón de los cangrejos. Te dará
un patatús de felicidad al ver a ese hembrón.

Era como si se hubiera olvidado qué habían venido a hacer a Amotape, carajo. Pero
cuando la impaciencia ya comenzaba a de-
sesperar a Lituma, el Teniente Silva, de
pronto, enmudeció. Se quitó los anteojos oscuros —el guardia vio que su jefe tenía las
pupilas brillantes e incisivas—, los limpió

con su pañuelo y se los calzó de nuevo. Con mucha calma encendió un cigarrillo. Habló con una vocecita acaramelada:

—Una cosa, Doña Lupe. Venga, venga, siéntese con nosotros un ratito. Tenemos que hablar ¿no?

—¿Y de qué? —murmuró la mujer, con los dientes chocándole. Se había puesto a temblar como si tuviera tercianas. Lituma se dio cuenta que él también temblaba.

—De Palomino Molero, pues, Doña Lupe, de qué va a ser —le sonrió el Teniente Silva—. De mi amor de Talara, de mi gordita rica, no voy a hablar con usted ¿no le parece? Venga, venga. Siéntese aquí.

—No sé quién es ése —balbuceó la mujer, transformada. Se sentó como una autómata en el banquito que el Teniente le señalaba. Se había demacrado de golpe y parecía más flaca que antes. Haciendo una mueca extraña, que le torcía la boca, repitió—: Juro que no sé quién es.

—Claro que sabe usted quién es Palomino Molero, Doña Lupe —la reprendió el Teniente Silva. Había dejado de sonreír y hablaba en un tono frío y duro que sobresaltó a Lituma. Éste pensó: «Sí, sí, por fin sabremos qué pasó.»—. El avionero que asesinaron en Talara. El que quemaron con cigarrillos y ahorcaron. Al que le zambulleron un palo en el trasero. Palomino Molero, un flaquito que cantaba boleros. Estuvo aquí, en esta casa, donde estamos usted y yo. ¿Ya no se acuerda?

Lituma vio que la mujer abría mucho los ojos y también la boca. Pero no dijo nada. Permaneció así, desencajada, temblando. Una de las criaturas hizo un puchero.

—Le voy a hablar francamente, señora —el Teniente arrojó una bocanada de humo y pareció distraerse, observando las volutas. Prosiguió de improviso, con severidad—: Si usted no coopera, si no responde a mis preguntas, se va a meter en un lío de la puta madre. Se lo digo así, con palabrotas, para que se dé cuenta de lo grave que es. No quiero detenerla, no quiero llevármela a Talara, no quiero meterla en un calabozo. Yo no quiero que se pase el resto de la vida en la cárcel, como encubridora y cómplice de un crimen. Le aseguro que no quiero nada de eso, Doña Lupe.

La criatura seguía haciendo pucheros y Lituma, llevándose un dedo a los labios, le indicó silencio. Ella le sacó la lengua y sonrió.

—Me van a matar —gimió la mujer, despacito. Pero no lloraba. En sus ojos secos había odio y miedo animal. Lituma no se atrevía a respirar, le parecía que si se movía o hacía ruido ocurriría algo gravísimo. Vio que el Teniente Silva, con mucha parsimonia, abría su cartuchera. Sacó su pistola y la puso sobre la mesa, apartando las sobras del seco de chabelo. Le acarició el lomo mientras hablaba:

—Nadie le va a tocar un pelo, Doña Lupe. Siempre y cuando nos diga la verdad. Aquí está esto para defenderla, si hace falta.

El rebuzno enloquecido de una burra quebró, a lo lejos, la quietud del exterior. «Se la están cachando», pensó Lituma.

—Me han amenazado, me han dicho si abres la boca vas a morir —aulló la mujer, alzando los brazos. Se apretaba la cara con las dos manos y se retorcía de pies a cabeza. Se oía entrechocar sus dientes—. Qué culpa tengo, qué he hecho yo, señor. No puedo morirme, dejar abandonadas a estas criaturas. A mi marido lo mató un tractor, señor.

Los niños que jugaban en la tierra se volvieron al oírla gritar, pero, luego de un momento, se desinteresaron de ella y retornaron a sus juegos. La criatura que hacía pucheros había ido gateando hasta el umbral de la choza. El sol enrojeció su pelo, su piel. Se chupaba el dedo.

—Ellos también me mostraron sus pistolas, a quién hago caso, a ustedes o a ellos —aulló la mujer. Trataba de llorar, hacía muecas, se estrujaba los brazos, pero tenía los ojos siempre secos. Se golpeó el pecho y se santiguó.

Lituma ojeó el exterior. No, los gritos de la mujer no habían atraído al vecindario. Por el hueco de la puerta y los intersticios de las estacas se veía el portón cerrado de la iglesita de San Nicolás y la Plaza desierta. Los niños que, hasta hacía un momento, correteaban y pateaban pelotas de trapo alrededor de la glorieta de madera, ya no estaban allí. Pensó: «Se los han llevado, los han escondido. Sus padres los agarrarían del pescuezo y meterían a las chozas, para que no oyeran ni vieran lo que iba a pasar aquí.» Todos sabían, pues, lo de Palomino Molero; todos habían sido testigos. El misterio se iba a aclarar, ahora sí.

—Cálmese, vayamos pasito a paso, sin apurarnos —dijo el Teniente. Pero su tono, a diferencia de sus palabras, no quería tranquilizarla sino aumentar su miedo. Era frío y amenazador—: Nadie la va a matar ni a meterse con usted. Palabra de hombre. A condición de que me hable con franqueza. De que me diga toda la verdad.

—No sé nada, no sé nada, tengo susto, Dios mío —balbuceó la mujer. Pero en su expresión, en su abandono, era visible que sabía todo y que no tenía fuerzas para negarse a contarlo—. Ayúdame, San Nicolás.

Se santiguó dos veces y besó sus dedos cruzados.

—Empezando por el principio —ordenó el Teniente—. Cuándo y por qué vino aquí Palomino Molero. ¿Desde cuándo lo conocía usted?

—Yo no lo conocía, no lo había visto en la vida —protestó la mujer. Bajaba y subía la voz, como si hubiera perdido el control de su garganta, y revolvía los ojos—. Yo no le hubiera dado cama aquí, si no hubiera sido por la muchacha. Buscaban al párroco, al Padre Ezequiel. Pero no estaba. Casi nunca está, para viajando.

—¿La muchacha? —se le escapó a Lituma.

Una mirada del Teniente le hizo morderse la lengua.

—La muchacha —tembló Doña Lupe—. Sí, ella. Me rogaron tanto que me compadecí. Ni siquiera fue por plata, señor, y Dios sabe la falta que me hace. A mi marido lo pisó el tractor. ¿No le he dicho? Por Nuestro Señor que nos está viendo y escuchando allá arriba, por San Nicolasito que es nuestro patrono. Si ellos ni siquiera tenían plata. Apenas para pagar la comida, nomás. La cama se las di de balde. Y porque iban a casarse. Por compasión, por lo tiernitos que eran, casi unos churres, por lo enamorados que se los veía, señor. Cómo iba a saber lo que pasaría. Qué te he hecho, Diosito, por qué me metes en una desgracia semejante.

El Teniente esperó, echando argollas de humo y fulminando a la mujer con la mirada a través de sus anteojos, que Doña Lupe se persignara, se restregara los brazos y se apretara la cara como si fuera a destrozársela.

—Ya sé que es usted buena gente, la calé ahí mismo —dijo, sin cambiar de tono—. No se preocupe, siga. ¿Cuántos días estuvieron aquí los tortolitos?

El rebuzno obsceno hirió de nuevo la mañana, más cerca, y Lituma oyó también un galope. «Ya se la tiró», dedujo.

—Sólo dos —respondió Doña Lupe—. Estuvieron esperando al párroco. Pero el Padre Ezequiel estaba de viaje. Siempre está. Dice que va a bautizar y casar gente de las haciendas de la sierra, que se va a Ayabaca porque es muy devoto del Señor Cautivo, pero quién sabe. Mil cosas se dicen de tanto viaje. Yo les dije no lo esperen más, puede tardar una semana, diez días, quién sabe cuántos. Iban a irse a la mañana siguiente a San Jacinto. Era domingo y yo misma les aconsejé que se fueran para allá. Los domingos un padre de Sullana va a San Jacinto a decir la misa. Él podía casarlos, pues, en la capillita de la hacienda. Era lo que más querían en el mundo, un padre que los casara. Aquí, era por gusto que siguieran esperando. Váyanse, váyanse a San Jacinto.

—Pero los tortolitos no llegaron a irse ese domingo —la interrumpió el Teniente.

—No —se aterró Doña Lupe. Quedó muda y miró a los ojos al oficial, luego a Lituma y de nuevo al Teniente. Temblaba y entrechocaba los dientes.

—Porque... —la ayudó el oficial, silabeando.

—Porque vinieron a buscarlos el sábado en la tarde —secreteó ella, desorbitada.

Todavía no había oscurecido. El sol era una bola de fuego entre los eucaliptus y los algarrobos, las calaminas de algunos techos espejeaban con el resplandor del crepúsculo, y, en eso, ella, que estaba cocinando, doblada sobre el fogón, vio el auto. Se salió de la carretera, enfiló hacia Amotape y, brincando, roncando, levantando un terral, se vino derechito hacia la Plaza. Doña Lupe no le quitaba los ojos, viéndolo acercarse. Ellos también lo sintieron y lo vieron. Pero no le hicieron caso hasta que frenó junto a la Iglesia. Estaban sentados ahí, besándose. Todo el día estaban besándose. Ya basta, ya basta, dan el mal ejemplo a los churres. Más bien conversen o canten.

—Porque él cantaba bonito ¿no? —susurró el Teniente, animándola a seguir—. ¿Boleros, sobre todo?

—También valses y tonderos —asintió la mujer. Suspiró tan fuerte que Lituma dio un respingo—. Y hasta cumananas, ese canto en que dos se desafían. Lo hacía muy bien, gracioso era.

—El carro llegó a Amotape y usted lo vio —le recordó el Teniente—. ¿Ellos se echaron a correr? ¿Se escondieron?

—Ella quiso que se escapara, que se escondiera. Lo asustaba diciéndole corre amor, escápate amor, corre, corre, no te quedes, no quiero que...

—No, amor, date cuenta, has sido mía, hemos pasado dos noches juntos, tú ya eres mi mujer. Ahora nadie podrá oponerse. Tendrán que aceptar nuestro amor. No me voy. Lo voy a esperar, le voy a hablar.

Ella, asustadísima, corre, corre, te van a, te pueden no sé qué, escápate, yo los entretengo, no quiero que te maten amor. Estaba tan asustada que Doña Lupe se asustó, también:

—¿Quiénes son? —les preguntó, señalando el auto embadurnado de tierra, las siluetas que descendían y se recortaban, oscuras, sin

cara, contra el horizonte incendiado—.
¿Quién viene ahí? Dios mío, Dios mío, qué
va a pasar.

—¿Quiénes venían, Doña Lupe? —echó
una hilera de argollas de humo el Teniente
Silva.

—Quién iba a ser —susurró la mujer, casi
sin separar los dientes, con una furia que borró su miedo—. Quién, sino ustedes.

El Teniente Silva no se alteró:

—¿Nosotros? ¿La Guardia Civil? Querrá
usted decir la Policía Aeronáutica, gente de
la Base Aérea de Talara. ¿No?

—Ustedes, los uniformados —susurró la
mujer, de nuevo empavorecida—. ¿No es la
misma cosa?

—En realidad, no —sonrió el Teniente Silva—. Pero, no importa.

Y, en ese momento, sin distraerse un ápice
de las revelaciones de Doña Lupe, Lituma
los vio. Ahí estaban, protegiéndose del sol
bajo la techumbre de esteras, sentados muy
juntos y con los dedos entrelazados, un instante antes de que les cayera encima la desgracia. Él había inclinado su cabeza de rizos
negros y cortitos sobre el hombro de la muchacha y, rozándole el oído con los labios, le
cantaba, Dos almas que en el mundo, había
unido Dios, dos almas que se amaban, eso
éramos tú y yo. Conmovida por la ternura y
la delicadeza de la canción, ella tenía los
ojos aguados y, para oír mejor el canto o por
coquetería, encogía un poco el hombro y
fruncía su carita de muchacha enamorada.

No había rastro de antipatía, ni de arrogancia, en esas facciones adolescentes dulcificadas por el amor. Lituma sintió que lo embargaba una desoladora tristeza al divisar, por donde sin duda aparecería y vendría, precedido por el trueno de su motor, entre nubarrones de polvo amarillento, el vehículo de los uniformados. Recorría el caserío de Amotape al promediar el día, y, luego de unos minutos atroces, venía a detenerse a pocos metros de la misma choza sin puerta en la que ahora se encontraban. «Por lo menos, en esos dos días que pasó aquí, debió ser muy feliz», pensó.

—¿Sólo dos? —preguntó el Teniente. Lituma se sorprendió al ver a su jefe tan sorprendido. Evitaba mirarlo a los ojos, por una oscura superstición.

—Sólo dos —repitió la mujer, asustada, dudando. Entornó los párpados, como si repasara su memoria para desentrañar en qué se había equivocado—. Nadie más. Se bajaron los dos y el jeep quedó vacío. Porque el carro era un jeep, ahora se veía. No eran más que dos hombres, estoy segura. ¿Por qué, señor?

—Por nada —dijo el Teniente, pisoteando la colilla de su cigarro—. Me imaginé que habría salido a buscarlos al menos una patrulla. Pero, si usted vio dos, eran dos, no hay problema. Siga, señora.

Otro rebuzno interrumpió a Doña Lupe. Se elevó en la caldeada atmósfera del mediodía de Amotape, largo, lleno de altibajos, profundo, jocoso, seminal, y, al instante, las criaturas que jugaban en el suelo, se pusieron de pie y salieron, corriendo o gateando, muertas de risa y de malicia. Iban en busca de la burra, pensó Lituma, iban a ver cómo se la montaba el piajeno que la hacía rebuznar así.

—¿Estás bien? —dijo la sombra del más viejo, la sombra del que no tenía un revólver en la mano—. ¿Te hizo daño? ¿Estás bien?

Había oscurecido en pocos segundos. En el escaso tiempo que había tomado a la pareja de hombres recorrer el tramo entre el jeep y la choza, la tarde se había vuelto noche.

—Si le haces algo, me mataré —dijo la muchacha, sin gritar, desafiante, los talones bien plantados sobre la tierra, los puños cerrados, el mentón vibrante—. Si le haces algo, me mataré. Pero, antes, le contaré todo al mundo entero. Todos se morirán de asco y vergüenza de ti.

Doña Lupe temblaba como una hoja de papel:

—Qué pasa, señor, quiénes son ustedes, en qué puedo servirlos, ésta es mi modesta casa, yo no hago mal a nadie, yo soy una pobre mujer.

El que tenía el arma, la sombra que echaba fuego cada vez que miraba al muchacho —porque el más viejo sólo miraba a la muchacha— se acercó a Doña Lupe y le puso la pistola entre las escurridas tetas:

—Nosotros no estamos aquí, nosotros no existimos —ordenó, borracho de odio y de ira—. Si abre la boca, morirá como una perra con rabia. La mataré yo mismo. ¿Entendido?

Ella se dejó caer de rodillas, implorando. No sabía nada, no entendía. ¿Qué había hecho, señor? Nada, nada, recibir a dos jóvenes que le pidieron pensión. Por Dios, por su santa madrecita, señor, que no fuera a disparar, que no hubiera ninguna desgracia en Amotape.

—¿El más joven le decía al más viejo «Mi Coronel?» —la interrumpió el Teniente Silva.

—Yo no sé, señor —repuso ella, buscando. Trataba de adivinar lo que le convenía saber, decir—: ¿Mi Coronel? ¿El más joven al más viejo? A lo mejor sí, a lo mejor no. Yo no me recuerdo de eso. Yo soy pobre e ignorante, señor. Yo no me busqué nada de esto, la casualidad nomás. El de la pistola me dijo que si abría la boca y contaba lo que le estoy contando, volvería a meterme un balazo en la cabeza, otro en la barriga y otro en las partes. Qué hago, qué voy a hacer. He perdido a mi marido, lo destrozó el tractor. Tengo seis hijos y apenas puedo darles de comer. Tuve trece y se me murieron siete. Si me matan, se morirán los otros seis. ¿Es justo eso?

—¿El que tenía el revólver era un alférez? —insistió el Teniente—. ¿Tenía un galón en la hombrera? ¿Una sola insignia en la gorra?

Lituma pensó que había transmisión de pensamiento. Su jefe hacía las preguntas que

98

se le iban ocurriendo a él. Estaba acezante y con una especie de vértigo.

—Yo no sé esas cosas —aulló la mujer—. No me confunda, pues, no me haga preguntas que no comprendo. ¿Qué es alférez, qué es eso?

Lituma la oía pero los estaba viendo de nuevo, nítidos, a pesar de las sombras azules que habían envuelto a Amotape. La señora Lupe, de rodillas, lloriqueaba ante el joven frenético y gesticulante, ahí, en la frontera entre la choza y la calle; el viejo miraba con amargura, dolor, despecho, a la desafiante muchacha, que protegía con su cuerpo al flaquito y no lo dejaba avanzar ni hablar a los recién llegados. Estaba viendo que, como ahora, la llegada de los forasteros había borrado de las calles y sepultado en sus casas a los niños y viejos y hasta los perros y cabras de Amotape, temerosos de verse envueltos en un lío.

—Tú cállate, tú no hables, quién eres tú, con qué derecho, tú qué haces aquí —decía la muchacha, tapándolo, alejándolo, conteniéndolo, impidiéndole avanzar, hablar. Y, a la vez, seguía amenazando a la sombra del más viejo—: Me mataré y diré todo a todos.

—Yo la quiero con toda mi alma, yo soy honrado, dedicaré mi vida a adorarla y a hacerla feliz —balbuceaba el flaquito. No podía, pese a sus esfuerzos, sortear el escudo que era el cuerpo de la muchacha y adelantarse. La sombra del viejo tampoco ahora se volvió hacia él; siguió concentrada en la mu-

chacha como si en Amotape, en el mundo, no·
existiera nadie más que ella. Pero, el joven,
al oírlo, dio media vuelta y se precipitó hacia él, maldiciendo entre dientes, con el revólver levantado como para incrustárselo en
la cabeza. La muchacha se interpuso, force-
jeando, y, entonces, la sombra del más viejo,
seca y tajante, ordenó, una sola vez: «Quieto.» El otro obedeció en el acto.

—¿Dijo sólo «Quieto»? —preguntó el Teniente Silva—. ¿O, «Quieto, Dufó»? ¿O,
«Quieto, Alférez Dufó»?

Más que transmisión de pensamiento, era
milagro. Su superior hacía las preguntas
usando las mismas palabras que se le ocurrían a Lituma.

—Yo no sé —juró Doña Lupe—. No oí ningún nombre. Yo sólo supe que él se llamaba
Palomino Molero cuando vi las fotos en El
Tiempo de Piura. Lo reconocí ahí mismito.
Se me quebró el corazón, señor. Es él, el churre que se robó a la muchacha y se la trajo
a Amotape. Ni entonces supe ni ahora sé
tampoco cómo se llamaba ella o los señores
que vinieron a buscarlos. Y no quiero saberlo, tampoco. No me lo diga, por favor, si usted lo sabe. ¿Acaso no estoy cooperando con
usted? ¡No me diga esos nombres!

—No te asustes, no grites, no digas esas
cosas —dijo la sombra del más viejo—. Hijita, hijita querida. ¿Cómo va a ser posible
que me amenaces? ¿Matarte tú, tú?

—Si le haces algo, si le tocas un dedo —lo
desafió la muchacha. En el cielo, detrás de

un velo azuloso, las sombras se adensaban y habían brotado las estrellas. Algunos candiles empezaban a titilar entre las cañas, los adobes y las rejas de Amotape.

—Más bien le doy la mano y de todo corazón le digo: «Lo perdono» —murmuró la sombra del más viejo. En efecto, alargó el brazo, aunque todavía sin mirarlo. Doña Lupe sintió que resucitaba. Vio que se daban la mano. El muchacho apenas podía hablar.

—Yo le juro que, yo haré todo —se ahogaba de la emoción—: ella es la luz de mi vida, lo más santo, ella...

—Y, ustedes dos, también, estréchense la mano —ordenó la sombra del más viejo—. Sin rencores. Nada de jefes y subordinados. Nada de eso. Sólo dos hombres, tres hombres, arreglando sus asuntos, de igual a igual, como deben hacerlo los hombres. ¿Estás contenta ahora? ¿Estás tranquila por fin? Ya está, ya pasó el mal rato para todos. Ahora, vámonos de aquí.

Se apresuró a sacar su cartera, del bolsillo de atrás del pantalón. Doña Lupe sintió que le ponían unos billetes sudados en la mano y oyó una voz caballerosa agradeciéndole las molestias y recomendándole olvidarse de todo. Luego, vio que la sombra del más viejo salía y avanzaba hacia el jeep, todavía con las puertas abiertas. Pero el de la pistola, antes de partir, volvió a ponérsela en el pecho:

—Si usted abre la boca, ya lo sabe. Acuérdese.

—¿Y el flaquito y la muchacha se subieron así nomás, tan mansitos, al jeep? ¿Y se fueron con ellos? —El Teniente no se lo creía, a juzgar por la cara que había puesto. Lituma tampoco.

—Ella no quería, ella desconfiaba y trató de atajarlo —dijo Doña Lupe—. Quedémonos aquí. No le creas, no le creas.

—Vamos, vengan de una vez, hijita —los animaba, desde el interior del jeep, la voz del más viejo—. Es un desertor, no lo olvides. Tiene que volver. Hay que arreglar eso cuanto antes, limpiar ese borrón en la foja de servicios. Pensando en su futuro, hijita. Vamos, vamos.

—Sí, amor, él tiene razón, él nos ha perdonado, vamos, hagámosle caso, subamos —porfiaba el muchacho—. Yo le tengo confianza. Cómo no se la voy a tener, siendo quien es.

«Siendo quien es.» Lituma sintió que una lágrima le rodaba por la mejilla hasta la comisura de los labios. Era salada, una gotita de agua de mar. Seguía oyendo, como un rumor marino, a Doña Lupe, interrumpida de cuando en cuando por las preguntas del Teniente. Vagamente comprendía que la señora no contaba ya nada que no hubiera contado antes sobre lo que ellos habían venido a averiguar. Lamentaba su mala suerte, lo que le iría a pasar, preguntaba al cielo qué pecado había cometido para verse enredada en una historia tan horrible. A ratos, se le escapaba un sollozo. Pero nada de lo que ella decía le interesaba ya a Lituma. En una suerte de sonambulismo, una y otra vez veía a la pareja feliz, disfrutando de su luna de miel prematrimonial en las humildes callecitas de Amotape: él, un cholito del barrio de Castilla; ella, una blanquita de buena familia. Para el amor no había barreras, decía el vals. En este caso había sido cierto; el amor había roto los prejuicios sociales y raciales, el abismo económico. El amor que debían haber sentido el uno por el otro debía de haber sido intenso, irrefrenable, para hacer lo que hicieron. «Nunca he sentido un amor así», pensó. «Ni siquiera esa vez que me enamoré de Meche, la querida de Josefino.» No, él se había encamotado algunas veces, caprichos que se desvanecían una vez que la mujer cedía o resistía tanto que él se cansaba. Pero un amor jamás le había parecido tan imperioso como para arriesgar por él la vida, como lo había hecho el flaquito, o para desafiar por él al mundo entero, como lo había hecho la muchacha. «A lo mejor a mí no me ha tocado nacer para sentir lo que es el verdadero amor», pensó. «A lo mejor, por haberme pasado la vida yendo donde las polillas con los inconquistables, se me emputeció el corazón y me volví incapaz de querer a una mujer como el flaquito.»

—¿Qué voy a hacer ahora, señor? —oyó implorar a Doña Lupe—. Aconséjeme, pues.

El Teniente, de pie, preguntaba cuánto eran los claritos de chicha y el seco de chabelo. Cuando la mujer dijo nada, nada, él insistió. De ninguna manera, señora, él no era uno de esos policías conchudos y gorreros, él pagaba lo que consumía, estuviera de servicio o no.

—Pero, dígame al menos qué tengo que hacer ahora —rogó angustiada Doña Lupe. Tenía las manos juntas, como rezando—. Me van a matar igual que al pobre muchacho. ¿No se da cuenta? No sé adónde ir, no tengo dónde. ¿Acaso no he cooperado, como me pidió? Dígame qué hago ahora.

—Quedarse callada, Doña Lupe —dijo el Teniente, afablemente, poniéndole el dinero de la cuenta junto al potito de chicha en que había bebido—. Nadie la matará. Nadie vendrá a molestarla. Siga su vida de siempre y olvídese de lo que vio, de lo que oyó y también de lo que nos ha contado. Hasta lueguito.

Se llevó la punta de dos dedos a la visera de su quepis, en un gesto de despedida que era frecuente en él. Lituma se puso de pie, apresurado, y, olvidando despedirse de la dueña del local, lo siguió. Salir a la intemperie, recibir el sol vertical directamente, sin el tamiz de las esteras y estacas, fue como entrar en el infierno. A los pocos segundos, sentía su camisa caqui empapada y la cabeza zumbándole. El Teniente Silva caminaba con aparente soltura; a él se le hundían los botines en la arena y andaba con esfuerzo. Recorrían una sinuosa calle, la principal de Amotape, rumbo al descampado y a la carretera. Al pasar, de soslayo, Lituma advertía los racimos humanos detrás de las estacas de las casitas, los ojos curiosos e inquietos de los vecinos. Al verlos llegar, se habían escondido, temerosos de la policía, y, estaba seguro, apenas hubieran salido ellos de Amotape, se precipitarían en tumulto a la choza de Doña Lupe a preguntarle qué había pasado, qué le habían dicho, hecho. Caminaban mudos, enfrascados en sus pensamientos, el Teniente dos o tres pasos adelante. Cuando cruzaban las últimas viviendas del caserío, un perro sarnoso salió a mostrarles los dientes. En el arenal, rápidas lagartijas aparecían y desaparecían entre los pedruscos. Lituma pensó que, por estos descampados, habría también zorros. El flaquito y la muchacha, los dos días que estuvieron refugiados en Amotape, seguramente los oían ulular en las noches, cuando se acercaban, hambrientos, a merodear alrededor de los corrales de cabras y gallinas. ¿Se asustaría la muchacha al oír el aullido de los zorros? ¿Se abrazaría a él, temblando, buscando protección y él la tranquilizaría diciéndole cositas cariñosas al oído? ¿O, en su gran amor, estarían en las noches tan alelados, tan absortos, que ni siquiera escuchaban los ruidos del mundo? ¿Habrían hecho el amor por primera vez aquí en Amotape? ¿O antes, acaso en el arenal que rodeaba la Base Aérea de Piura?

Cuando llegaron a orillas de la carretera, Lituma estaba mojado de pies a cabeza, como si se hubiera metido vestido en una acequia. Vio que también el pantalón verde y la camisa crema del Teniente Silva tenían grandes lamparones de sudor y que su frente estaba constelada de gotitas. No se veía ningún vehículo. Su jefe, con un gesto de resignación, levantó los hombros. «Paciencia», murmuró. Sacó una cajetilla de Incas, ofreció un cigarrillo a Lituma y encendió otro él. Durante un rato fumaron en silencio, abrasándose de calor, pensando, observando los espejismos de lagos y fuentes y mares frente a ellos, en el interminable arenal. El primer camión que pasó rumbó a Talara no se detuvo, pese a los gestos frenéticos que le hicieron ambos con sus gorras.

—En mi primer destino, en Abancay, recién salido de la Escuela de Oficiales, tenía un jefe que no aguantaba pulgas. Un capitán que, en estos casos, ¿sabes lo que hacía, Lituma? Sacaba su revólver y le reventaba las llantas. —El Teniente miró con amargura al camión que se alejaba—. Le decíamos el Capitán Rascachucha, porque era muy mujeriego. ¿No te darían ganas de hacer lo mismo con este malagracia?

—Sí, mi Teniente —murmuró el inconquistable, distraído.

El oficial lo examinó con curiosidad.

—¿Estás muy impresionado con lo que has oído, no es cierto?

El guardia asintió.

—Todavía no acabo de creerme todo lo que la señora nos ha dicho. Lo que pasó en este agujero infeliz.

El Teniente hizo volar la colilla de su cigarrillo al otro lado de la pista, y, con su pañuelo, ya empapado, se secó la frente y el cuello.

—Sí, nos ha dicho cosas cojonudas —reconoció.

—Nunca creí que ésta fuera la historia, mi Teniente —dijo Lituma—. Me había imaginado muchas cosas. Menos ésta.

—¿Quiere decir que tú sabes todo lo que pasó con el flaquito, Lituma?

—Bueno, más o menos, mi Teniente —balbuceó el guardia. Y, con cierto temor, añadió—: ¿Usted no?

—Yo, todavía —dijo el oficial—. Es otra cosa que tienes que aprender. Nada es fácil, Lituma. Las verdades que parecen más verdades, si les das muchas vueltas, si las miras de cerquita, lo son sólo a medias o dejan de serlo.

—Bueno, sí, seguramente —murmuró Lituma—. Pero, en este caso ¿no está todo claro?

—Por lo pronto, aunque te parezca mentira, yo ni siquiera estoy totalmente seguro que los que lo mataron fueran el Coronel Mindreau y el Teniente Dufó —dijo el Teniente, sin la menor burla en la voz, como reflexionando en voz alta—. Lo único que me consta es que quienes vinieron a buscarlos aquí y se los llevaron fueron ese par.

—Le voy a decir una cosa —susurró el guardia, pestañeando—. No es eso lo que más me ha impresionado. Sino ¿sabe qué?

Ahora sé por qué el flaquito se enroló como voluntario en la Base de Talara. Para estar cerca de la muchacha que quería. ¿No le parece extraordinario que alguien haga una cosa así? ¿Que un muchacho, exonerado del servicio, venga y se enrole por amor, para estar junto a la hembrita que quiere?

—Y por qué te admira tanto eso —se rió el Teniente Silva.

—Es fuera de lo común —insistió el guardia—. Algo que no se ve todos los días.

El Teniente Silva empezó a hacer alto con las manos a un vehículo que se aproximaba a lo lejos.

—Entonces, no sabes lo que es el amor —lo oyó burlarse—. Yo me metería de avionero, de soldado raso, de cura, de recogedor de basura y hasta comería caca si hiciera falta, para estar cerca de mi gordita, Lituma.

VI

—Ya está ¿no te lo dije?, ahí viene —exclamó el Teniente Silva, los prismáticos bien pegados a los ojos. Alargaba una cabeza de jirafa—. Puntual como una inglesa. Bienvenida, mamacita. Ven, calatéate para verte de una vez.. Agáchate, Lituma, si nos pesca se da media vuelta.

Lituma se escabulló detrás de la roca donde estaban apostados hacía lo menos media hora. ¿Era Doña Adriana esa nubecita de polvo, allá a lo lejos, procedente del sector de la costa que llamaban Punta Arena, o sus arrechuras lo hacían ver visiones al Teniente Silva? Estaban en el peñón de los cangrejos, atalaya natural de una playita pedregosa, de aguas quietas, protegida de los vientos del atardecer por un farallón polvoriento y por varios almacenes de la International Petroleum Company. A sus espaldas, desplegada en abanico, tenían la bahía, con sus dos muelles, la refinería erizada de tubos, escaleras y torreones metálicos y el desorden del pueblo. ¿Cómo había descubierto el Teniente que Doña Adriana se venía a bañar aquí, en la tarde, cuando el sol se enrojecía y el calor atenuaba un poco? Porque, sí, la nubecita de polvo era ella; el guardia reconocía ahora las formas compactas y el andar cadencioso de la dueña de la fonda.

—Ésta es la mayor demostración de aprecio que le he dado jamás a nadie, Lituma —murmuró el Teniente, sin apartar los prismáticos de la cara—. Le vas a ver el poto a mi gorda, nada menos. Y las tetas. Y, con un poco de suerte, también la chuchita y los pendejitos. Prepárate, Lituma, porque te vas a morir. Será tu regalo de cumpleaños, tu ascenso. Qué suertudo eres de tener un jefe como yo, hombre.

El Teniente Silva hablaba como un loro desde que estaban allí, pero Lituma apenas lo oía. Se hallaba ahora más atento a los cangrejos que a las bromas de su jefe o a la llegada de Doña Adriana. El peñón merecía su nombre: había cientos y acaso millares. Cada uno de esos huequecitos en la tierra era un escondite. Lituma, fascinado, los veía asomar como unas movedizas manchitas terrosas, y, una vez afuera, estirarse y ancharse hasta recuperar esa incomprensible forma que tenían, y echarse a correr, al sesgo, de una manera tan confusa que era imposible saber si avanzaban o retrocedían. «Igual que nosotros en lo de Palomino Molero», pensó.

—Agáchate, agáchate, que no te vea —ordenó su jefe, a media voz—. Qué maravilla, ya comenzó a calatearse.

Se le ocurrió que el cerro entero estaba horadado por las galerías excavadas en él por los cangrejos. ¿Y si, de pronto, cedía? El Teniente Silva y él se hundirían en unas profundidades oscuras, arenosas, asfixiantes, pobladas de enjambres de esas costras vivientes, artilladas con pinzas. Antes de perecer, tendrían una agonía de pesadilla. Tentó el suelo. Durísimo, menos mal.

—Présteme, pues, sus prismáticos —rezongó—. Me invita a ver y resulta que se lo ve todo solito, mi Teniente.

—Para algo soy tu jefe, huevonazo —sonrió el Teniente. Pero le alcanzó los prismáticos—. Mira rapidito. No quiero que te me envicies.

El guardia graduó los prismáticos a su vista y miró. Vio a Doña Adriana, allá abajo, pegadita al farallón, quitándose el vestido con toda calma. ¿Sabía que la estaban espiando? ¿Se demoraba así para provocar al Teniente? No, sus movimientos tenían la flojera y el abandono de quien se cree a salvo de miradas. Había doblado el vestido y se empinó para colocarlo en una roca adonde no llegaban las salpicaduras del mar. Tal como había dicho su jefe, llevaba un fustán rosado, corto, y Lituma pudo verle los muslos, gruesos como troncos de laurel, y los pechos que sobresalían hasta la orilla misma del pezón.

—Quién hubiera dicho que, a sus años, Doña Adriana tenía tantas cositas ricas —se asombró.

—No mires tanto que me la vas a gastar —lo riñó el Teniente, arrebatándole los prismáticos—. En realidad, lo bueno viene ahora, en el agua. Cuando el fustán se le pega al cuerpo, se vuelve transparente. Éste no es un show para guardias, Lituma. Es de tenientes para arriba solamente.

El guardia se rió, por amabilidad, no porque los chistes del Teniente le hicieran gracia. Se sentía incómodo e impaciente. ¿Era por culpa de Palomino Molero? Tal vez. Desde que lo había visto empalado, crucificado y quemado, en el pedregal, tenía la sensación de que ni un solo momento había podido quitárselo de la cabeza. Antes creía que, una vez que descubrieran quiénes y por qué lo habían matado, se libraría de él. Pero ahora, aunque más o menos se hubiera aclarado el misterio, la imagen del muchacho seguía con él día y noche. «Me estás amargando la vida, flaquito de mierda», pensó. Decidió que este fin de semana pediría permiso a su jefe para ir a Piura. Era día de paga. Buscaría a los inconquistables y les invitaría una tranca en el barcito de la Chunga. Rematarían la noche en la Casa Verde, con las polillas. Eso le haría bien, puta madre.

—Mi gordita pertenece a una raza superior de mujeres —susurró el Teniente Silva—. Las que no usan calzón. Mira, Lituma, mira las ventajas de que un hembra vaya por la vida sin calzón.

Le alcanzó los prismáticos y, por más que esforzó la vista, Lituma no alcanzó a ver gran cosa. Doña Adriana se bañaba en la orillita, chapoteando, echándose agua con las manos, y entre lo que ella salpicaba y la espuma de las olitas, lo que se podía divisar de su cuerpo, aunque su fustán se trasluciera, era basura.

—Yo no debo tener su buena vista, o, mejor dicho, su gran imaginación, mi Teniente —se quejó, devolviéndole los prismáticos—. La verdad, no veo más que la espumita.

—Entonces, jódete —susurró el Teniente, llevándose una vez más los prismáticos a la cara—. Yo, en cambio, la estoy viendo como se pide chumbeque. De arriba abajo, de adelante atrás. Y, si quieres saberlo, te puedo decir que sus pendejos son crespitos como los de una zamba. Y hasta cuántos tiene, si me lo pides. Los veo tan clarito que los podría contar uno por uno.

—Y qué más —dijo, tras ellos, la voz de la muchacha.

Lituma se cayó sentado. A la vez, volvió la cabeza con tanta brusquedad que se le torció el pescuezo. Aun cuando estaba viendo que no era así, le seguía pareciendo que no había hablado una mujer sino un cangrejo.

—Qué más porquerías van a decir —preguntó la muchacha. Tenía los puñitos en la cadera, como un matador que hace un desplante—. Qué otras lisuras más de las que han dicho. ¿Hay más lisuras en el diccionario? Las he oído todas. Y también he visto las cochinadas que están haciendo. Qué asco me dan.

El Teniente Silva se inclinó para recoger los prismáticos, que se le habían caído de las manos al oír a la chica. Lituma, todavía sentado en el suelo, con la vaga idea de haber aplastado al caer la cáscara vacía de un cangrejo, vio que su jefe no se recuperaba aún de la sorpresa. Se sacudía la arena del pantalón, ganando tiempo. Lo vio hacer una venia, lo oyó decir:

—Es peligroso sorprender así a la autoridad en su trabajo, señorita. ¿Y si de media vuelta le pegaba un tiro?

—¿En su trabajo? —lo desafió ella, con una carcajada sarcástica—. ¿Espiar a las mujeres que se bañan es su trabajo?

Sólo entonces se dio cuenta Lituma que era la hija del Coronel Mindreau. Sí, Alicita Mindreau. El corazón le golpeó el pecho. De allá abajo venía la voz enfurecida de Doña Adriana. Los había descubierto, pues, con el alboroto. Como en sueños la vio salir gateando del mar y correr inclinada, tapándose, en busca de su vestido, mientras agitaba el puño hacia ellos, amenazándolos.

—Son ustedes unos abusivos, además de cochinos —repitió la muchacha—. Vaya policías. Son todavía peor de lo que dice la gente que son los policías.

—Este peñón es un observatorio natural, para descubrir a las lanchas que traen contrabando desde el Ecuador —dijo el Teniente, con una convicción tal que Lituma se volvió a mirarlo, boquiabierto—. Por si no lo sabía, señorita. Además, los insultos de una dama son flores para un caballero. Dése gusto, nomás, si le provoca.

114

Por el rabillo del ojo, Lituma advirtió que, Doña Adriana, vestida de cualquier manera, se alejaba por la playa en dirección a Punta Arena. Cadereaba, con pasos enérgicos, y, de espaldas, todavía les hacía ademanes enfurecidos. Seguro estaría mentándoles la madre, también. La chiquilla se había quedado callada, mirándolos, como si súbitamente se hubieran eclipsado su furia y su disgusto. Estaba enterrada de pies a cabeza. Imposible saber de qué color eran la blusita sin mangas y el pantalón vaquero que llevaba, pues ambas prendas, igual que sus mocasines y la cinta que sujetaba sus cabellos cortos, tenían el mismo tono ocre grisáceo de los arenales circundantes. A Lituma le pareció todavía más flaquita que el día que la vio interrumpir en el despacho del Coronel Mindreau. Casi sin busto y con las caderas estrechas, era lo que su jefe llamaba, despectivamente, una mujer-tabla. Esa naricita pretenciosa, que parecía poner notas a los olores de la gente, le pareció aún más soberbia que aquella vez. Los olía como si ellos no hubiesen pasado el examen. ¿Tendría dieciséis? ¿Dieciocho?

—Qué hace una señorita como usted entre tanto cangrejo —dijo amablemente el Teniente Silva, dando el incidente por concluido.

Guardó los prismáticos en su funda y se puso a limpiar sus anteojos oscuros con su pañuelo.

—Esto está un poco lejos de la Base Aérea

para venir a pasearse. ¿Y si la muerde uno de estos bichos? ¿Qué le pasó? ¿Se le pinchó una llanta?

Lituma descubrió la bicicleta de Alicia Mindreau, también empastada de polvo, veinte metros allá abajo, al pie del peñón. El guardia observaba a la muchacha y trataba de ver, a su lado, a Palomino Molero. Estaban cogidos de la mano, se decían cositas tiernas mirándose embebidos a los ojos. Ella, pestañeando como una mariposa, le susurraba en el oído: «Cántame, anda, cántame algo bonito.» No, no podía, era imposible imaginárselos así.

—Mi papá sabe que han estado sonsacándole cosas a Ricardo —dijo bruscamente, con tono cortante. Tenía la carita alzada y sus ojos medían el efecto en ellos de sus palabras—. Aprovechándose de que estaba tomado, la otra noche.

El Teniente no se inmutó. Se calzó los anteojos oscuros con parsimonia y empezó a bajar el cerro, hacia la trocha, dejándose deslizar como por un tobogán. Abajo, se sacudió la ropa a manazos.

—¿El Teniente Dufó se llama Ricardo? —preguntó—. Le dirán Richard, entonces.

—Sabe también que han ido a Amotape, a hacer averiguaciones donde la señora Lupe —añadió la muchacha, con una especie de burla. Era más bien bajita, menuda, con unas formas apenas insinuadas. No se podía decir que fuera una belleza. ¿Se había enamorado de ella Palomino Molero sólo porque era quien era?—. Sabe todo lo que han estado haciendo.

¿Por qué hablaba así? ¿Por qué decía las cosas de esa manera tan rara? Porque Alicia Mindreau no parecía amenazarlos, sino, más bien, burlarse de ellos o divertirse en sus adentros, como si estuviera haciendo una travesura. También Lituma bajaba el cerro ahora, a brinquitos, detrás de la muchacha. Entre sus botines corrían los cangrejos, en enrevesados zigzags. En todo el rededor no había nadie. Los hombres de los depósitos debían haber salido también hacía rato, pues las puertas estaban cerradas y no venían ruidos de adentro. Allá abajo, en la bahía, un remolcador surcaba el mar, entre los muelles, despidiendo un rizo de humo gris y hacía sonar su sirena cada cierto trecho. Hormigueaban grupos humanos en la playa.

Habían llegado a la trocha que, desde el peñón, conducía hasta la reja divisoria entre las instalaciones de la International y el pueblo de Talara. El Teniente cogió la bicicleta y la fue arrastrando con una sola mano. Caminaban despacio, los tres en una misma fila. Bajo sus pies crujían los cascajos o algún cangrejo aplastado.

—Los seguí desde la Comisaría y ustedes ni se dieron cuenta —dijo, de la misma manera imprevisible, entre furiosa y burlona—. En la reja, no me querían dejar pasar, pero los amenacé con mi papá y me dejaron. Ustedes ni me sintieron. Los estuve oyendo decir todas esas lisuras y ustedes en la luna. Si no les hubiera hablado, todavía podría estar espiándolos.

El Teniente asintió, riéndose bajito. Movía la cabeza de un lado a otro, festejándola.

—Cuando los hombres están entre hombres, dicen lisuras —se disculpó—. Vinimos a hacer una inspección, a ver si caía algún contrabandista. No es nuestra culpa que a algunas talareñas les dé por venir a bañarse aquí a esta misma hora. Ésas son las coincidencias de la vida. ¿No, Lituma?

—Sí, mi Teniente —asintió el guardia.

—En todo caso, estamos a sus órdenes para lo que se le ofrezca, señorita Mindreau —añadió el oficial, azucarando la voz—. Usted dirá. ¿O prefiere que hablemos en el Puesto? A la sombrita y tomándose una gaseosa, se conversa mejor. Eso sí, le advierto que nuestra Comisaría no es tan confortable como la Base Aérea de su papá.

La muchacha no dijo nada. A Lituma le parecía sentir el paso de la sangre por sus venas, lento, espeso, rojo oscuro, y oía latir su pulso y sus sienes. Cruzaron la reja y el guardia civil de turno —Lucio Tinoco, de Huancabamba— saludó militarmente al Teniente. Había también tres centinelas, del servicio de seguridad de la International. Se quedaron observando a la muchacha, sorprendidos de verla con ellos. ¿Ya se había corrido la voz, en el pueblo, de lo de Amotape? No por culpa de Lituma, en todo caso. Él había cumplido escrupulosamente la orden de su jefe de no decir una palabra a nadie sobre lo que les contó Doña Lupe. Pasaron frente al Hospital de la Compañía, con sus maderas relucientes de pintura verde. En la Capitanía de Puerto, dos marineros hacían guardia, con fusiles al hombro. Uno de ellos le guiñó el ojo a Lituma, como diciendo: «Qué juntas son ésas.» Una bandada de gaviotas pasó muy cerca, aleteando y chillando. Era el comienzo del atardecer. Por entre las escaleras y barandas del Hotel Royal, el único del pueblo, Lituma vio que el sol comenzaba a ahogarse en el mar. Una tibieza grata, hospitalaria, reemplazaba a las brasas del día.

—¿Sabe el Coronel Mindreau que ha venido a visitarnos? —insinuó delicadamente el Teniente Silva.

—No se haga el idiota —alzó la voz la muchacha—. Claro que no sabe.

«Ahorita lo sabrá», pensó Lituma. Toda la gente mostraba extrañeza al verlos pasar. Los seguían con la mirada y murmuraban.

—¿Vino sólo a decirnos que el Coronel se enteró que estuvimos platicando con el Teniente Dufó y con la señora Lupe, de Amotape? —insistió el Teniente Silva. Hablaba mirando al frente, sin volverse hacia Alicia Mindreau, y Lituma, que se había retrasado un poco, veía que ella tenía también la cabeza derecha, evitando dar la cara al oficial.

—Sí —la oyó responder. Pensó: «Mentira.» ¿Qué había venido a decirles? ¿La mandó el Coronel? En todo caso, parecía que le costaba trabajo; o, tal vez, se había desanimado.

Había fruncido la cara, tenía la boca entreabierta y las aletas de su naricilla arrogante palpitaban con ansiedad. Su piel era muy blanca y sus pestañas larguísimas. ¿Era ese aire delicado, frágil, de niña mimada, lo que había enloquecido al flaquito? Fuera lo que fuera aquello que había venido a decirles, se había arrepentido y no se lo diría.

—Muy amable de su parte el venir a conversar con nosotros —murmuró el Teniente, hecho un almíbar—. Se lo agradezco, de veras.

Caminaron unos cincuenta metros más, en silencio, oyendo el graznido de las gaviotas y la resaca del mar. En una de las casas de madera, unas mujeres abrían los pescados y les sacaban diestramente las vísceras. Alrededor de ellas, los colmillos afuera, brincaban unos perros, esperando los residuos. Olía fuerte y mal.

—¿Cómo era Palomino Molero, señorita? —se oyó decir, de pronto. Se le erizó la espalda de sorpresa. Había hablado sin proponérselo, de sopetón. Ni el Teniente ni la muchacha se volvieron a mirarlo. Ahora, Lituma caminaba medio metro detrás de ellos, tropezando.

—Un pan de dios —la oyó decir. Y, luego de una pausa—: Un angelito caído del cielo.

No lo decía con voz temblorosa, teñida de amargura y nostalgia. Tampoco con cariño. Sino con ese mismo tono insólito, entre inocente y burlón, en el que a ratos brotaba una chispa de cólera.

—Eso mismo dicen todos los que lo conocieron —murmuró Lituma, cuando el silencio empezó a hacerse muy largo—. Que era buenísima gente.

—Usted debió sufrir mucho con la desgracia de ese muchacho, señorita Alicia —dijo el oficial, luego de un momento—. ¿No?

Alicia Mindreau no respondió nada. Atravesaban un grupo de viviendas a medio construir, algunas sin techo, otras con las tablas de la pared a medio colocar. Todas tenían terrazas, levantadas sobre pilotes, entre los cuales se metían lenguas de mar. Comenzaba la marea alta, pues. Había viejos en camiseta sentados en las escaleras, niños desnudos recogiendo conchas, y corros de mujeres. Se oían risotadas y el olor a pescado era fuertísimo.

—Mis amigos me han dicho que yo lo oí cantar una vez, en Piura, hace ya tiempo —se oyó decir Lituma—. Pero, por más que trato, no me acuerdo. Dicen que cantaba lindísimo los boleros.

—Y la música criolla igual —lo corrigió la muchacha, moviendo la cabeza con energía—. También tocaba regio la guitarra.

—De veras, la guitarra —se oyó decir Lituma—. Era la obsesión de su madre. Doña Asunta, una señora de Castilla. Recuperar la guitarra de su hijo. Quién se la robaría.

—Yo la tengo —dijo Alicia Mindreau. Se le cortó la voz de golpe, como si no hubiera querido decir lo que había dicho.

Estuvieron callados de nuevo durante un

buen rato. Avanzaban hacia el corazón de Talara, y a medida que se internaban en el nudo de viviendas, había más gente en la calle. Detrás de las rejas, en la cumbre del peñón del faro y en Punta Arena, donde estaban las casas de los gringos y de los altos empleados de la International, ya se habían prendido los postes de luz, pese a ser aún de día. También allá arriba de los acantilados, en el Tablazo, en la Base Aérea. En un extremo de la bahía, la torre de un pozo de petróleo tenía un penacho de fuego, rojizo y dorado. Parecía un cangrejo gigante, remojándose las patas.

—La pobre señora decía: «Cuando encuentren la guitarra, encontrarán a los que lo mataron» —se oyó decir Lituma, siempre a media voz—. No es que Doña Asunta supiera nada. Pura intuición de madre y de mujer.

Sintió que el Teniente se volvía a mirarlo y se calló.

—¿Cómo es ella? —dijo la muchacha. Ahora sí se volvió y, por un segundo, el guardia vio su cara: enterrada, pálida, irascible, curiosa.

—¿Se refiere a Doña Asunta, la madre de Palomino Molero? —preguntó.

—¿Es una chola? —precisó la muchacha, con ademán impaciente.

A Lituma le pareció que su jefe soltaba una risita.

—Bueno, es una mujer de pueblo. Lo mismo que toda esa gente que estamos viendo, lo mismo que yo —se oyó decir y se sorpren-

dió de la irritación con la que hablaba—.
Claro que no es de la misma clase que usted
o que el Coronel Mindreau. ¿Eso es lo que
quería saber?

—Él no parecía un cholo —dijo Alicia Mindreau, suavizando el tono y como si hablara
sola—. Tenía el pelo finito y hasta algo rubio. Y era el muchacho más educado que he
visto nunca. Ni Ricardo, ni siquiera mi papá,
son tan educados como era él. Nadie hubiera
creído que estuvo en un colegio Fiscal, ni que
era del barrio de Castilla. Lo único que tenía
de cholo era el nombre ese, Palomino. Y su
segundo nombre era todavía peor: Temístocles.

A Lituma le pareció que su jefe volvía a
soltar una risita. Pero él no tenía ganas de
reírse con las cosas que decía la muchacha.
Estaba desconcertado e intrigado. ¿Tenía
ella pena, furia, por la muerte del flaquito?
No había manera de adivinarlo. La hija del
Coronel hablaba como si Palomino Molero
no hubiera muerto en la forma atroz que
ellos sabían, como si aún estuviera vivo. ¿Sería medio chifladita?

—¿Dónde conoció a Palomino Molero?
—preguntó el Teniente Silva.

Habían llegado a la espalda de la Iglesia.
Ese muro blanco servía de pantalla al cine-
ma ambulante del señor Teotonio Calle
Frías. Era un cine sin techo ni sillas, al natural. Los clientes que querían ver la película
sentados tenían que llevar sus propios asien-
tos. Pero la mayoría de talareños se acucli-

123

llaban o tumbaban por tierra. Para pasar el cordel que limitaba el espacio imaginario del local, había que pagar cinco reales. El Teniente y Lituma tenían entrada libre. Los que no querían pagar el medio sol, podían ver la película gratis, desde fuera del cordel. Se veía, pero bastante mal, y daba tortícolis. Ya había mucha gente instalada, esperando que oscureciera. Don Teotonio Calle Frías estaba armando su proyector. Sólo tenía uno; funcionaba gracias a una toma ideada por él mismo, que distraía electricidad del poste de la esquina. Después de cada rollo, había una interrupción, para que cargara el siguiente. Las películas se veían entrecortadas y resultaban larguísimas. Aun así, siempre tenía lleno, sobre todo en los meses de verano. «Desde lo del flaquito, casi no he venido al cine», pensó Lituma. ¿Qué daban esta noche? Una mexicana, cuándo no: «Río escondido», con Dolores del Río y Columba Domínguez.

—En el cumpleaños de Lala Mercado, allá en Piura —dijo de pronto la muchacha. Se demoraba tanto en responder que a Lituma se le olvidaba a qué pregunta respondía—. Lo habían contratado para cantar en la fiesta. Todas las chicas decían qué bonito canta, qué linda voz. Y, también, qué buen mozo es, no parece cholo. Cierto, no lo parecía.

«Estos blancos», se indignó Lituma.

—¿Le dedicó alguna canción? —preguntó el Teniente. Sus modales eran increíblemente respetuosos. A cada rato le descubría una nueva táctica a su jefe. Esta última era la de las buenas maneras.

—Tres —asintió la muchacha—. «La última noche que pasé contigo», «Rayito de Luna» y «Muñequita linda».

«No es una chica normal, es chifladita», decidió el guardia. La bicicleta de Alicia Mindreau, que el Teniente Silva arrastraba con la mano izquierda, se había puesto a chirriar, con un chirrido hiriente, que aparecía y cesaba a intervalos idénticos. A Lituma el recurrente ruidito le crispó los nervios.

—Y bailamos —añadió la muchacha—. Una pieza. Bailó con todas, una vez. Sólo con Lala Mercado, dos veces. Pero porque era la dueña de casa y la del cumpleaños, no porque le gustara más. A nadie le pareció mal que bailara con nosotras, todas querían que las sacara. Se portaba como gente decente. Y bailaba muy bien.

«Gente decente», pensó Lituma, apartándose para no pisar una estrella de mar reseca, cubierta de hormigas. ¿Al Teniente Silva lo consideraría Alicita Mindreau gente decente? A él no, por supuesto. «Cholo por mis cuatro costados», pensó. «Del barrio de La Mangachería, a mucha honra.» Tenía los ojos medio entornados y no estaba viendo la tarde talareña que ahora cedía el paso a la noche bastante de prisa, sino el bullicio y la elegancia de la sala y el jardín, repletos de parejas jóvenes, bien vestidas, en ese barrio de blancos vecino al arenal donde estaba el bar de la Chunga —Buenos Aires—, en esa casa de la tal Lala Mercado. La parejita que bailaba en aquella esquina, mirándose fijo, hablándose con los ojos, eran Alicia Mindreau y el flaquito. No, imposible. Y, sin embargo, ella lo estaba contando:

—Cuando me sacó a bailar me dijo que apenas me vio se había enamorado de mí —la oyó decir. Ni siquiera ahora había melancolía o tristeza en su voz. Hablaba rápido y sin corazón, como si transmitiera un recado—. Me dijo que siempre había creído en el amor a primera vista y que ahora sabía que existía. Porque se había enamorado de mí ahí mismito me vio. Que yo podía reírme de él si quería, pero que era verdad. Que ya nunca querría a otra mujer en el mundo más que a mí. Me dijo que aun cuando yo no le hiciera caso y lo escupiera y lo tratara como a un perro, él me seguiría queriendo hasta su muerte.

«Y así fue, pues», pensó Lituma. ¿Estaba llorando la muchacha? Nada de eso. El guardia no podía verle la cara —seguía andando un paso atrás del Teniente y de ella— pero su voz no era llorosa sino seca, firme, de una severidad total. Al mismo tiempo, parecía que hablara de alguien que no era ella, como si todo eso que contaba no la concerniera íntimamente, como si no hubiera sangre y muerte en esa historia.

—Me dijo que iría a darme serenatas. Que, cantándome todas las noches, haría que yo me enamorara de él —siguió, luego de una corta pausa. El chirrido de la bicicleta producía una angustia inexplicable a Lituma; lo esperaba y, al oírlo, le corría un escalofrío por el cuerpo. Oyó a su jefe. El Teniente piaba como una avecilla.

—¿Ocurrió así? ¿Pasó así? ¿Cumplió su palabra? ¿Fue a darle serenatas a su casa, en la Base Aérea de Piura? ¿Terminó usted enamorándose de él?

—No sé —contestó la muchacha.

«¿No sabe? ¿Cómo puede no saber eso?», pensó el guardia. Buscó en su memoria la vez que había estado más enamorado. ¿Fue de Meche, la querida de Josefino, esa trigueñita de cuerpo escultural a la que nunca se atrevió a declararse? Sí, ésa había sido. ¿Cómo no saber si uno está enamorado o no? Qué tontería. O sea que era chifladita. Medio locumbeta, medio tarada. ¿O se hacía adrede la idiota para confundirlos? ¿La habría instruido el Coronel para que actuara así? Ninguna hipótesis lo convencía.

—Pero Palomino Molero fue a darle serenatas a la Base Aérea de Piura, ¿no es cierto? —oyó musitar dulcemente al Teniente—. ¿Muchas veces?

—Todos los días —dijo la muchacha—. Desde la fiesta de Lala Mercado. No falló ni un día, hasta que a mi papá lo trasladaron aquí.

Unos churres con hondas estaban acribillando a hondazos al gato del Chino Tang, el bodeguero. El gato maullaba, aterrado, corriendo de un extremo a otro del techo de la bodega. El Chino Tang se apareció en una esquina, armado de una escoba, y los churres volaron, riéndose.

—¿Y qué decía de esas serenatas su papá? —pió el Teniente Silva—. ¿Nunca lo pescó?

—Mi papá sabía que iba a darme serenatas ¿acaso es sordo? —repuso la muchacha. A Lituma le pareció que, por primera vez, Alicia Mindreau vacilaba. Como si hubiera estado a punto de decir algo más y se arrepintiera.

—¿Y qué decía? —repitió su jefe.

—Que yo, sin duda, era para él la Reina de Inglaterra —afirmó la muchacha con la seriedad mortal que hablaba siempre—. Cuando yo se lo conté, Palito me dijo: «Tu papá se equivoca. Tú eres para mí mucho más que la Reina de Inglaterra. La Virgen María, más bien.»

A Lituma le pareció escuchar por tercera vez la risita contenida, burlona, del Teniente Silva. ¿Palito? ¿Así lo había rebautizado a Palomino? O sea que ese apodo ridículo, Palito, era nombre decente, y Palomino o Temístocles nombres cholos. «Puta, qué blancos tan enredados», pensó.

Habían llegado al Puesto de la Guardia Civil. El guardia de turno, Ramiro Matelo, un chiclayano, se había marchado sin dejar ningún aviso y la puerta estaba cerrada. Para abrirla, el Teniente apoyó la bicicleta contra el tabique.

—Pase usted y descanse un rato —rogó el oficial, haciendo media reverencia—. Podemos convidarle una gaseosa o un cafecito. Pase, señorita.

Era ya de noche. Adentro del local, mientras encendían las lámparas de parafina, estuvieron un momento en sombras, chocando contra las cosas. La chica esperaba, quieta, junto a la puerta. No, no tenía los ojos brillantes ni húmedos. No, no había llorado. Lituma veía su sombra esbelta dibujada contra la pizarra donde se clavaban los partes y comisiones del día y pensaba en el flaquito. Tenía el corazón encogido y un desasosiego enorme. «Esto que está pasando no me lo puedo creer», pensó. ¿Les había dicho todo esto sobre Palomino Molero aquella figurita inmóvil? La estaba viendo y, sin embargo, era como si la chica no estuviera allí ni hubiera dicho nada, como si todo fuera algo que él mismo inventaba.

—¿No la cansó la caminata? —El Teniente estaba encendiendo el primus, en el que había siempre una tetera llena de agua—. Pásale una silla a la señorita, Lituma.

Alicia Mindreau se sentó a orillas del asiento que le alcanzó el guardia. Daba la espalda a la puerta de calle y a la lámpara de la entrada; su cara permanecía a media sombra y un nimbo amarillo circundaba su silueta. Así, parecía más churre de lo que era. ¿Estaría aún en el Colegio? En alguna casa de la vecindad freían algo. Una voz borrachosa canturreaba, lejos, algo sobre Paita.

—Qué esperas para servir una gaseosa a la señorita, Lituma —lo riñó el Teniente.

El guardia se apresuró a sacar una Pasteurina del balde lleno de agua donde tenían las botellas para que se conservaran frescas. La abrió y se la alargó, disculpándose:

—No tenemos vasos ni cañitas. Tendrá que tomársela a pico de botella, nomás.

Ella recibió la Pasteurina y se la llevó a la boca como una autómata. ¿Era chifladita? ¿Estaría sufriendo en sus adentros y no podía manifestarlo? ¿Se la notaba tan rara porque, tratando de disimular, se volvía antinatural? A Lituma le pareció que la muchacha se había quedado hipnotizada. Era como si no se diera cuenta de que estaba allí con ellos ni se acordara de lo que les había contado. Lituma se sentía abochornado, incómodo, viéndola tan seria, concentrada e inmóvil. Tuvo susto. ¿Y si el Coronel se presentaba de repente en el Puesto, con una patrulla, a tomarles cuentas por esta conversación con su hija?

—Tenga, tómese también este cafecito —dijo el Teniente. Le alcanzó la taza de latón en la que había echado una cucharada de café en polvo—. ¿Cuánta azúcar le pone? ¿Una, dos?

—¿Qué le pasará a mi papá? —preguntó con brusquedad la muchacha. No había sobresalto en su voz sino como un relente de ira—. ¿Lo meterán en la cárcel? ¿Lo fusilarán por eso?

No había cogido la taza de latón y Lituma vio que su jefe se la llevaba a la boca y tomaba un largo trago. El Teniente se sentó, de costado, en una esquina de su escritorio. Afuera, el borracho, ahora, en lugar de cantar, desvariaba sobre el mismo tema: las rayas del mar de Paita. Decía que lo habían picado y que tenía una llaga en el pie. Buscaba una mujer compasiva que le chupara el veneno.

—A su papá no le va a pasar nada —afirmó, negando con la cabeza, el Teniente Silva—. ¿Por qué le pasaría algo a él? Lo más seguro es que no le hagan nada. Ni piense en eso, señorita Alicia. ¿De veras no quiere una tacita de café? Me he tomado ésta, pero le preparo otra en un segundo.

«Se las sabe todas», pensó Lituma. «Es capaz de hacer hablar a un mudo.» Había ido retrocediendo discretamente hasta apoyarse en la pared. Veía, sesgado, el fino perfil de la muchacha, su naricilla solemne, calificadora, y entendió de repente a Palomino: no sería una belleza pero había algo fascinante, misterioso, algo que podía enloquecer a un hombre en esa carita fría. Sentía cosas contradictorias. Quería que el Teniente se saliera con la suya e hiciera decir a Alicia Mindreau todo lo que supiera; a la vez, no entendía por qué, le daba pena que esa chiquilla fuera a revelarles sus secretos. Era como si Alicia Mindreau estuviera cayendo en una trampa. Tenía ganas de salvarla. ¿Sería, de veras, chifladita?

—Al que tal vez le hagan pasar un mal rato es al celosito —insinuó el Teniente, como si estuviera muerto de pena—. A Ricardo Dufó, quiero decir. A Richard. ¿Le dirán Richard, no? Claro que los celos son un factor que, cualquier juez que conozca el corazón humano, consideraría un atenuante. En lo que a mí respecta, yo creo que los celos son siempre circunstancias atenuantes. Si un hombre quiere mucho a una hembrita, es celoso. Yo lo sé, señorita, porque sé lo que es el amor, y yo también soy muy celoso. Los celos perturban el juicio, no dejan razonar. Igualito que los tragos. Si su enamorado puede probar que le hizo lo que le hizo a Palomino Molero porque estaba obnubilado por los celos —ésa es la palabrita importante, clave, ob-nu-bi-la-do, recuérdela— puede que lo consideren irresponsable en el momento del crimen. Con un poco de suerte y una buena defensa, puede. O sea que tampoco por el celosito debe usted preocuparse mucho, señorita Mindreau.

Se llevó la taza de latón a la boca y sorbió ruidosamente el café. En la frente le había quedado el surco del quepis y Lituma no le podía ver los ojos, ocultos tras los cristales oscuros: sólo el bigotito, la boca y el mentón. Una vez le había preguntado: «¿Por qué no se quita los anteojos en la oscuridad, mi Teniente?» Y él le respondió, burlándose: «Para despistar, pues.»

—Yo no me preocupo —murmuró la muchacha—. Yo lo odio. Yo quisiera que le pasaran las peores cosas. Se lo digo en su cara todo el tiempo. Una vez, se fue y volvió con su revólver. Me dijo: «Se aprieta así, aquí.

Tenlo. Si de veras me odias tanto, merezco que me mates. Hazlo, mátame.»

Hubo un largo silencio, entrecortado por el chisporroteo del sartén de la casa vecina y el monólogo confuso del borracho, que se alejaba ahora: nadie lo quería, entonces iría a ver a una bruja de Ayabaca, ella le curaría el pie herido, ay, ay, ay.

—Pero yo estoy seguro que usted es una persona de buen corazón, que usted no mataría nunca a nadie —afirmó el Teniente Silva.

—No se haga el estúpido más de lo que es —lo fulminó Alicia Mindreau. Su mentón vibraba y tenía las aletas de la nariz muy abiertas—. No se haga el imbécil tratándome como si fuera otra imbécil igual que usted. Por favor. Yo ya soy una persona grande.

—Perdóneme —tosió el Teniente Silva—. Es que no sabía qué decir. Lo que le he oído me muñequeó. Se lo digo con sinceridad.

—O sea que no sabe si estuvo enamorada de Palomino Molero —se oyó murmurar Lituma entre dientes—. ¿No lo llegó a querer, pues, ni un poquito?

—Lo llegué a querer más que un poquito —replicó la muchacha con presteza, sin volverse a mirar en la dirección del guardia. Tenía la cabeza fija y su furia parecía haberse evaporado tan rápido como nació. Miraba el vacío—: A Palito lo llegué a querer mucho. Si hubiéramos encontrado al Padre, en Amotape, me hubiera casado con él. Pero eso de enamorarse es asqueroso y lo nuestro no lo

133

era. Era una cosa buena, bonita, más bien.
¿También usted se hace el idiota?

—Vaya preguntas que haces, Lituma —oyó
murmurar a su jefe. Pero comprendió que no
lo estaba reprendiendǫ; que, en realidad, no
le hablaba a él. El comentario era parte de
su táctica para seguir jalando la lengua de la
muchacha—. ¿Tú crees que si la señorita no
lo hubiera querido, se hubiera escapado con
él? ¿O te crees que se la llevó a la fuerza?

Alicia Mindreau no dijo nada. En torno a
las lámparas de parafina revoloteaban cada
vez más insectos, zumbando. Ahora se oía,
muy próxima, la resaca. Seguía subiendo la
marea. Los pescadores estarían preparando
las redes; Don Matías Querecotillo y sus dos
ayudantes harían rodar El León de Talara
hacia el mar, o remarían ya, más allá de los
muelles. Deseó estar allá, con ellos, y no
oyendo estas cosas. Y, sin embargo, se oyó
susurrar:

—¿Y su enamorado, entonces, señorita?
—Mientras hablaba, le parecía hacer equilibrio en una cuerda floja.

—Su enamorado oficial, querrás decir —lo
corrigió el Teniente. Dulcificó la voz al dirigirse a ella—: Porque, ya que usted lo llegó
a querer a Palomino Molero, me imagino
que el Teniente Dufó sería sólo eso. Un enamorado oficial, para cubrir las apariencias
delante de su papá. ¿Nada más que eso, un
biombo, no?

—Sí —asintió la muchacha, moviendo la
cabeza.

134

—Para que su papá no se diera cuenta de sus amores con Palomino Molero —prosiguió escarbando el Teniente—. Ya que, por supuesto, al Coronel no le haría ninguna gracia que su hija tuviera amores con un avionero.

A Lituma, el zumbido de los insectos que chocaban contra las lámparas lo crispaba igual que, antes, el chirrido de la bicicleta.

—¿Él se enroló sólo para estar cerca de usted? —se oyó decir. Se dio cuenta que esta vez no había disimulado: su voz estaba impregnada de la inmensa pena que le inspiraba el flaquito. ¿Qué había visto en esta muchacha medio loca? ¿Sólo que era de familia encumbrada, que era blanquita? ¿O lo hechizó su humor cambiante, esos increíbles raptos que la hacían pasar en segundos de la furia a la indiferencia?

—El pobre celosito no entendería nada —reflexionó en voz alta el Teniente. Estaba prendiendo un cigarro—. Cuando empezó a entender, se lo comieron los celos. Se obnu-bi-ló, sí señor. Hizo lo que hizo y, medio loco de susto, de arrepentimiento, fue donde usted. Llorando: «Soy un asesino, Alicita. Torturé y maté al avionero con el que te escapaste.» Usted se lo increpó, le hizo saber que nunca lo había querido, que lo odiaba. Y, entonces, él trajo su revólver y le dijo: «Mátame.» Pero usted no lo hizo. Tras los cuernos vinieron los palos, para Richard Dufó. Encima, el Coronel le prohibió que volviera a verla. Porque, claro, un yerno asesino era tan impresentable como un cholito de Castilla y, de remate, avionero. ¡Pobre celosito! Bueno, tengo la historia completa. ¿Me equivoqué en algo, señorita?

—Jajá —se rió ella—. Se equivocó en todo.

—Ya lo sé, me equivoqué a propósito —asintió el Teniente, humeando—. Corríjame, pues.

¿Se había reído ella? Sí, con una risita breve, ferozmente burlona. Ahora estaba seria de nuevo, sentada muy tiesa a la orilla del asiento, con las rodillas juntas. Sus bracitos eran tan delgados que Lituma hubiera podido circuirlos con dos dedos de una mano. Así, medio en la sombra, con ese cuerpito espigado, filiforme, se la podía tomar por un muchacho. Y, sin embargo, era una mujercita. Ya había conocido hombre. Trató de verla desnuda, temblando, en brazos de Palomino Molero, tumbada en un camastro de Amotape, o acaso sobre una estera, en la arena. Enroscaba sus bracitos alrededor del cuello de Palomino, abría la boca, las piernas, gemía. No, imposible. No la veía. En la interminable pausa, el zumbido de los insectos se hizo ensordecedor.

—El que me trajo el revólver y dijo que lo matara fue mi papá —añadió la chica de corrido—. ¿Qué le van a hacer?

—Nada —balbuceó precipitado el Teniente Silva, como si se hubiera atorado—. Nadie le va a hacer nada a su papá.

Ella tuvo otro arrebato de ira:

—Quiere decir que no hay justicia —exclamó—. Porque a él debieran meterlo a la cárcel, matarlo. Pero nadie se atreve. Claro, quién se va a atrever.

Lituma se había puesto rígido. Sentía a su jefe también tenso, anhelante, como si estuvieran oyendo el ronquido de las entrañas de la tierra que anuncia el temblor.

—Quiero tomar algo caliente, aunque sea ese café —dijo la muchacha, cambiando una vez más de tono. Ahora hablaba sin dramatismo, como chismeando con amigas—. Me ha dado frío o no sé qué.

—Es que hace frío —se atolondró el Teniente Silva. Dos veces repitió, asintiendo, con movimientos de cabeza innecesariamente enérgicos—: Hace frío, hace.

Demoró buen rato en ponerse de pie y cuando lo hizo y se dirigió al primus, Lituma advirtió su torpeza y lentitud. Se movía como borracho. Ahora se había muñequeado, no antes. También él estaba atolondrado con lo que acababa de oír. Forzándose, pensaba siempre en lo mismo. ¿O sea que, después de todo, pese a que decía que el amor era asqueroso, se había enamorado de Palomino Molero? ¿Qué adefesio era ese de considerar que enamorarse era asqueroso y querer no? A él también le había dado frío. Qué bueno hubiera sido tomarse un cafecito caliente, como el que su jefe le estaba preparando a la muchacha. Lituma veía, en el cono de luz verdosa de la lámpara, la lentitud con que las manos del Teniente vertían el agua, echaban las cucharaditas de café en polvo, el azúcar. Como si no estuviera seguro de que los dedos le fueran a responder. Vino hacia la muchacha con la taza cogida entre las dos manos, sin hacer ruido, y se la alcanzó. Alicia Mindreau se la llevó a la boca en el acto y bebió un trago, alzando la cabeza. Lituma vio sus ojos, en el frágil, vacilante resplandor. Secos, negros, duros y adultos, en esa delicada cara de niña.

—O sea que... —murmuró el Teniente, tan despacio que Lituma apenas podía oírlo. Había vuelto a sentarse en la esquina de su mesa y tenía una pierna apoyada en el suelo y otra balanceándose. Hizo una larga pausa y añadió, con timidez—: O sea que ese al que odia, ese al que le desea las peores cosas, no es el Teniente Dufó sino...

No se atrevió a terminar. Lituma vio que la muchacha asentía, sin la menor vacilación.

—Se arrodilla como un perro y me besa los pies —la oyó exclamar, con la voz alterada por uno de esos intempestivos ramalazos de furia—. El amor no tiene fronteras, dice. El mundo no entendería. La sangre llama a la sangre, dice. El amor es el amor, un huayco que arrastra todo. Cuando dice eso, cuando hace esas cosas, cuando llora y me pide perdón, lo odio. Quisiera que le pasaran las peores cosas.

La calló una radio, a todo volumen. La voz del locutor era atropellada, hiriente, con interferencias, y Lituma no entendió palabra de lo que decía. La reemplazó el baile de moda, «el bote», que estaba derrotando a la

huaracha en las preferencias de los talareños:

*«Mira esos pollos que están en la esqui-
naaaa...*

Que ni siquiera me quieren miraaaar...»
El guardia sintió un acceso de rabia contra
el remoto cantante, contra quien había encendido el aparato de radio, contra «el bote»
y hasta contra sí mismo. «Por eso dice que es
asqueroso», pensó. «Por eso separa enamorarse de querer.» Hubo una larga pausa, ocu-
pada por la música. Otra vez Alicia Mindreau aparecía tranquila, olvidada de su furia de hacía un instante. Su cabecita seguía
levemente el compás del «bote» y miraba al
Teniente como esperando algo.

—Ahora acabo de saber una cosa —oyó decir a su jefe, muy despacio.

La muchacha se puso de pie:

—Ya me voy. Se me ha hecho tarde.

—Ahora acabo de saber que fue usted
quien nos dejó el anónimo, aquí en la puerta
—añadió el Teniente—. Aconsejándonos que
fuéramos a Amotape a preguntarle a la señora Lupe qué le había pasado a Palomino
Molero.

—Me debe estar buscando por todas partes
—dijo la muchacha, como si no hubiera oído
al Teniente. En su vocecita, metamorfoseada
de nuevo, Lituma descubrió ese acento tra-
vieso y burlón que era lo más simpático, o lo
menos antipático, que había en ella; cuando
hablaba así parecía en verdad lo que era,
una chiquilla, y no, como un momento antes,

una mujer adulta y terrible con cara y cuerpo de niña—. Habrá mandado al chofer, a los avioneros, a las casas de la Base, a las casas de los gringos, al Club, al cine. Se asusta cada vez que me demoro. Cree que me voy a escapar de nuevo, jajá..

—O sea que había sido usted —añadía todavía el Teniente Silva—. Bueno, aunque un poco tarde, muchas gracias, señorita Mindreau. Si no hubiera sido por esa ayudita, todavía andaríamos en babia.

—El único sitio donde no se le ocurriría que estoy es la Comisaría —prosiguió la muchacha—. Jajá.

¿Se había reído? Sí, se había. Pero esta vez sin sarcasmo, sin ofensa. Una risita rápida, pícara, de churre palomilla. Era chifladita, por supuesto, qué iba a ser si no. Pero la duda atormentaba a Lituma y a cada segundo se daba respuestas contrarias. Sí, era; no, qué iba a ser, se hacía.

—Claro, claro —susurraba el Teniente. Tosió, aclarándose la garganta, arrojó la colilla al suelo y la pisó—. Aquí estamos para proteger a la gente. Y a usted más que nadie, por supuesto, siempre que nos lo pida.

—No necesito que nadie me proteja —replicó, secamente, la muchacha—. A mí me protege mi papá y él basta y sobra.

Estiró con tanta fuerza hacia el Teniente la taza de latón en que había tomado café que unas gotitas sobrantes salpicaron la camisa del oficial. Éste se apuró a coger la taza.

—¿Quiere que la acompañemos hasta la Base? —preguntó.

—No, no quiero —dijo ella. Lituma la vio salir rápidamente a la calle. Su silueta se retrató en la difusa claridad exterior, mientras se montaba en la bicicleta. La vio partir, pedaleando, oyó un timbrazo, la vio desaparecer haciendo eses en el fondo de la callecita desigual, sin pavimento.

El oficial y el guardia permanecieron en el mismo sitio, callados. Ahora, la música había cesado y otra vez se oía, como una ametralladora trepidante, la espantosa voz del locutor.

—Si no hubieran prendido esa radio concha de su madre, la chiquilla seguiría hablando —gruñó Lituma—. Sabe Dios qué cosas más nos hubiera dicho.

—Si no nos apuramos, mi gordita nos va a dejar sin comer —lo interrumpió el Teniente, incorporándose. Lo vio calarse el quepis—. Vamos de una vez, Lituma, a llenar la panza. Estas cosas a mí me abren el apetito. ¿A ti, no?

Había dicho una cojudez, porque la fonda se quedaba abierta hasta la medianoche y debían ser apenas las ocho. Pero Lituma comprendió que su jefe había dicho eso para decir algo, que había hecho una broma para no estar callado, porque debía sentirse tan raro y revuelto como él. Recogió la botella de Pasteurina que Alicia Mindreau había dejado en el suelo y la echó al costal de botellas vacías que el Borrao Salinas, botellero y ropavejero, venía a comprar cada fin de semana. Salieron, cerrando la puerta del Puesto. El Teniente masculló que dónde se había mandado mudar el guardia de servicio, que ahora, en castigo, acuartelaría a Ramiro Matelo sábado y domingo. Había luna llena. La luz azulada del cielo iluminaba clarito la calle. Caminaron en silencio, respondiendo con las manos y movimientos de cabeza a las buenas noches de las familias congregadas en las puertas de las casas. A lo lejos se oía el parlante del cine, unas voces mexicanas, un llanto de mujer, y, como música de fondo, el ronroneo de la resaca.

—Te habrás quedado medio cojudo con lo que has oído, ¿no, Lituma?

—Sí, medio cojudo me he quedado —asintió el guardia.

—Ya te dije que en este trabajo aprenderías cada cosa, Lituma.

—Pues está siendo verdad la profecía, mi Teniente.

En la fonda, había seis personas comiendo, todas conocidas. Cambiaron venias y saludos con ellas, pero el Teniente Silva y Lituma se sentaron en una mesa aparte. Doña Adriana trajo una sopa de menestras y pescado y, más que ponérselos delante, les aventó los platos, sin responder a sus buenas noches. Tenía la cara enfurruñada. Cuando el Teniente Silva le preguntó si se sentía mal, por qué ese mal humor, ladró:

—¿Se puede saber que hacía en el peñón de los cangrejos esta tarde, pedazo de vivo?

142

—Me pasaron la voz que iba a haber un desembarco de contrabandistas —respondió el Teniente Silva, sin pestañear.

—Un día va usted a pagar todas esas gracias, se lo advierto.

—Gracias por la advertencia —le sonrió el Teniente, frunciendo los labios con obscenidad y mandándole un beso—. Mamacita rrrrica.

VII

—Se me han endurecido los dedos, qué desastre —rezongó el Teniente Silva—. Cuando cadete, podía sacar cualquier tonada con oírla una vez. Y ahora ni La Raspa, carajo.

En efecto, había estado intentando varias melodías y siempre desafinaba. A veces, las cuerdas de la guitarra chirriaban como gatos bravos peleándose. Lituma oía a medias a su jefe, concentrado en un pensamiento fijo. Qué carajo iba a pasar, después de semejante parte. Estaban en la playita de pescadores, entre los dos muelles, y era más de la medianoche pues acababa de silbar la sirena de la refinería anunciando el cambio de turno. Muchas barcas habían zarpado ya, hacía rato, y, entre ellas, El León de Talara. Lituma y el Teniente Silva se fumaron un cigarrillo con el viejo Matías Querecotillo, mientras los dos ayudantes botaban la embarcación al mar. También el marido de Doña Adriana quiso saber si era cierto lo que se decía en todo Talara.

—¿Y qué se dice en todo Talara, Don Matías?

—Que ya descubrieron ustedes a los asesinos de Palomino Molero.

El Teniente Silva le respondió lo que res-

145

pondía a todo el que le hacía la pregunta. (Desde la mañana, quién sabía cómo, se había corrido la voz y la gente los paraba en la calle a preguntarles lo mismo.)

—No se puede decir nada todavía. Prontito se sabrá, Don Matías. A usted le puedo adelantar que el destape está muy cerca.

—Ojalá sea verdad, Teniente. Que por una vez se haga justicia y no resulten ganando los que siempre ganan.

—¿Quiénes, Don Matías?

—Quiénes van a ser. Usted lo sabe tan bien como yo. Los peces gordos.

Se marchó, bamboleándose como un bote en aguas movidas, y trepó ágilmente a su barca. No parecía un hombre que tose escupiendo sangre; se lo veía robusto y trejo, para su edad. Tal vez eso de que estaba enfermo era pura aprensión de Doña Adriana. ¿Sabía Don Matías que el Teniente Silva andaba a la caza de su mujer? Nunca lo había demostrado. Lituma había advertido que el pescador trataba siempre a su jefe con amabilidad. Tal vez con los años un hombre dejaba de ser celoso.

—Los peces gordos —reflexionó el oficial, colocando la guitarra sobre sus piernas—. ¿Tú crees que los peces gordos nos dejaron esta guitarra de regalo en la puerta del Puesto?

—No, mi Teniente —contestó el guardia—. Fue la hija del Coronel Mindreau. Usted la oyó cuando nos dijo que ella tenía la guitarra del flaquito.

—Si tú lo dices... —repuso el Teniente—. Pero a mí no me consta. Yo no vi ninguna carta ni tarjeta ni nada que me pruebe que ella fue la que llevó la guitarra al Puesto. Y tampoco tengo pruebas de que ésta sea la guitarra de Palomino Molero.

—¿Me está usted tomando el pelo, mi Teniente?

—No, Lituma. Estoy tratando de distraerte un poco, porque te veo demasiado asustado. ¿Por qué estás tan asustado? Un guardia civil debe tener unas bolas de toro, hombre.

—Usted también anda saltón, mi Teniente. No me lo niegue.

El oficial se rió sin ganas.

—Claro que ando saltón. Pero yo disimulo, a mí no se me nota. Tú, en cambio, tienes una cara que da pena. Parece que cada vez que eructa una mosca te cagaras en los pantalones.

Quedaron callados un rato, oyendo el débil chasquido del mar. No había olas pero sí tumbos, muy altos. La luna alumbraba la noche de tal modo que se veía, muy claro, el perfil de las casas de los gringos y de los altos empleados de la International, allá en la cumbre del peñón, junto al faro pestañeante, y las faldas del promontorio que cerraba la bahía. Todo el mundo hablaba maravillas de la luna de Paita, pero lo cierto es que la luna, aquí, era la más redonda y luminosa que Lituma había visto nunca. Debían hablar de la luna de Talara, más bien. Se imaginó al flaquito, en una noche como ésta, cantando en esta misma playa, rodeado de avioneros conmovidos:

Luna, lunera
Cascabelera
Ven dile a mi chinita
Por Dios que me quiera...

Lituma y el Teniente habían estado en el cine, viendo una película argentina de Luis Sandrini, que hizo reír mucho a la gente, pero no a ellos. Luego, habían tenido una conversación con el Padre Domingo, en la puerta de la parroquia. El párroco quería que un guardia civil viniera a espantar a los donjuanes que se metían a la iglesia a fastidiar a las talareñas del coro los días de ensayo. Muchas mamás habían retirado a sus hijas del coro por culpa de esos frescos. El Teniente le prometió que lo haría, siempre que hubiera un guardia disponible. Al regresar al Puesto, encontraron la guitarra que ahora tenía el Teniente en las rodillas. La habían dejado apoyada en la puerta. Cualquiera hubiera podido llevársela, si ellos, en vez de volver a la Comisaría, se hubieran ido primero a la fonda, a comer. Lituma no vaciló un segundo en interpretar lo que significaba esa guitarra ahí:

—Quiere que se la devolvamos a la madre del flaquito. La muchacha se apiadó tal vez por lo que yo conté de Doña Asunta, por eso nos la trajo.

—Así será si tú lo dices, Lituma. Pero a mí no me consta.

¿Por qué se empeñaba el Teniente en bromear? Lituma sabía muy bien que su jefe no tenía ninguna gana de reírse, que estaba inquieto y receloso como él mismo, desde que envió ese parte. La prueba es que estuvieran en este sitio, a esta hora. Después de comer, el Teniente le había propuesto estirar las piernas. Se habían venido sin hablar, cada uno sumido en su preocupación, hasta la playita de los pescadores. Vieron a los hombres de las barcas preparar las redes y aparejos y hacerse a la mar. Habían visto, en la oscuridad de las aguas, encenderse las lamparitas lejanas de los que tiraban las redes. Al quedarse solos, al Teniente se le ocurrió rasguear las cuerdas de la guitarra del flaquito. Quizá no había podido sacar una sola melodía de puro asustado. Claro que lo estaba, aunque tratara de ocultarlo diciendo chistes. Acaso por primera vez desde que servía a sus órdenes, el guardia no lo había oído esta noche mencionar una sola vez a la gorda de la fondita. Iba a preguntar a su jefe si le permitiría llevarle la guitarra a Doña Asunta la próxima vez que fuera a Piura —«Déjeme darle ese consuelo a la pobre señora, mi Teniente»— cuando se dio cuenta que no estaban solos.

—Buenas noches —dijo la sombra.

Había comparecido de repente, como salida del mar o del aire. Lituma dio un respingo, sin atinar a decir nada, sólo a abrir mucho los ojos. No soñaba: era el Coronel Mindreau.

—Buenas noches, mi Coronel —dijo el Teniente Silva, incorporándose del bote en que estaba sentado. La guitarra rodó a la arena y Lituma vio que su jefe hacía con la mano derecha un movimiento que no llegaba a culminar: como de coger el revólver, o, por lo menos, desabotonar la cartuchera que siempre llevaba al cinto, en la cadera derecha.

—Siéntese, nomás —dijo la sombra del Coronel—. Lo estaba buscando y tuve el pálpito de que el guitarrista nocturno era usted.

—Estaba viendo si todavía me acordaba de cómo tocar. Pero, la verdad, se me ha olvidado por falta de práctica.

La sombra asintió.

—Es usted mejor policía que guitarrista —murmuró.

—Gracias, mi Coronel —repuso el Teniente Silva.

«Viene a matarnos», pensó el guardia. El Coronel Mindreau dio un paso hacia ellos y su cara invadió un espacio mejor iluminado por la luna. Lituma distinguió su ancha frente, esas dos entradas profundas en las sienes y el bigotito milimétrico. ¿Estaba tan pálido las otras veces que lo había visto en su despacho? Quizá era la luna la que lo empalidecía así. Su expresión no era de amenaza ni de odio, sino, más bien, de indiferencia. El tonito de su voz tenía la misma altanería de aquella entrevista, en la Base. ¿Qué iba a pasar? Lituma sentía un hueco en el estómago.

«Esto era lo que estábamos esperando», pensó.

—Sólo un buen policía podía aclarar tan rápido el asesinato de ese desertor —añadió el Coronel—. Apenas dos semanas, ¿no, Teniente?

—Diecinueve días, para ser exactos, mi Coronel.

Lituma no apartaba un instante los ojos de las manos del Coronel Mindreau, pero el resplandor de la luna no llegaba hasta ellas. ¿Tenía el revólver listo para disparar? ¿Amenazaría al Teniente, conminándolo a desdecirse de lo que escribió en el parte? ¿Le descargaría súbitamente dos, tres balazos? ¿Le dispararía a él también? Tal vez había venido sólo a arrestarlos. Tal vez una patrulla de la Policía Aeronáutica estaría rodeándolos mientras el Coronel los entretenía con este diálogo tramposo. Aguzó los oídos, miró alrededor. No se acercaba nadie ni se oía nada, fuera del chapaleo del mar. Frente a él, el viejo muelle subía y bajaba, con los tumbos. En sus fierros musgosos dormían las gaviotas y había en ellos, incrustados, innumerables conchas, estrellas de mar y cangrejos. La primera misión que le encargó su jefe, al llegar a Talara, fue espantar a los churres que se trepaban al muelle por esos fierros, para balancearse en él como en un subibaja.

—Diecinueve días —repitió, como un eco tardío, el Coronel.

Hablaba sin ironía, sin furia, con frialdad glacial, como si nada de eso tuviera impor-

tancia ni lo afectara a él en lo más mínimo,
y, en lo hondo de su voz, había algo —una
inflexión, una pausa, una manera de acen-
tuar ciertas sílabas, que a Lituma le recorda-
ba la voz de la muchacha. «Los inconquistables tienen razón», pensó. «Yo no nací para
esto, yo no quiero pasar estos sustos.»

—De todos modos, no está mal —prosiguió
el Coronel—. A veces, estos crímenes no se
resuelven en años. O quedan en el misterio
para siempre.

El Teniente Silva no respondió. Hubo un
largo silencio, durante el cual ninguno de los
tres hombres se movió. El muelle se mecía
muchísimo: ¿habría algún churre allí, co-
lumpiándose? Lituma oía la respiración del
Coronel, la de su jefe, la suya. «Nunca he tenido tanto miedo en la vida», pensó.

—¿Espera usted que lo asciendan, en premio? —oyó decir al Coronel Mindreau. Se le
ocurrió que debía tener frío, vestido con esa
ligera camisa sin mangas del uniforme de
diario de los aviadores. Era un hombre bajito, al que Lituma le llevaba por lo menos
media cabeza. En su tiempo no habría requi-
sito de altura mínima para ingresar a los
Institutos Armados, pues.

—Estoy apto para el ascenso a capitán
sólo a partir de julio del próximo año, no
antes, mi Coronel —oyó decir a su jefe, despacio. Ahora. Alzaría la mano y reventaría el
disparo: la cabeza del Teniente se abriría
como una papaya. Pero en ese momento el
Coronel levantó la mano derecha, para pa-

sársela por la boca, y el guardia vio que no iba armado. ¿A qué había venido, a qué?—. Respondiendo a su pregunta, no, no creo que me asciendan por haber resuelto el caso. Hablando francamente, creo que esto más bien me traerá muchas neuralgias, mi Coronel.

—¿Tan seguro está de haberlo resuelto definitivamente?

La sombra no se movía y a Lituma se le ocurrió que el aviador hablaba sin abrir los labios, con el estómago, como los ventrílocuos.

—Bueno, lo único definitivo es la muerte —murmuró el Teniente. No notaba en las palabras de su jefe la menor aprensión. Como si a él tampoco le concerniera personalmente esta charla, como si ella versara sobre otras gentes. «Le sigue la cuerda», pensó. El Teniente se aclaró la garganta con una tosecita, antes de proseguir—: Pero, aunque algunos detalles estén todavía oscuros, creo que las tres preguntas claves están resueltas. Quiénes lo mataron. Cómo lo mataron. Por qué lo mataron.

Un perro ladró y sus ladridos, desafortunados y frenéticos, se fueron convirtiendo en un aullido lúgubre. El Coronel había retrocedido o la luna avanzado: su cara estaba de nuevo a oscuras. El muelle subía y bajaba. El cono luminoso del faro barría el agua, dorándola.

—He leído su parte a la superioridad —lo oyó decir Lituma—. La Guardia Civil informó a mis jefes. Y ellos tuvieron la amabilidad de sacarle una fotocopia y enviármelo, para que me enterara de su contenido.

No se había alterado, no hablaba más rápido ni con más emoción que antes. Lituma vio que una brisa súbita agitaba los ralos cabellos de la silueta en sombra; el Coronel se los alisó, de inmediato. El guardia seguía tenso y asustado, pero, ahora, nuevamente tenía en la cabeza las dos imágenes intrusas: el flaquito y Alicia Mindreau. La muchacha, paralizada por la sorpresa, veía cómo lo subían a empujones a una camioneta azul. El motor arrancaba, ruidoso. En el trayecto hacia el pedregal, los avioneros, para halagar a su jefe, apagaban sus puchos en los brazos, el cuello y la cara de Palomino Molero. Al oírlo aullar, lanzaban risotadas, codeándose. «Que sufra, que sufra», tremaba el Teniente Dufó. Y, de repente, besando sus dedos: «Te arrepentirás de haber nacido, te lo juro.» Vio que el Teniente Silva se incorporaba del canto del bote en el que estaba sentado y, con las manos en los bolsillos, se ponía a contemplar el mar.

—¿Significa eso que van a enterrar el asunto, mi Coronel? —preguntó, sin volverse.

—No lo sé —repuso el Coronel Mindreau, secamente, como si la pregunta fuera demasiado banal o estúpida y le hiciera perder un tiempo precioso. Pero, casi de inmediato, dudó—: No lo creo, no a estas alturas. Es muy difícil, sería... No lo sé. Depende de muy arriba, no de mí.

«Depende de los peces gordos», pensó Lituma. ¿Por qué hablaba el Coronel como si nada de esto le importara? ¿A qué había venido, entonces?

—Necesito saber una cosa, Teniente. —Hizo una pausa, a Lituma le pareció que le echaba una mirada veloz, como si sólo ahora lo descubriera y decidiera que podía seguir hablando delante de ese don nadie—. ¿Vino mi hija a decirle que yo abusé de ella? ¿Le dijo eso?

Lituma vio que su jefe, sin sacar las manos de los bolsillos, se volvía hacia el Coronel.

—Nos lo dio a entender... —susurró, atracándose—. No lo dijo explícitamente, no con esas palabras. Pero nos dio a entender que usted... que ella era para usted no una hija sino una mujer, mi Coronel.

Se había turbado tremendamente y las palabras se le deshicieron en la boca. Lituma no lo había visto nunca tan confuso. Sintió pena. Por él, por el Coronel Mindreau, por el flaquito, por la muchacha. Tenía ganas de echarse a llorar de pena por el mundo entero, carajo. Se dio cuenta que temblaba de pies a cabeza. Sí, Josefino lo había calado bien, era un sentimental de mierda y no cambiaría.

—¿Le dijo también que le besaba los pies? ¿Que, después de abusar de ella, me arrastraba por el suelo, implorándole perdón? —dijo el Coronel Mindreau. No estaba haciendo una pregunta, sino confirmando algo de lo que parecía seguro.

El Teniente Silva balbuceó una frase que Lituma no entendió. Podía haber sido «Creo que sí» o «Me parece que sí». Tenía ganas de salir corriendo. Ah, que llegara un pescador, que algo interrumpiera esta escena.

—¿Que yo, loco de remordimiento, le alcanzaba el revólver para que me matara? —proseguía, incansable, el Coronel. Había bajado la voz. Se lo notaba cansado y como lejanísimo.

Esta vez el Teniente no contestó. Hubo una larga pausa. La silueta del aviador estaba rígida y el muelle viejo subía y bajaba, columpiado por los tumbos. El murmullo del mar era más débil, como si empezara a bajar la marea. Un pájaro invisible graznó, cerca.

—¿Se siente mal? —preguntó el Teniente.

—En inglés, la palabra es «Delusions» —dijo el Coronel, con firmeza, como si no se dirigiera a nadie ahora—. En español no hay nada equivalente. Porque «Delusions» quiere decir, a la vez, ilusión, fantasía, y engaño o fraude. Una ilusión que es un engaño. Una fantasía dolosa, fraudulenta. —Suspiró, hondo, como si se hubiera quedado sin aire y se pasó la mano por la boca—. Para llevar a Alicita a Nueva York vendí la casa de mis padres. Gasté mis ahorros de toda la vida. Hasta empeñé mi pensión de retiro. En Estados Unidos curan todas las enfermedades del mundo, hacen todos los milagros científicos. ¿No es eso lo que dicen? Bueno, si es así, se justifica cualquier sacrificio. Salvar a esa niña. Salvarme yo, también. No la curaron. Pero, al menos, descubrieron lo que tenía. «Delusions.» No se curará nunca porque eso no se cura. Más bien, aumenta. Prolifera como un cáncer con el tiempo, mientras la causa esté allí, provocándolo. Me lo explicaron con la crudeza de los gringos. Su problema es usted. La causa es usted. Ella lo hace responsable de la muerte de esa madre que no conoció. Todo lo que inventa, esas cosas terribles que urde en contra de usted, eso que iba a contar a las Madres del Sagrado Corazón, en Lima, eso que contaba a las Madres del Lourdes, en Piura, a sus tías, a las amigas. Que usted la maltrata, que usted es avaro, que usted la atormenta, que la amarra a la cama, que la azota. Para vengar a su madre. Pero todavía no ha visto usted nada. Prepárese para algo mucho peor. Porque más tarde, cuando crezca, lo acusará de haberla querido matar, de violarla, de haberla hecho violar. De las cosas más terribles. Y ni siquiera se dará cuenta que inventa y que miente. Porque ella cree y vive sus mentiras ni más ni menos que si fueran verdad. «Delusions.» Así se llama en inglés. En español no hay palabra que lo explique tan bien.

Hubo un largo silencio. El mar apenas se sentía, susurrando muy bajito. «Tantas palabras que estoy oyendo por primera vez», pensó Lituma.

—Así es, seguramente —oyó decir al Teniente, de modo severo y respetuoso—. Pero... las fantasías o locuras de su hija no lo explican todo, si me permite. —Hizo un largo paréntesis, esperando acaso un comentario del Coronel o buscando las palabras apropiadas—. El ensañamiento contra el muchacho, por ejemplo.

Lituma cerró los ojos. Ahí estaba: abrasándose bajo el sol implacable, en el desierto pedregal, supliciado de los cabellos a las plantas de los pies, rodeado de cabras indiferentes y olisqueantes. Ahorcado, quemado con cigarrillos y con un palo ensartado en el culo. Pobre flaquito.

—Ése es otro asunto —dijo el Coronel. Pero, rectificó al instante—: No lo explica, es cierto.

—Usted me hizo una pregunta y yo respondí —oyó decir al Teniente Silva—. Permítame hacerle yo también una pregunta. ¿Había necesidad de ensañarse así? Se lo pregunto porque, sencillamente, no lo entiendo.

—Yo tampoco —repuso, en el acto, el Coronel—. O, mejor dicho, sí lo entiendo. Ahora. Al principio, no. Se emborrachó y emborrachó a sus hombres. Los tragos y el despecho hicieron que de pobre diablo se volviera también sádico. Despecho, amor herido, honor pisoteado. Esas cosas existen aunque un policía no las conozca, Teniente. Parecía sólo un pobre diablo, no un sádico. Un balazo en la cabeza bastaba. Y un entierro discreto. Eran mis órdenes. La estúpida carnicería, no, naturalmente. Ahora tampoco eso tiene la menor importancia. Ocurrió como ocurrió y cada cual debe asumir sus responsabilidades. Yo siempre he asumido las mías.

Volvió a tomar aire, a jadear. Lituma oyó decir a su jefe:

—Usted no estuvo presente, entonces. ¿Sólo el Teniente Dufó y un grupo de subordinados?

A Lituma le pareció que el Coronel chasqueaba la lengua, como si fuera a escupir. Pero no lo hizo.

—Le di ese premio consuelo, para que con ese balazo aplacara su orgullo herido —dijo, con frialdad—. Me sorprendió. No parecía capaz de tanto. También los avioneros me sorprendieron. Eran sus compañeros, después de todo. Hay un fondo bestial, en todos. Cultos o incultos, todos. Supongo que más en las clases bajas, entre los cholos. Resentimientos, complejos. Los tragos y la adulación al jefe harían el resto. No había necesidad de esa truculencia, por supuesto. No estoy arrepentido de nada, si eso es lo que quiere saber. ¿Se ha visto nunca que un avionero rapte y viole a la hija del Jefe de su Base? Pero yo hubiera hecho eso de manera rápida y limpia. Un balazo en la nuca y punto final.

«Él también tiene lo de su hija, pensó el guardia. Elusiones, delusiones, eso.»

—¿La violó, mi Coronel? —Lituma se dijo, una vez más, que el Teniente formulaba las preguntas que se le ocurrían a él—. Que se la robó, es un hecho. Aunque sería más justo decir que se escaparon. Los dos estaban enamorados y querían casarse. Todo el pueblo de Amotape podría dar testimonio. ¿Qué violación pudo ser ésa?

A Lituma le pareció oír, de nuevo, el chasquido de la lengua que anuncia el escupitajo. Cuando habló, el Coronel era el hombre déspota y cortante de la entrevista en su despacho:

—La hija del Jefe de la Base Aérea de Talara no se enamora de un avionero —explicó, fastidiado de tener que aclarar algo evidente—. La hija del Coronel Mindreau no se enamora de un guitarrista de Castilla.

«Le viene de él», pensó Lituma. De ese padre que supuestamente odiaba tanto le venía a Alicia Mindreau la manía de cholear y despreciar a los que no eran blancos.

—Yo no me lo inventé —oyó decir a su jefe, suavemente—. Fue ella, la señorita Alicia, la que nos lo hizo saber. Sin que se lo preguntáramos, mi Coronel. Que se querían y que, si el párroco hubiera estado en Amotape, se habrían casado. ¿Una violación, eso?

—¿No se lo he explicado, acaso? —alzó la voz el Coronel Mindreau, por primera vez en la noche—. «Delusions, delusions.» Fantasías embusteras. No se enamoró ni podía enamorarse de él. ¿No ve que estaba haciendo lo mismo de siempre? Lo mismo que hizo cuando fue a contarles eso a ustedes. Lo mismo que cuando iba donde las Madres del Lourdes a mostrarles unas heridas que se había hecho ella misma, en frío, para hacerme daño con ellas. Estaba vengándose, castigándome, haciéndome pagar, en lo que más podía dolerme, la muerte de su madre. Como si... —suspiró, jadeó— esa muerte no hubiera sido ya bastante viacrucis en mi vida. ¿La mentalidad de un policía no da para entenderlo?

«No, conchetumadre», pensó Lituma. «No da.» ¿Por qué enredar de ese modo la vida? ¿Por qué no podía haberse enamorado Alicia Mindreau de ese flaquito que tocaba lindo la guitarra y cantaba con voz tierna y romántica? ¿Por qué era imposible que brotara el amor entre la blanquita y el cholito? ¿Por qué el Coronel veía en ese amor una tortuosa conspiración contra él?

—A Palomino Molero también se lo expliqué —oyó decir al Coronel, de nuevo con ese tono impersonal, que lo distanciaba de ellos y de lo que iba diciendo—. Como a usted. Más en detalle que a usted. Con más claridad todavía. Sin amenazas, sin órdenes. No de Coronel a avionero. De hombre a hombre. Dándole una oportunidad de portarse como un caballero, de ser lo que no era.

Se calló, para pasarse por la boca una mano rápida como un matamoscas. Lituma, entrecerrando los ojos, los vio: el oficial severo y pulcro, con su bigotito recto y sus ojos fríos, y el flaquito, embutido en su uniforme de recluta, seguramente flamante y con los botones brillosos, y el pelo recién cortado casi al rape, en posición de firmes. Aquél, muy seguro, pequeño y dominador, moviéndose por su despacho mientras hablaba, con un fondo de hélices y motores; y el avionero, muy pálido, sin atreverse a mover un dedo, a pestañear, a abrir la boca, a respirar.

—Esa niña no es lo que parece. Esa niña, aunque hable, ría y haga lo que hacen las otras niñas, no es igual a ellas. Es frágil, un cristal, una flor, un pichoncito indefenso —se dio cuenta Lituma que estaba diciendo el Coronel—. Yo podría decirle a usted, sencillamente: «Un avionero está prohibido de poner los ojos en la hija del Coronel de la Base; un muchacho de Castilla no puede aspirar ni en sueños a Alicia Mindreau. Sépalo y sepa también que no debe acercarse, ni mirarla, ni soñar siquiera con ella, o pagará ese atrevimiento con su vida.» Pero, en vez de prohibírselo, se lo expliqué, de hombre a hombre. Creyendo que un guitarrista de Castilla podía ser, también, alguien racional, tener reflejos de persona decente. Me dijo que lo había entendido, que no sospechaba que Alicita fuera así, que nunca volvería a mirarla ni a hablarle. Y esa misma noche, el cholito hipócrita se la robó y abusó de ella. Creía ponerme entre la espada y la pared, el pobre. Ya está, la violé. Ahora, usted tendrá que resignarse a que nos casemos. No, muchacho, a mí, mi hija, esa niña enferma, puede hacerme todos los chantajes, todas las infamias, y yo no tengo más remedio que cargar con esa cruz que me ha impuesto Dios. Ella sí, a ella yo... Pero no tú, pobre infeliz.

Se calló, respiró hondo, jadeó, y, de pronto, en alguna parte maulló un gato. Se oyó una carrera de muchas patas. Luego, de nuevo, el silencio entreverado con la sincrónica resaca. El muelle había dejado de mecerse. Y una vez más oyó Lituma que su jefe hacía la pregunta que a él le comía la lengua:

—¿Y por qué, entonces, Ricardo Dufó? ¿Por qué él sí podía ser el enamorado, el novio, de Alicia Mindreau?

—Porque Ricardo Dufó no es un pata pelada de Castilla, sino un oficial. Un hombre de buena familia. Pero, sobre todo, porque es un débil de carácter y un tonto —disparó el Coronel, como harto de que el mundo fuera tan ciego de no ver la luz del sol—. Porque con el pobre diablo de Ricardo Dufó yo podía seguirla cuidando y protegiendo. Como juré a su madre que lo haría cuando estaba muriendo. Y Dios y Mercedes saben que he cumplido, a pesar de lo que me ha costado.

Se le fue la voz y tosió, varias veces, disimulando esa irreprimible debilidad. A lo lejos, varios gatos maullaban y chillaban, frenéticos: ¿estarían peleándose o cachando? Todo era confuso en el mundo, carajo.

—Pero no he venido a nada de eso y no voy a seguir hablando de mi familia con usted —cortó bruscamente el Coronel. Cambió de voz una vez más, suavizándola—: Tampoco quiero hacerle perder su tiempo, Teniente.

«Yo no existo para él», pensó Lituma. Era mejor: se sentía más seguro, sabiéndose olvidado, abolido, por el Coronel. Hubo una pausa interminable en la que el aviador parecía estar afanosamente luchando contra la mudez, tratando de pronunciar algunas palabras rebeldes y huidizas.

—No me lo hace usted perder —dijo el Teniente Silva.

—Le agradezco que no mencionara el asunto ése en el parte —articuló, por fin, con dificultad.

—¿Lo de su hija, quiere decir? —oyó que murmuraba el Teniente—. ¿Que ella nos insinuó que usted había abusado de ella?

—Le agradezco que no lo mencionara en el parte —repitió el padre de Alicia Mindreau, con voz más segura. Se pasó la mano por la boca y añadió—: No por mí, sino por esa niña. Eso... hubiera sido el festín de los periodistas. Ya veo los titulares, toda la pus y la pestilencia del periodismo lloviendo sobre nosotros. —Tosió, jadeó e hizo un esfuerzo por parecer sereno antes de murmurar—: Una menor de edad debe ser protegida siempre contra el escándalo. A cualquier precio.

—Tengo que advertirle algo, mi Coronel —oyó Lituma decir al Teniente—. No mencioné el asunto porque era muy vago, y, también, poco pertinente ·respecto al asesinato de Palomino Molero. Pero, no se haga ilusiones. Cuando el asunto sea público, si se hace público, todo dependerá de lo que su hija diga. La acosarán, la perseguirán día y noche tratando de sacarle declaraciones. Y mientras más sucias y escandalosas, más las explotarán. Usted lo sabe. Si es como usted dice, si ella padece alucinaciones, ¿«delusions» dijo que se llamaban?, sería mejor una clínica; o, tal vez, el extranjero. Perdóneme, me estoy entrometiendo en algo que no me incumbe.

Se calló porque la sombra del Coronel había hecho un movimiento de impaciencia.

—Como no sabía si lo encontraría, le dejé una nota en el Puesto, por debajo de la puerta —dijo, poniendo punto final a la conversación.

—Bien, mi Coronel —dijo el Teniente Silva.

—Buenas noches —se despidió el Coronel, cortante.

Pero no se marchó. Lituma lo vio volverse y dar unos pasos hacia la orilla de la playa, plantarse allí, cara al mar, y permanecer inmóvil ante la vasta superficie que la luz de la luna plateaba a trechos. El cono dorado del faro se iba y volvía, delatando al pasar frente a ellos, un segundo, la silueta menuda e imperiosa, vestida de caqui, que les daba la espalda, aguardando que se fueran. Miró al Teniente y éste lo miró, indeciso. Por fin, le hizo seña de que partieran. Sin decir una palabra, echaron a andar. La arena silenciaba sus pisadas y Lituma sentía que se le hundían los botines. Pasaron junto a la quieta espalda del Coronel —otra vez el viento movía sus escasos cabellos— y enrumbaron, por entre los botes varados, hacia las densas manchas que eran las viviendas de Talara. Cuando estuvieron ya en el pueblo, Lituma se volvió a mirar la playita. La silueta del Coronel parecía seguir en el mismo sitio, en el límite mismo del mar. Una sombra un poquito más clara que las sombras circundantes. Más allá, titilaban unos puntitos amarillos, desperdigados en el horizonte. ¿Cuál de esas lamparillas de pescadores sería la lancha del marido de Doña Adriana? Aunque aquí la noche estaba tibia, Don Matías decía que mar adentro hacía siempre frío, que ésa era la razón, no el aburrimiento ni el vicio, por la que los pescadores se llevaban siempre una botellita de pisco o de cañazo para aguantar la noche en altamar.

Talara estaba desierta y apacible. No se veía luz en ninguna de las casitas de madera que dejaban atrás. Lituma tenía tantas cosas que preguntar y comentar, pero no se atrevía a abrir la boca, paralizado por una sensación ambigua, de confusión y de tristeza. ¿Sería cierto lo que les había contado o una invención? Cierto, tal vez. Por eso la muchacha le había parecido chifladita, no se había equivocado. A ratos, miraba de reojo al Teniente Silva: llevaba la guitarra al hombro, como si fuera un fusil o una azada, y parecía pensativo, ausente. ¿Cómo podía ver en la penumbra, con esos anteojos oscuros?

Cuando estalló el ruido, Lituma dio un brinco; al mismo tiempo, fue como si lo hubiera estado esperando. Había quebrado el silencio, breve y brutal, con un eco apagado. Ahora todo estaba otra vez quieto y mudo. Se quedó inmóvil, se volvió a mirar a su jefe. Éste, después de haberse detenido un momento, echó de nuevo a andar.

—Pero, mi Teniente —trotó Lituma, hasta alcanzarlo—. ¿No ha oído?

El oficial siguió andando, con la vista al frente. Apuró el paso.

—¿Oído qué cosa, Lituma?

—El tiro, mi Teniente —trotaba, se atolondraba Lituma, a su lado—. Allá en la playa. ¿No lo ha oído, acaso?

—He oído un ruido que podría ser mil cosas, Lituma —dijo su jefe, con tono de reprimenda—. El pedo de un borracho. El eructo de una ballena. Mil cosas. No tengo ninguna prueba de que ese ruido haya sido un tiro.

A Lituma el corazón le golpeaba en el pecho muy fuerte. Su cuerpo se había puesto a sudar y sentía húmeda la camisa y la cara. Caminaba al lado del Teniente, aturdido, tropezándose, sin entender nada.

—¿No vamos a ir a verlo, entonces? —preguntó, sintiendo una especie de vértigo, unos metros después.

—¿A ver qué cosa, Lituma?

—Si el Coronel Mindreau se ha matado, mi Teniente —balbuceó—. ¿No era eso, pues, el tiro que hemos oído?

—Ya lo sabremos, Lituma —dijo el Teniente Silva, compadeciéndose de su ignorancia—. Si lo era o no lo era, se sabrá. Qué apuro tienes. Espérate a que venga alguien, algún pescador, algún vago, quien lo encuentre, a darnos la noticia. Si es cierto que ese señor se ha matado, como se te ha ocurrido. O, más bien, espérate a que lleguemos al

167

Puesto. Puede que ahí se aclare el misterio que te atormenta. ¿No oíste al Coronel que nos había dejado una nota?

Lituma no dijo nada y siguió caminando junto a su jefe. De una de las desiertas callecitas transversales salió un estertor mecánico, como si alguien sintonizara una radio. En la terraza del Hotel Royal, el guardián dormía a pierna suelta, envuelto en una frazada y con la cabeza sobre la barandilla.

—¿O sea que usted cree que esa nota es su testamento, mi Teniente? —musitó por fin, ya en la recta del Puesto—. ¿Que nos fue a buscar a sabiendas de que, después de hablar con nosotros, se iba a matar?

—Puta que eres lento, hijo mío —suspiró su jefe. Y le dio un palmazo en el brazo, levantándole el ánimo—. Menos mal que, aunque te cuesta, al final como que empiezas a entender las cosas. ¿No, Lituma?

No hablaron más hasta llegar a la casita ruinosa y despintada que era la Comisaría. El Teniente mandaba oficio tras oficio a la Dirección General de la Guardia Civil, explicando que si no hacían algo pronto se les caería el techo encima y que los calabozos eran una coladera de donde los presos no se escapaban por conmiseración o cortesía, pues las tablas de las paredes estaban apolilladas y roídas por los ratones. Le contestaban que en el próximo presupuesto se incluiría una partida, tal vez. Una nube había ocultado la luna y el Teniente tuvo que encender un fósforo para dar con la cerradura.

Forcejeó un buen rato, como siempre, antes de que la llave girase. Encendiendo otro fósforo, buscó en el suelo de tablas, primero en el umbral, luego más adentro, hasta que la llamita le chamuscó la punta de los dedos y tuvo que soplarla, maldiciendo. Lituma corrió a prender la lámpara de parafina; lo hizo con tanta torpeza que le pareció que le tomaba un siglo. La llamita brotó al fin: una lengua roja, de corazón azulado, que zigzagueó unos segundos antes de afirmarse. El sobre estaba semihundido en uno de los intersticios de las tablas y Lituma vio a su jefe, acuclillado, cogerlo y levantarlo con mucha delicadeza, como si se tratara de un objeto frágil y precioso. Intuyó todos los movimientos que haría y que, en efecto, hizo el Teniente: echarse el quepis atrás, quitarse los anteojos y sentarse en una esquina del escritorio, con las piernas bien abiertas, mientras, siempre muy cuidadosamente, desgarraba el sobre y con dos dedos extraía de él un papelito blanco, casi transparente. Lituma divisó unas líneas de letra pareja, que cubrían toda la página. Acercó la lámpara de modo que su jefe pudiera leer sin dificultad. Vio, lleno de ansiedad, que los ojos del Teniente se movían, despacio, de izquierda a derecha, de izquierda a derecha, y que su cara poco a poco se contraía en una expresión de disgusto o perplejidad o de ambas cosas.

—¿Y, mi Teniente? —preguntó, cuando creyó que el oficial había terminado de leer.

—Carajo —oyó decir a su jefe, a la vez que

lo veía bajar la mano: el papelito blanco quedó colgando, a la altura de su rodilla.

—¿Se ha matado? —insistió Lituma. Y, estirando el brazo—: ¿Me la deja ver, mi Teniente?

—El puta se las traía —murmuró su jefe, entregándole el papel. Lituma se precipitó a cogerlo, a leerlo, y, mientras leía, creyendo y no creyendo, entendiendo y no entendiendo, oyó que el Teniente añadía—: No sólo se mató, Lituma. El puta mató también a la muchacha.

Lituma alzó la cabeza y miró a su jefe, sin saber qué decir ni hacer. Tenía la lámpara en la mano izquierda y esas sombras que se alargaban y movían significaban sin duda que estaba temblando. Una mueca deformó la cara del Teniente y Lituma lo vio pestañear y juntar los párpados como si lo cegara una luz hiriente.

—Qué vamos a hacer ahora —balbuceó, sintiéndose culpable de algo—. ¿Ir a la Base, a casa del Coronel, a ver si es cierto que mató a la muchacha?

—¿Tú crees que puede no ser cierto, Lituma? —lo amonestó el Teniente.

—No sé —repuso el guardia—. Más bien dicho, sí, creo que es cierto que la mató. Por eso estaba tan raro, en la playa. Y también creo que es cierto que él se ha matado, que eso fue el tiro que oímos. Puta madre, puta madre.

—Tienes razón —dijo el Teniente Silva, unos segundos después—: Puta madre.

Estuvieron un momento callados, inmóviles, entre esas sombras que bailoteaban en las paredes, en el suelo, sobre los muebles y enseres destartalados del Puesto.

—¿Qué vamos a hacer ahora, mi Teniente? —repitió, por fin, Lituma.

—Yo no sé qué vas a hacer tú —contestó el oficial, poniéndose de pie, con brusquedad, como acordándose de algo urgentísimo. Parecía poseído de una energía violenta—. Pero, te aconsejo que por el momento no hagas nada, salvo echarte a dormir. Hasta que alguien venga a despertarte con la noticia de esas muertes.

Lo vio, decidido, dirigirse a trancos hacia las sombras de la calle, haciendo los gestos característicos: acomodarse la cartuchera que llevaba a la cintura, pendiente del cinturón, y calarse los anteojos negros.

—¿Adónde está usted yendo, mi Teniente? —balbuceó, espantado, adivinando lo que iba a oír.

—A tirarme de una vez a esa gorda de mierda —lo oyó decir, ya invisible.

VIII

Doña Adriana se rió de nuevo y a Lituma le pareció que, en tanto que todo Talara chismeaba, lloriqueaba o especulaba sobre los grandes acontecimientos, la dueña de la fondita no hacía más que reírse. Estaba igual hacía tres días. Así los había recibido y despedido a la hora del desayuno, el almuerzo y la comida, trasantesdeayer, antes de ayer, ayer y hoy mismo: a carcajada limpia. El Teniente Silva, en cambio, andaba enfurruñado e incómodo, ni más ni menos que si se hubiera comido el pavo más grande de la vida. Por decimaquinta vez en tres días, Lituma pensó: «¿Qué chucha ha pasado entre este par?» Las campanas del Padre Domingo repicaron en el pueblo, llamando a misa. Sin dejar de reírse, Doña Adriana se persignó.

—¿Y qué cree que le harán al tenientito ése, al Dufó ése? —carraspeó Don Jerónimo.

Era la hora del almuerzo y, además del taxista de Talara, el Teniente Silva y Lituma, también se hallaba en la fonda una pareja joven que había venido desde Zorritos para asistir a un bautizo.

—Lo juzgará el fuero privativo —repuso de mal modo el Teniente Silva, sin levantar

173

los ojos de su plato semivacío—. Es decir, un Tribunal militar.

—Pero, algo le harán ¿no? —insistió Don Jerónimo. Iba comiendo un saltadito con arroz blanco y abanicándose con un periódico; masticaba con la boca abierta y regaba el contorno de residuos—. Porque se supone que un tipo que hace lo que dicen que hizo ese Dufó con Palomino Molero no se puede ir tan tranquilo a su casa ¿no, Teniente?

—Se supone que no se puede ir tan tranquilo a su casa —asintió el Teniente, con la boca llena y un disgusto evidente de que no lo dejaran comer en paz—. Algo le harán, supongo.

Doña Adriana volvió a reírse y Lituma sintió que el Teniente se ponía tenso y que se hundía en su asiento al ver acercarse a la dueña de la pensión. Cómo estaría de muñequeado que ni espantaba las moscas de su cara. Ella llevaba un vestidito floreado, de escote muy abierto, y venía braceando y moviendo pechos y caderas con mucho ímpetu. Se la veía saludable, contenta de sí misma y del mundo.

—Tome un poquito de agüita, Teniente, y no coma tan rápido que el bocado se le puede ir por otro lado —se rió Doña Adriana, dando unas palmaditas aún más burlonas que sus palabras en la espalda del oficial.

—Qué buen humor se gasta usted últimamente —dijo Lituma, mirándola sin reconocerla. Era otra persona, se había vuelto una coqueta, qué mosca le había picado.

—Por algo será —dijo Doña Adriana, recogiendo los platos de la pareja de Zorritos y alejándose hacia la cocina. Se iba moviendo el trasero como si les estuviera haciendo adiós, adiós. «Jesucristo», pensó Lituma.

—¿Usted sabe por qué está así, tan reilona, hace tres días, mi Teniente? —preguntó.

En vez de contestar, el oficial le lanzó una mirada homicida, desde detrás de sus gafas oscuras, y se volvió a contemplar la calle. Allá, en la arena, un gallinazo picoteaba algo con furia. Súbitamente aleteó y se elevó.

—¿Quiere que le diga una cosa, Teniente? —dijo Don Jerónimo—. Espero que no se enoje.

—Si me puedo enojar, mejor no me la diga —gruñó el Teniente—. No estoy de humor para huevadas.

—Mensaje recibido y entendido —gruñó el taxista.

—¿Va a haber más muertos? —se rió Doña Adriana, desde la cocina.

«Hasta se ha puesto ricotona», se dijo el guardia. Pensó: «Tengo que ir a visitar a las polillas del Chino Liau. Me estoy ahuesando.» La mesa del oficial y Lituma y la del taxista estaban separadas y sus voces, para llegar a sus destinatarios, tenían que pasar sobre la pareja de Zorritos. Eran jóvenes, estaban emperifollados y se volvían a mirar a unos y otros, interesados en lo que se decía.

—Aunque no le guste, se lo voy a decir nomás, para que usted lo sepa —decidió Don Jerónimo, golpeando la mesa con el periódico—. No hay un solo talareño, hombre, mujer o perro, que se trague el cuento ése. Ni el gallinazo que está ahí se lo traga.

Porque el ave rapaz había vuelto y ahí estaba, negruzco y torvo, encarnizándose contra una lagartija que tenía en el pico. El Teniente siguió comiendo, indiferente, concentrado en sus pensamientos y en su hosquedad.

—¿Y cuál es el cuento ése, si se puede saber, Don Jerónimo? —preguntó Lituma.

—Que el Coronel Mindreau mató a su hija y que luego se mató —dijo el taxista, escupiendo residuos—. Quién va a ser el idiota que se crea semejante cosa, pues.

—Yo —afirmó Lituma—. Yo soy uno de esos idiotas que creo que el Coronel mató a la muchacha y que después se mató.

—No se haga usted el inocente, amigo Lituma —carraspeó Don Jerónimo, frunciendo la cara—. A esos dos se los cargaron para que no hablaran. Para poder achacarle el asesinato de Palomino Molero a Mindreau. No se haga, hombre.

—¿Eso es lo que andan diciendo ahora? —levantó la cabeza del plato el Teniente Silva—. ¿Que al Coronel Mindreau lo mataron? ¿Y quiénes dicen que lo mataron?

—Los peces gordos, por supuesto —abrió los brazos Don Jerónimo—. Quién si no. No se haga usted tampoco, Teniente, que aquí estamos en confianza. Lo que pasa es que usted no puede hablar. Todo el mundo anda diciendo que a usted le han tapado la boca y no lo dejan aclarar las cosas. Lo de siempre, pues.

El Teniente se encogió de hombros, como si todas esas habladurías le importaran un pito.

—Si hasta le han inventado que abusaba de su hijita —salpicó arroces Don Jerónimo—. Qué cochinos. Pobre tipo. ¿No le parece, Adrianita?

—Me parecen muchas cosas, jajajá —se rió la esposa de Don Matías.

—O sea que la gente cree que todo eso es inventado —murmuró el Teniente, volviendo a su plato con una mueca agria.

—Por supuesto —dijo Don Jerónimo—. Para tapar a los culpables, para qué iba a ser.

Sonó la sirena de la refinería y el gallinazo alzó la cabeza y se agazapó. Unos segundos estuvo así, encogido, esperando. Se alejó, por fin, dando saltitos.

—Y entonces por qué cree la gente que mataron a Palomino Molero —preguntó Lituma.

—Por un contrabando de muchos millones —afirmó Don Jerónimo con seguridad—. Primero mataron al avionero, porque chapó algo. Y, como el Coronel Mindreau descubrió el pastel, o estaba por descubrirlo, lo mataron y mataron a la muchacha. Y como saben lo que le gusta a la gente, inventaron esa inmundicia de que se había cargado a Molero por celos de una hija a la que dizque abusaba. Con esa cortina de humo consiguieron lo que querían. Que nadie hable de lo principal. Los milloncitos.

—Puta que son inventivos —suspiró el Teniente. Rascaba el tenedor contra el plato como si quisiera romperlo.

—No diga lisuras que se le va a caer la lengua —dijo Doña Adriana, riéndose. Se plantó junto al Teniente con un platito de dulce de mango, y, al colocarlo en la mesa, se pegó tanto que su ancho muslo rozó el brazo del oficial. Éste lo retiró, rápido—. Jajajá...

«Qué disfuerzos», pensó Lituma. ¿Qué le pasaba a Doña Adriana? No sólo se burlaba del Teniente; lo estaba coqueteando de lo lindo. Su jefe seguía sin reaccionar. Parecía cohibido y desmoralizado con los desplantes y burlas de Doña Adriana. También él era otra persona. En cualquier otra ocasión, esos capotazos de la dueña de la fonda lo hubieran vuelto loco de felicidad y habría embestido a cien por hora. Ahora, nada lo sacaba de la apatía de rumiante triste en que estaba sumido hacía tres días. ¿Qué chucha había pasado esa noche, pues?

—En Zorritos también se ha sabido eso del contrabando —intervino de pronto el hombre que había venido al bautizo. Era joven, con el pelo engominado y un diente de oro. Tenía una camisa color lúcuma, tiesa de almidón, y hablaba atropellándose. Miró a la que debía ser su mujer—. ¿No es cierto, Marisita?

—Sí, Panchito —dijo ella—. Ciertísimo.

—Parece que hasta se traían frigidaires y

cocinas —añadió el muchacho—. Para haber cometido semejantes crímenes tenía que haber muchos millones de por medio.

—A mí la que me da pena es Alicita Mindreau —dijo la de Zorritos, entornando los ojos como si fuera a lagrimear—. La chiquilla es la víctima inocente de todo esto. Pobre niña. Qué abusos se cometen. Lo que da más cólera es que a los verdaderos culpables no les hagan nada. Se quedarán con la plata y libres. ¿No, Panchito?

—Aquí, los únicos que se friegan siempre somos los pobres —rezongó Don Jerónimo—. Los peces gordos, jamás. ¿No, Teniente?

El Teniente se puso de pie tan bruscamente que su mesa y su silla se tambalearon.

—Bueno, me voy —anunció, harto de todo y de todos. Y, a Lituma—: ¿Tú te quedas?

—Ya voy ahorita, mi Teniente. Déjeme por lo menos tomarme mi café.

—Que te aproveche —gruñó el Teniente Silva, calzándose el quepis y evitando mirar a la dueña de la fonda, quien, desde el mostrador, lo siguió hasta la puerta de calle con una miradita burlona, haciéndole adiós.

Unos minutos después, cuando le trajo la taza de café con agua, Doña Adriana se sentó frente a Lituma, en la silla que había ocupado el Teniente.

—Ya no puedo más de la curiosidad —dijo el guardia, bajando la voz para que los otros parroquianos no lo oyeran—. ¿No me va a contar qué pasó la otra noche entre usted y el Teniente?

—Pregúntaselo a él —repuso la dueña de la fonda, la redonda cara refulgiendo de malicia.

—Se lo he preguntado más de diez veces, Doña Adriana —insistió Lituma, a media voz—. Pero se hace el tonto y no suelta prenda. Ande, no sea egoísta, cuénteme qué pasó.

—Ser tan curioso es de mujeres, Lituma —se burló Doña Adriana, sin que la sonrisita burlona que la adornaba hacía tres días se le fuera de la cara.

«Parece una churre que hubiera hecho una travesura», pensó Lituma. «Hasta se ha rejuvenecido y todo.»

—También se ha dicho que pudo ser algo de espionaje, más que de contrabando —oyó decir a Don Jerónimo, quien se había puesto de pie y conversaba con la pareja de Zorritos, apoyado en el respaldo de una silla—. Se lo he oído al dueño del Cine Talara. Y Don Teotonio Calle Frías es hombre serio, que no habla por hablar.

—Si él lo dice, por algo lo dirá —apuntó Panchito.

—Cuando el río suena, piedras trae —corroboró Marisa.

—En fin, Doña Adrianita, no se moleste por la pregunta, tengo que hacérsela porque me come —susurró Lituma, buscando las palabras—. ¿Se acostó con el Teniente? ¿Le dio gusto, al fin?

—Cómo te atreves a preguntarme eso, malcriado —susurró la dueña de la fonda, amenazándolo con el índice. Quería parecer enojada pero no lo estaba: la lucecita sardónica y satisfecha bullía siempre en sus ojitos pardos, y su boca seguía entreabierta en la sonrisa ambigua de quien se está acordando, entre feliz y arrepentido, de alguna maldad—. Y, por lo pronto, baja la voz, que Matías te puede oír.

—Que Palomino Molero descubrió que pasaban secretos militares al Ecuador y que por eso lo mataron —decía Don Jerónimo—. Que el jefe de la banda de espías era tal vez el mismísimo Coronel Mindreau.

—Carambolas, carambolas —comentaba el de Zorritos—. Una historia de película.

—Sí, sí, de película.

—Qué me va a oír si hasta aquí se oyen los ronquidos, Doña Adrianita —susurró Lituma—. Es que, no sé, vea usted, todo es tan raro desde esa noche. Yo me las paso tratando de adivinar qué pudo ocurrir aquí para que usted esté desde entonces tan descocada y el Teniente tan chupado.

La dueña de la fonda soltó una carcajada y se rió un buen rato con tanta fuerza que los ojitos se le llenaron de lágrimas. Su cuerpo se remecía, las grandes tetas bailaban, libres y ubérrimas, bajo el vestidillo floreado.

—Claro que anda chupado —dijo—. Yo creo que le bajé los humos para siempre, Lituma. Tu jefe nunca más volverá a dárselas de violador, jajajá.

—A mí no me extraña nada lo que cuenta Don Teotonio Calle Frías —decía el de Zorritos, lamiéndose el diente de oro—. Yo, desde un principio, me las olí: detrás de esta sangre tiene que andar la mano del Ecuador.

—Pero qué hizo para bajarle los humos, Doña Adriana. Cómo pudo dejarlo tan aplatanado. No sea soberbia. Cuente, cuénteme.

—Además, seguro que a esa chiquilla Mindreau, antes de matarla la violarían —suspiró la de Zorritos. Era una morenita crespa y achispada, embutida en un vestido azul eléctrico—. Eso es lo que hacen siempre. De los monos se puede esperar cualquier cosa. Y eso que yo tengo parientes en el Ecuador.

—Entró con su revólver en la mano tratando de meterme miedo —susurró la dueña de la fonda, aguantándose la incontenible risa y entrecerrando los ojos como para ver, de nuevo, la escena que la divertía tanto—. Yo estaba dormida y me dio un susto tremendo. Creí que era un ladrón. No, era tu jefe. Entró rompiendo la chapa de esa puerta. El muy sinvergüenza. Creyendo que iba a asustarme. El pobre, el pobre.

—Yo no he oído nada al respecto —masculló Don Jerónimo, alargando la cabeza por entre el periódico con el que ahuyentaba a las moscas—. Pero, por supuesto, no me extrañaría que, además de matarla, la violaran. Varios, sin duda.

—Comenzó a decirme una serie de huachaferías —susurró Doña Adriana.

—¿Cuáles? —la cortó Lituma.

—Ya no puedo seguir viviendo con tantas ansias. Me estoy rebalsando de deseo de usted. Este metejón no me deja vivir, ya alcanzó el límite. Si yo no la poseo, terminaré pegándome un tiro un día de éstos. O pegándoselo a usted.

—Qué cómico —se retorció de risa Lituma—. ¿De veras le dijo que se estaba rebalsando o se lo achaca usted de puro mala?

—Creyó que iba a conmoverme o asustarme, o las dos cosas —dijo Doña Adriana, palmoteando al guardia—. Qué sorpresa se llevó, Lituma.

—Seguro, seguro —dijo el de Zorritos—. Varios, por supuesto. Siempre es así.

—¿Y usted qué hizo, Doña Adrianita?

—Me quité el camisón y me quedé en cueros —susurró Doña Adriana, ruborizándose. Sí, tal cual: se había quitado el fustán. Estaba en cueros. Fue algo súbito, un movimiento simultáneo de ambos brazos: levantaron la prenda de un golpe violento y la tiraron a la cama. En la cara que emergió por debajo de los pelos revueltos, sobre esas carnes rollizas que blanqueaban la penumbra, no había miedo sino furia indecible.

—¿Calata? —pestañeó, dos, tres veces, Lituma.

—Y empecé a decirle a tu jefe unas cosas que nunca se soñó —explicó Doña Adriana—. Mejor dicho, unas porquerías que nunca se soñó.

—¿Unas porquerías? —siguió pestañeando Lituma, puro oídos.

—Ya, pues, aquí estoy, qué esperas para calatearte, cholito —dijo Doña Adriana, con la voz vibrando de desprecio e indignación.

Sacaba el pecho, el vientre, y tenía los brazos en jarras—. ¿O te da vergüenza mostrármela? ¿Tan chiquita la tienes, papacito? Anda, anda, apúrate, bájate el pantalón y muéstramela. Ven, víolame de una vez. Muéstrame lo macho que eres, papacito. Cáchame cinco veces seguidas, que es lo que hace mi marido cada noche. Él es viejo y tú joven, así que batirás su record ¿no, papacito? Cáchame, pues, seis, siete veces. ¿Crees que podrás?

—Pero, pero... —balbuceó Lituma, atónito—. ¿Es usted la que está diciendo esas cosas, Doña Adrianita?

—Pero, pero... —balbuceó el Teniente—. Qué le pasa a usted, señora.

—Yo tampoco me reconocía, Lituma —susurró la dueña de la fonda—. Yo tampoco sabía de dónde me salían esas lisurotas. Pero le agradezco al Señor Cautivo de Ayabaca que me diera esa inspiración. Yo hice la romería una vez, a patita limpia, hasta Ayabaca, en sus fiestas de Octubre. Por eso me iluminaría en ese instante. El pobre se quedó tan alelado como te has quedado tú. Anda, pues, papacito, sácate los pantalones, quiero verte la pichulita, quiero saber de qué tamaño la tienes y empezar a contar los polvos que vas a tirarme. ¿Llegarás a ocho?

—Pero, pero... —tartamudeó Lituma, la cara ardiéndole, los ojos como platos.

—Usted no tiene derecho a burlarse así de mí —tartamudeó el Teniente, sin cerrar la boca.

184

—Porque todo eso se lo decía de una manerita más cachacienta de lo que oyes, Lituma —explicó la dueña de la fonda—. Con una burla y una rabia tan grandes que le gané la moral. Se quedó turulato, si lo hubieras visto.

—No me extraña, Doña Adriana, cualquiera en su caso —dijo Lituma—. Si yo mismo estoy turulato, oyéndola. ¿Y él qué hizo, entonces?

—Por supuesto que ni se quitó el pantalón ni nada —dijo Doña Adriana—. Y todas las ganas que traía se le hicieron humo.

—No he venido a que se burle de mí —clamó el Teniente, sin saber dónde meterse—. Señora Adriana.

—Claro que no, concha de tu madre. Tú has venido aquí a meterme miedo con tu pistolita y a violarme, para sentirte muy macho. Víolame, pues, supermán. Anda, apúrate. Víolame diez veces seguidas, papacito. Así me quedaré contenta. ¿Qué esperas?

—Usted se volvió loca —susurró Lituma.

—Sí, me volví loca —suspiró la dueña de la fonda—. Pero me salió bien. Porque, gracias a mi locura, tu jefe se fue con la música a otra parte. Y con el rabo entre las piernas. Haciéndose el ofendido para colmo, el muy conchudo.

—Vine a confesarle un sentimiento sincero y usted se burla y me ofende —protestó el Teniente—. Rebajándose a hablar como una polilla, además.

—Y míralo cómo ha quedado. Por los suelos —añadió Doña Adriana—. Si hasta me da pena, ahora.

Se reía otra vez a carcajadas, feliz de ella y de sus gracias. Lituma se sintió inundado de solidaridad y simpatía hacia su jefe. Con razón andaba tan jodido, lo habían humillado en su dignidad de hombre. Cuando se lo contara, los inconquistables harían un gran alboroto. Dirían que Doña Adriana merecía, más todavía que la Chunga, ser la reina de los inconquistables y cantarían el himno en su honor.

—También se anda diciendo que podría ser cosa de mariconerías —insinuó el de Zorritos.

—¿De mariconerías? ¿Ah, sí? —pestañeó Don Jerónimo, relamiéndose—. Podría, podría.

—Claro que podría —dijo el de Zorritos—. En los cuarteles abundan los casos de mariconería. Y las mariconerías, ya se sabe, tarde o temprano terminan en crímenes. Perdona que hablemos estas cosas en tu delante, Marisita.

—No tiene nada de malo, Panchito. La vida es la vida, pues.

—Podría, podría —reflexionaba Don Jerónimo—. ¿Quién con quién? ¿Cómo sería eso?

—Nadie se cree la historia del suicidio del Coronel Mindreau —cambió de tema, de pronto, Doña Adriana.

—Así estoy viendo —murmuró Lituma.

—La verdad es que yo tampoco —añadió la dueña de la fonda—. En fin, cómo será.

186

—¿Usted tampoco se la cree? —Lituma se puso de pie y firmó el vale por el almuerzo—. Sin embargo, yo sí me creo la historia que usted me ha contado. Y eso que es más fantástica que el suicidio del Coronel Mindreau. Hasta luego, Doña Adriana.

—Oye Lituma —lo llamó ella. Puso unos ojos brillantes y pícaros y bajó mucho la voz—: Dile al Teniente que esta noche le haré el tacu-tacu con apanado que tanto le gusta. Para que me quiera de nuevo un poquito.

Lanzó una risita coqueta y a Lituma se le salió también la risa.

—Se lo diré tal cual, Doña Adriana. Hasta lueguito.

Pucha, quién entendía a las mujeres. Avanzaba hacia la puerta cuando oyó a Don Jerónimo, a su espalda:

—Amigo Lituma, por qué no nos dice cuánto le pagaron al Teniente los peces gordos para inventar la historia ésa del suicidio del Coronel.

—No me gustan esas bromas —repuso, sin volverse—. Y al Teniente, menos. Si supiera lo que usted dice, le pesaría, Don Jerónimo.

Oyó que el viejo taxista murmuraba «Cachaco de mierda», y, un segundo, dudó si regresar. Pero no lo hizo. Salió al calor agobiante de la calle. Avanzó por el ardiente arenal, entre una algarabía de chiquillos que pateaban una pelota de trapo y cuyas sombras tejían una agitada geografía alrededor de sus pies. Comenzó a sudar; la camisa se le pegó al cuerpo. Increíble lo que le había contado Doña Adriana. ¿Sería cierto? Sí, debía ser. Ahora entendía por qué el Teniente andaba con el ánimo en las patas desde esa noche. La verdad, también el Teniente era cosa seria. Antojarse de su gorda en ese momento, en medio de la tragedia. Vaya antojo. Pero qué mal le salió la cosa. Doña Adrianita, quién se la hubiera creído, una mujer de armas tomar. La imaginó, calata, burlándose del Teniente, el robusto cuerpo vibrando mientras accionaba, y al oficial, alelado, no queriendo creer lo que oía y veía. Cualquiera hubiera perdido la viada y sentido ganas de salir corriendo. Le vino un ataque de risa.

En el Puesto encontró al Teniente sin camisa, en su escritorio, empapado de sudor. Con una mano se abanicaba y en la otra sostenía un telegrama, muy cerca de sus anteojos. Lituma adivinó, bajo los cristales oscuros, los ojos del oficial moviéndose sobre las líneas del telegrama.

—Lo cojonudo de todo esto es que nadie se cree que el Coronel Mindreau mató a la muchacha y luego se mató —dijo—. Hablan las cojudeces más grandes, mi Teniente. Que fue un crimen por el contrabando, que por espionaje, que metió la mano el Ecuador. Y hasta que fue por cosas de rosquetes. Figúrese la estupidez.

—Malas noticias para ti —dijo el Teniente, volviéndose hacia él—. Te han transferido a un puestecito medio fantasma, en el departamento de Junín. Tienes que estar allá en el

188

término de la distancia. Te pagan el ómnibus.

—¿A Junín? —dijo Lituma, mirando hipnotizado el telegrama—. ¿Yo?

—A mí también me trasladan, pero aún no sé adónde —asintió el Teniente—. A lo mejor allá, también.

—Eso debe estar lejísimos —balbuceó Lituma.

—Ya ves, pedazo de huevón —lo amonestó su jefe, con cierto afecto—. Tanto que querías aclarar el misterio de Palomino Molero. Ya está, te lo aclaré. Y qué ganamos. Que te manden a la sierra, lejos de tu calorcito y de tu gente. Y a mí tal vez a un hueco peor. Así se agradecen los buenos trabajos en esta Guardia Civil a la que tuviste la cojudez de meterte. Qué va a ser de ti allá, Lituma, dónde se ha visto gallinazo en puna. Me muero de pena sólo de pensar en el frío que vas a sentir.

—Jijunagrandísimas —filosofó el guardia.

Dr. Jekyll y Mr. Hyde

Robert Louis Stevenson

1a. edición, noviembre 2011.

© *Dr. Jekyll and Mr. Hyde*
Robert Louis Stevenson
This arrangement © 2011 Gresham Publishing
Original text © John Kennett

© 2011, Ediciones MAAN, S.A. de C.V.
Nicolás San Juan 1043, Col. Del Valle
03100 México, D.F.
Tels. 5575-6615, 5575-8701 y 5575-0186
Fax. 5575-6695
ISBN-13: 978-607-720-001-7
Miembro de la Cámara Nacional
de la Industria Editorial No 3647

Traducción: Emilio M. Javelli
Formación tipográfica: Armando Hernández
Ilustraciones: Jane Swift (Simon Girling Associates)
Diseño de Portada: Karla Silva
Supervisor de producción: Leonardo Figueroa

Este libro se publicó conforme al contrato establecido entre
Gresham Publishing y *Ediciones MAAN, S.A. de C.V.*

Impreso en México - *Printed in Mexico*

Contenido

Al lector

Si has visto y disfrutado una película o un programa de televisión que se ha realizado basado en algún libro famoso, entonces tal vez te decidas a leer este libro.

Pero, ¿qué sucede? Consigues el libro y, generalmente, quedas impresionado. Volteas diez o veinte páginas, y nada interesante parece suceder. ¿Dónde están todas esas personas y sucesos excitantes? Probablemente pensarás ¿cuándo empezará el autor a contar la historia? Así que al final, seguramente botarás el libro y te rendirás. Ahora, ¿por qué sucede eso?

Bueno, quizá el autor estaba escribiendo para adultos y no para niños. Quizá el libro fue escrito hace mucho tiempo, cuando las personas tenían más tiempo para leer y no había nada que les gustara más que un libro que los entretuviera por semanas.

Actualmente pensamos diferente. Es por eso que algunos de estos maravillosos libros deben ser recontados para ti. Si tú los disfrutas en esta forma más corta, entonces cuando seas mayor buscarás los libros originales y te encantarán todas las historias extras que tienen que contarte.

Acerca del autor

Robert Louis Stevenson, novelista, ensayista y poeta, nació en Edimburgo en 1850. Aunque nunca gozó de buena salud, viajó extensamente, estableciéndose finalmente en la isla tropical de Samoa, donde murió en 1894. Para entonces ya era reconocido como uno de los más grandes escritores de cuentos de todos los tiempos.

Capítulo 1

Una noche en la ciudad

Fue el señor Richard Enfield quien tuvo el primer encuentro que se pudiera distinguir —o del cual tenemos un registro exacto— con el malvado y misterioso ser quien respondía al nombre de Edward Hyde. Fue una experiencia que dejó al señor Enfield —quien era un joven alto y activo, con algo más que su porción de valor—, tristemente sobresaltado y sacudido; de hecho mucho más trastornado que nunca antes, en sus veintitantos años de vida despreocupada.

Sucedió de la siguiente manera.

Richard había cenado en el centro esa noche y después había ido a bailar a la casa Prescott en Hampsted. Como a las dos de la mañana se había cansado del asunto y decidió regresar caminando a sus aposentos en la ciudad. Estaba encantado de tener la oportunidad de caminar. El aire, pensó, despejaría su cabeza y además haría algo de ejercicio, que bien lo necesitaba.

Partió alegremente, balanceando su bastón y tarareando la tonada del momento. Sin embargo, conforme pasó el

tiempo, su estado de ánimo cambió. Era una mañana oscura y fría de invierno y todo estaba tan quieto como una tumba. Entonces tuvo la necesidad de tener compañía, de escuchar una voz humana.

De repente vio dos figuras. Una era la de un hombrecillo que caminaba rápidamente hacia él al otro lado de la calle. La otra era una niña de unos diez u once años que corría tan rápido como podía por una calle lateral. Richard se preguntó por qué la niña estaba en la calle a esa hora y por qué corría tan rápido.

Richard abrió la boca para lanzar una advertencia pero fue demasiado tarde. La niña y el hombre chocaron uno contra la otra en la esquina y la niña cayó al suelo. Y entonces vino la parte más horrible del hecho. El hombre pisoteó a la niña, como si fuera la cosa más natural del mundo, y la dejó gritando en el piso.

Contado así suena como algo que no tuviera mucha importancia, pero fue horrible de ver. No fue la acción de un hombre en absoluto, fue la acción de un demonio, ¡de un monstruo!

Richard lo insultó. Su mano estaba apretada sobre su bastón. El hombre caminaba sin dar una mirada hacia atrás, mientras que a sus espaldas, la niña herida y asustada, yacía gritando a todo pulmón.

Los gritos surtieron efecto. A lo largo de la calle alguien abrió una ventana y gritó llamando a la niña con ansiedad. Un instante después, otras ventanas se estaban abriendo. Estaba claro que la niña pronto recibiría ayuda y consuelo. Richard se decidió y corrió a lo largo de la calle siguiendo al hombre, con la velocidad de un gato enfurecido.

A pesar de su tamaño, él era ligero de pies y estuvo encima del hombre antes de que siquiera se diera cuenta de que

se acercaba. Al voltear su cabeza, Richard lo tomó por el cuello.

—Un momento, amigo —dijo en tono grave—, creo que debe dar algunas explicaciones.

El hombre giró sin ningún apuro. Por un momento, mientras alzaba su mirada hacia Richard, y antes de emitir una palabra, el joven sintió un repentino escalofrío; quedó muy impactado al ver la espantosa expresión en el rostro de aquel hombre. Estaba seguro de que había un destello de cruel satisfacción en sus ojos. El rostro no tenía nada fuera de lo común: el pelo oscuro crecía un poco de más sobre la frente; las cejas eran pobladas y arqueadas; boca grande y labios gruesos. Pero había algo en sus ojos, algo perverso e intimidante; un poder interior que se quemaba con una luz brillante. ¡Y ese poder era maligno! Richard estaba seguro de eso. ¡Ese hombre era malo hasta las entrañas! Había algo en él que llenó a Richard de repugnancia tal, que retiró su mano del hombro del otro y murmuró, apenas consciente de que lo había hecho: "¡Ugh, bruto asqueroso!"

El hombre permaneció perfectamente tranquilo y no opuso resistencia, pero clavó una mirada en Richard tan espantosa que le hizo sudar como si hubiera estado corriendo.

—Sus modales dejan mucho que desear, jovencito —dijo el hombre. Su voz era como un susurro y algo entrecortada—. Quizá sea *usted* el que deba explicarse.

—¿Explicarme yo? —gritó Richard, perdiendo la paciencia—. ¿Habla en serio?

La imprudencia del sujeto rebasaba todos los límites. Un sentimiento de odio lo recorrió —no podía evitarlo— y levantó su bastón. Tenía el deseo de abatir a aquel hombre, que lloviera golpe tras golpe sobre él, y esta sensación lo enfermó.

—Primero —continuó con una ráfaga de palabras enar-
decidas— quizá explicará usted su bestial acción al pisotear
a esa niña y dejarla tirada allí en el suelo.

—¡Eso! —dijo el hombre calmadamente, y de nuevo Richard vio el destello de cruel satisfacción en sus ojos—. Eso,
mi querido muchacho, fue solamente un accidente.

—¡Un accidente! —dijo Richard con vehemencia, casi
ahogándose con las palabras—. ¿Fue un accidente el que usted caminara sobre la niña, sin pensarlo y sin siquiera mirarla, como una *máquina* y no como un ser humano?

De nuevo, por un instante, surgió aquella mirada terrible que quemaba en los ojos del hombre; entonces esos ojos
miraron fijamente más allá de Richard y mostraron cierto
temor. Richard giró y vio que un grupo de personas había
salido de las casas vecinas y se arremolinaban alrededor
de la niña. Llegaban hasta ellos las voces y, sobresaliendo de
entre todas ellas, el repentino grito de un hombre encoleri-
zado. Parecía que la niña ya había contado lo acontecido.
Richard sonrió forzadamente.

—¿Estará usted lo bastante bien para regresar —dijo con
frialdad— y ofrecer su consuelo y preguntar qué daño pudo
haber hecho?

Por un momento el hombre titubeó. Sus ojos vagaron
sobre la gran complexión de Richard, abarcando los amplios
hombros y el decidido juego de la mandíbula. Entonces bajó
su mirada y el hombre asintió.

—Quizá sería lo mejor —dijo.

Sin decir otra palabra, los dos se dirigieron hacia el grupo bajo el farol. Allí, formando un anillo, se encontraban
como doce hombres y mujeres, a medio vestir bajo los gas-
tados abrigos que se habían puesto cuando los gritos de la

niña los había traído desde sus camas. Miraron fijamente y con sospecha a Richard y a su acompañante, conforme iban acercándose.

—Déjenme pasar —dijo Richard en voz baja.

Su traje de noche y aire de autoridad surtieron efecto. La multitud se abrió y los dos se movieron hacia dentro del círculo.

La niña yacía inmóvil en el suelo, llorando y temblando. Pero ahora su cabeza usaba como almohada el regazo de una mujer de cara delgada que estaba arrodillada a su lado, murmurando palabras reconfortantes. Parecía que se trataba de su madre. Un hombre de estatura baja y anchos hombros, con nariz larga y pelo delgado se encontraba de pie, con su mano en el hombro de la mujer, explicando a uno de los transeúntes lo que había sucedido.

—La madre de mi esposa se sentía mal —Richard le escuchó decir—, y enviamos a la pequeña Edie aquí, a que trajera al doctor. Entonces, de repente, oímos sus gritos —fue algo horrible— y corrimos afuera y la encontramos aquí. Y ella dice (continua como si no diera crédito a sus propias palabras) "¡ese hombre me tiró al suelo y sólo *caminó sobre mí*!"

La multitud enmudeció de una manera amenazante. Sus ojos destellaban y en sus caras, a la luz amarilla del farol, particularmente aquellas de las mujeres, tenían una mirada salvaje y cruel. El hombre pequeño se volteó cuando sintió la presencia de Richard y su prisionero. Ahora todos los ojos estaban puestos en ellos, menos los de la sollozante niña.

—Yo vi lo que pasó —le dijo Richard al hombre pequeño, para después inclinar la cabeza hacia la niña—. ¿Está mal herida?

—No lo creo —respondió el hombre, sin estar muy seguro—. El doctor llegará en un minuto y ya veremos. Ella está más impresionada que otra cosa, ¡pobre chica!

Se inclinó y acarició el hombro de la niña. Ella levantó su cara sucia y llena de manchas de lágrimas y sus ojos, por alguna razón, se dirigieron directamente al rostro del hombre que se alzaba sobre el hombro de Richard. Se ensancharon y se llenaron de miedo. Ella dio un grito.

—¡Es él! —dijo ella y le apuntó con su dedo— Él me hizo daño. ¡No dejen que me agarre! ¡No dejen que me agarre!

Ella enterró su cara en el regazo de la mujer una vez más, adhiriéndose a ella estrechamente.

El padre de la niña miraba fijamente al prisionero de Richard.

—¿Entonces fue usted el que hizo esto? —preguntó en un susurro asombrado.

—Mi buen hombre, fue un accidente...

—¡Un accidente! —gritó el padre, quien temblaba con la rabia.

El padre levantó su puño.

—¡A ti te voy a accidentar! —explotó el padre y se dirigió hacia el hombre.

Richard escuchó a los hombres que murmuraban a su espalda y uno o dos maldijeron.

—¡Dale duro! —chilló una voz áspera.

—¡Acaba con él! — gritó una mujer.

Fue un momento desagradable. Richard se encontraba en medio de un cuadrilátero con caras de hombres enfadados que maldecían y amenazaban, de mujeres que tenían sus manos levantadas y sus dedos se curveaban como si estuvieran listos para desgarrar... ¡El ambiente estaba lleno de odio!

De pronto llegó una interrupción inesperada.

—¿Qué es todo esto? —gritó una voz sonora y profunda, y un hombre con un abrigo oscuro y sombrero alto llegó, abriéndose paso entre la multitud.

Capítulo 2

La firma

La multitud se quedó muda en un instante y se separó para dejar pasar al hombre. Estaba claro que se trataba de alguien por quien sentían mucho respeto. Entonces Richard vio el maletín negro que cargaba y supo enseguida de quién se trataba.

—Doctor Grant —gritó el padre de la niña con ansiedad—. Señor, es nuestra Edie. Está herida. ¿Podría revisarla?

Por un momento se olvidó de su enojo. Y todos sus pensamientos fueron para su niña. Guió al doctor hasta ella y esperó, mientras se realizaba un rápido examen. El doctor se levantó e interrogó al hombre en voz baja; el otro contestaba y señalaba de vez en cuando al hombre que estaba inmóvil y en silencio al lado de Richard. Mientras esperaba, Richard pasó su mirada sobre el círculo de caras con mirada fija y vio una expresión de odio en cada una de ellas. Lo mostraban tan claramente que se sorprendió, aun y cuando sabía que el mismo sentimiento se albergaba en su propio corazón. Miró

a su prisionero, quien era consciente de aquel círculo de odio, y aun así estaba allí de pie, lleno con una especie de desprecio negro —y asustado también, como Richard pudo observar— pero soportándolo todo como el mismo diablo.

El doctor y el padre de la niña se aproximaron a ellos. El doctor era un tipo alto y fuerte con una barba castaña.

—Este asunto no está bien —dijo él, mirando directamente al prisionero—. La niña no está seriamente herida, pero ha sufrido un susto, un terrible susto y es difícil decir cuáles serán las consecuencias.

De pronto estalló lleno de ira y gritó:

—¡El diablo se lo ha de llevar, señor! ¡Si lo que me han contado es cierto, entonces usted merece que le den unos azotes!

A Richard le sorprendió inmediatamente la actitud del doctor. Mientras miraba al prisionero, se puso pálido y enfermo con el deseo de golpearlo. Richard sabía lo que el doctor estaba pensando; al igual que él, después de una mirada a Richard, supo lo que había en su mente.

Ahora el prisionero se había enfadado.

—¡Ya les he dicho que todo el asunto no fue más que un accidente! —dijo con una violencia extraordinaria.

—Me parece que este es un asunto para la policía —contestó el doctor con una voz severa.

La multitud enmudeció dando su consentimiento. Richard vio entonces que había una mirada de preocupación en los ojos del prisionero. Una idea se le ocurrió y estuvo muy complacido con ella.

—Un momento señor —dijo—. Estoy seguro que el señor...eee...— y movió su mano para estrechar la del prisionero.

—Hyde —dijo él, después de un ligero titubeo—. Edward Hyde.

—...que míster Hyde desea evitar el escándalo que lo convertiría en un objeto de desprecio en todo Londres. Quizá él estaría dispuesto a arreglar el asunto sin hacer ninguna referencia a la policía, al expresar su pesar por todo lo que ha pasado en la forma de un obsequio monetario para la familia de la pobre niña.

Dos o tres personas que estaban a sus espaldas aplaudieron. Míster Hyde estaba muy consciente de ese cambio de ánimo.

—Si usted decide hacer un capital de este accidente —dijo—, estoy naturalmente desvalido. Deseo evitar cualquier escándalo. Nombre su cantidad.

Richard lo pensó por un segundo. El hombre era un caballero por la forma de hablar y vestir, que no en sus acciones. Se le debía de enseñar una lección.

—¿Le parece bien unas cien libras? —preguntó Richard amablemente.

De nuevo, la multitud aprobó con su silencio. Míster Hyde se mordió un labio, pero accedió moviendo la cabeza.

—Muy bien —dijo— pero no tengo conmigo ni efectivo ni mi chequera.

—Usted encontrará lo uno o lo otro —dijo Richard suavemente— y este caballero —señalando al padre de la criatura— y un servidor le haremos compañía hasta que lo haya hecho.

Así que estaba arreglado. Y en un momento míster Hyde estaba guiando a Richard y al hombre de nariz larga —quien parecía estar muy alegre pensando en sus cien libras— a través de las calles en la primera luz pálida del amanecer. Nin-

guno dijo nada, pues cada uno se encontraba demasiado ocupado en sus propios pensamientos.

Habían caminado por casi una hora cuando míster Hyde dobló en una tranquila calle transversal en un barrio muy concurrido de Londres. La calle, aunque pequeña y en un vecindario sin atractivo, tenía una apariencia bien cuidada, que resplandecía con la luz del sol de la mañana como un incendio en un bosque, con sus puertas y ventanas recién pintadas, sus latones bien pulidos y su aire de limpieza general.

Sin embargo, a dos puertas de una de las esquinas, a mano izquierda yendo hacia el este, la hilera de casas aseadas se quebraba por la apertura de un pequeño patio. Justo en ese punto un siniestro conjunto de edificios se colgaba hacia adelante sobre la calle. No mostraba ninguna ventana, sólo una puerta al nivel de la calle y una pared sucia como frente ciega arriba de ella. La puerta, que no tenía ni campana ni aldaba, estaba manchada y despintada y parecía no haber sido abierta hacía muchos años.

Fue delante de esta puerta que míster Hyde se detuvo.

—Si esperan aquí —dijo con su voz extrañamente cortada— entraré y encontraré lo que ustedes quieren.

Los ojos del padre de la niña lo miraban fijamente y Richard vio una mirada suspicaz que entraba en los ojos del hombre. Lo tomó del brazo y le dijo:

—No habrá ninguna jugarreta. Míster Hyde lo sabe bien, estoy seguro, que no es conveniente tratar de engañarnos a estas alturas.

Hyde les dio a ambos una larga y fría mirada y dobló su labio con desprecio.

—Se les pagará —dijo con una voz que pareció el gruñido de un perro, después sacó una llave de su bolsillo y entró a la casa.

En unos cuantos minutos estaba de regreso con diez libras en oro, las cuales entregó al padre de la niña sin decir una palabra. A Richard le entregó un cheque.

—Usted sabe mejor qué hacer con esto. Este individuo parece que no tiene conocimiento de estas cosas e inmediatamente sospechará que esto es un truco.

Richard tomó el cheque y lo estudió. Cubría le entrega de cien libras, a ser cobrado en el Banco de Coutts y ser entregados al portador. Hasta ahora todo estaba bien. Pero al mirar la firma Richard se tensó y un destello de sospecha brilló en sus ojos. El documento había sido firmado por Henry Jekyll, un nombre que Richard y la mayor parte de Londres conocían bastante bien. El gran doctor Jekyll era famoso en la ciudad y su nombre podía verse impreso con frecuencia. ¿Podría ser que el cheque se tratara de una falsificación?

Míster Hyde leyó los pensamientos de Richard.

—No se preocupe —dijo a su manera burlona—. Me quedaré con ustedes y cobraré este cheque yo mismo.

Richard asintió.

—Quizá sería igual de conveniente —dijo— si fuéramos a mis aposentos y esperáramos allí a que abran los bancos.

Todos estuvieron de acuerdo. Richard se las arregló para conseguir un coche de alquiler que llevara a todos a su morada, donde la señora Parker, su ama de llaves, los proveyó con un desayuno. Cuando llegó el momento, un segundo coche los llevo hasta el Banco de Coutts.

Los tres entraron y esperaron, mientras que míster Hyde presentó el cheque en el mostrador. No cabía la menor duda

de que era genuino. El dinero se pagó en oro y míster Hyde entregó la bolsa conteniéndolo al padre de la niña, quien lo recibió como si fuera un sueño.

Míster Hyde se dirigió a Richard.

—Confío —dijo pelando los dientes y gruñendo, como él solía hacerlo— que estará usted satisfecho con la parte que le ha tocado en este asunto. Si nos volvemos a encontrar, no dude que lo reconoceré.

Entonces dio media vuelta y se marchó; al verlo alejarse Richard volvió a sentir esa fuerte sensación de odio que ese hombre parecía despertar en todo aquel que lo conociera. Y en ese mismo momento Richard se percató, por vez primera, que en todo ese tiempo míster Hyde no había pronunciado ninguna palabra de dolor ni mostrado ningún signo de compasión por la terrible acción que había hecho.

Capítulo 3

La casa del chantaje

El señor Utterson, el abogado, era tío de Richard Enfield. Él era, según todas las apariencias, un hombre de aspecto hosco, quien tenía una cara que raramente se iluminaba con una sonrisa. Era alto, delgado, aburrido, con un aire melancólico y sin embargo resultaba agradable. En las reuniones con sus amigos, sobre todo cuando el vino era de su agrado, algo indudablemente tierno y humano emanaba de sus ojos; algo que, no obstante, nunca se convertía en palabras, pero que se mostraba más a menudo y con mayor intensidad en los actos de su vida.

En su vida profesional era conocido como un hombre que sopesaba cualquier riesgo antes de tomar acción o dar cualquier consejo; un hombre sereno, un hombre estable; esencialmente, un hombre con sensatez y autoridad. Nadie quien tuviera cualquier asociación con él hubiera soñado con sugerir que alguna vez pudiera ser culpable de vuelos salvajes de fantasía o imaginación; lo que le da un mayor

peso a las pruebas que él ha dado en el extraño y misterioso asunto del doctor Jekyll y míster Hyde...

El abogado había conocido al buen doctor Jekyll por muchos años, antes de conocer por primera vez al malvado míster Hyde. Y fue a través de su sobrino, Richard Enfield, que él se enteró de este perverso hombre antes de conocerlo personalmente.

Era una costumbre del señor Utterson y su sobrino el caminar juntos los domingos por la tarde. Había quienes no podían explicarse qué podían ver el uno en el otro, o qué tema de conversación podían compartir. Por todo ello, Richard tenía un gran afecto por el viejo y seco abogado, y ambos consideraban sus excursiones como ocasiones de placer y, con tal de poder gozarlas sin interrupción, incluso se resistían a las demandas de sus negocios.

Ocurrió que una de esas caminatas los condujo a una parte bastante triste de la ciudad, en la cual había una calle de casitas limpias y aseadas. Sin embargo, hacia la esquina el señor Utterson prestó atención a un edificio sin pintar que proyectaba el alero de su tejado sobre la entrada a un patio.

Cuando pasaron a la altura de la entrada, el señor Enfield alzó su bastón y señaló a la puerta.

—¿Has observado alguna vez aquella puerta? —preguntó—. En mis recuerdos está relacionada con una historia muy extraña.

—¿De veras? —dijo el señor Utterson, con un ligero cambio de voz—. ¿Y cuál es?

—Verás, fue así... —respondió el señor Enfield, mientras continuaron caminando, y procedió a contarle acerca del asunto de la niña pisoteada y del hombre que no había mostrado piedad, sin mencionar jamás los nombres del doctor Jekyll o de míster Hyde.

El señor Utterson lo escuchó en silencio, aunque de cuando en cuando hizo sonidos de aprobación o disgusto.

—Veo que estás pensando lo mismo que yo —dijo el señor Enfield—. Es una historia terrible. El individuo era un sujeto con quien ninguna persona en su sano juicio quisiera tener algo que ver, si pudiera evitarlo; y sin embargo, el hombre que firmó el cheque es uno de los personajes más reco-

nocidos de Londres. Sabe, yo pienso que fue un chantaje; me temo que es el caso de un hombre honesto que está pagando con creces por algún desliz de juventud. Es por eso que yo he llamado a ese lugar "la casa del chantaje". Aunque eso no lo explica todo —agregó, sumiéndose en sus pensamientos.

—¿Y no sabes si el hombre que firmó el cheque vive allí? —preguntó el señor Utterson repentinamente.

—No —contestó Richard—. Sucede que he visto su dirección en uno de los periódicos. Vive en alguna plaza u otra, aunque no logro recordar en cuál.

—¿Y tú nunca quisisteo indagar más... quiero decir, sobre esta casa de la puerta? —preguntó el señor Utterson.

—No, pero yo mismo he estudiado ese lugar. Apenas y parece que se tratara de una casa. No hay otra puerta y nadie sale o entra de la que vimos hace unos momentos, excepto, ocasionalmente, el tipo al que me he referido.

Por un rato los dos caminaron en silencio, y entonces:

—Richard —dijo el señor Utterson— hay algo que te quiero preguntar: ¿cuál es el nombre del sujeto que derribó a la niña?

—Bueno —dijo su sobrino—, no veo que eso le haga mal a nadie. Era un hombre llamado Hyde.

—Humm —dijo el señor Utterson, pensativo—. ¿Qué aspecto tiene ese hombre?

—Él no es fácil de describir. Hay algo extraño en su apariencia, algo odioso y bastante horrible. Nunca he visto a un hombre que me disgustara más; pero la verdad es que no sé por qué razón. Da la impresión de estar deforme, pero su cuerpo se encuentra sano. Es como si hubiera algo malo, algo maligno *dentro* de él, que se puede sentir todo el tiempo que uno está cerca del sujeto. Noté con particularidad cómo lo percibió el médico y también cuando el hombre se encontraba en mis aposentos. Pude observar que tuvo el mismo efecto en la señora Parker. Sin embargo, no puedo describirlo. Y no es por falta de memoria, pues en mi mente es como si lo estuviera viendo en este preciso instante.

El señor Utterson siguió caminando un trecho en silencio, como si estuviera sumido en profundas reflexiones.

—¿Estás seguro de que usó una llave para entrar? —preguntó por fin—. ¿Estás *absolutamente* seguro?

—Querido tío... —empezó a decir Richard, que no cabía en sí de la sorpresa.

—Sí, sé que mi pregunta debe parecerte muy extraña —dijo el señor Utterson, dando una de sus raras y secas sonrisas—. No tengo duda de que tengas razón, Richard. El hecho es que he escuchado antes algo de este hombre Hyde; sé lo que hay detrás de la puerta a la cual entró; y si no te pregunto el nombre de la persona que firmó el cheque es porque ya lo sé de antemano. Fue el doctor Jekyll, ¿no es así?

—Richard se detuvo en seco y miró fijamente a su tío con una mirada de asombro absoluto.

—¿Cómo es que tú...? —comenzó.

El señor Utterson levantó una mano para detenerlo, caminó algunos metros en silencio, con su cara muy seria, y entonces dijo:

—No te puedo decir más en este momento. El asunto es confidencial, ¿entiendes?, y estoy muy apenado por la indiscreción que cometí. Pero créeme, Richard, algo terrible está pasando entre todos nosotros en Londres; algo terrible está pasando, ¡y lo peor está aún por llegar!

Capítulo 4

En busca de míster Hyde

Esa noche el señor Utterson regresó a su casa con un aire sombrío, y con pocas ganas de degustar la excelente cena que se sirvió para él. Como era su costumbre los domingos, al terminar esta comida, se sentaba junto al fuego a leer, hasta que el reloj de la iglesia del vecindario daba las doce, y entonces se iba a la cama callado y agradecido. Aquella noche, sin embargo, en cuanto quitaron el mantel de la mesa, tomó una vela y entró en su despacho. Allí abrió su caja fuerte y del lugar más recóndito sacó un sobre que contenía el testamento del doctor Henry Jekyll, doctor en Medicina, doctor en Derecho Canónico, doctor en Jurisprudencia, miembro de la *Royal Society*, etc., y se sentó a estudiar su contenido. El documento había sido escrito de puño y letra del doctor Jekyll, pues el señor Utterson, aunque se había hecho cargo de él ya que estaba terminado, había rechazado ayudar en su elaboración. El documento estipulaba que, en caso de la muerte del doctor Jekyll, todas sus posesiones pasarían a manos de su buen amigo el señor Edward

Hyde; pero en el caso de su "desaparición o ausencia inexplicada por un periodo mayor a los tres meses", el mencionado Edward Hyde ocuparía de inmediato el lugar del doctor Henry Jekyll sin demora alguna.

Este documento era desde hace mucho tiempo una verdadera pesadilla para el abogado. Le ofendía, tanto como hombre de leyes como persona apegada a las costumbres sanas y metódicas de la vida. De antemano, había sido su desconocimiento de míster Hyde lo que había incitado sus dudas y sospechas; ahora, por mero accidente, tenía una referencia de él. El asunto ya era lo bastante malo cuando el nombre de Hyde era solamente eso, un nombre del que no se sabía nada. Fue peor cuando empezó a tomar forma, y la forma era diabólica...

—Al principio pensé que Jekyll estaba mal de la cabeza —dijo mientras volvía a meter el documento en su caja fuerte— y ahora empiezo a temer que se trata de una desgracia.

Y con esto apagó su vela, se puso un grueso abrigo y salió a la calle para encaminarse hacia Cavendish Square, donde su amigo, el gran doctor Lanyon tenía su casa y recibía a sus pacientes. "Si alguien sabe algo, será Lanyon", pensó.

El mayordomo lo guió hasta el comedor donde el doctor Lanyon estaba sentado solo, frente a una copa de vino. Era un caballero de aspecto saludable y de faz rubicunda, con un mechón de cabello prematuramente blanco y unos modales impetuosos y resueltos. Al ver al señor Utterson se levantó de su silla con un salto y le dio la bienvenida estrechándolo con ambas manos. Los dos eran viejos amigos, pues habían sido compañeros tanto en escuela básica como en universidad y eran hombres que disfrutaban enormemente de su mutua compañía.

Después de un poco de conversación trivial, el abogado abordó el tema que lo tenía tan inquieto.

—Supongo, Lanyon, que tú y yo somos los más viejos amigos que tiene Henry Jekyll.

—Sí, aunque me gustaría que la amistad fuera más joven —dijo Lanyon, con una carcajada—. De cualquier manera, lo veo muy poco últimamente.

—¿De veras? —dijo Utterson—, creí que ustedes estaban muy unidos por intereses comunes.

—Sí, lo estábamos —fue la respuesta—. Pero hace más de diez años que Henry Jekyll se volvió demasiado extravagante para mi gusto. Empezó a descarriarse, a desviársele la mente; y aunque, por supuesto, sigo teniendo interés hacia él, en recuerdo de los viejos tiempos, la verdad es que desde entonces lo he visto muy poco. ¡Todos esos disparates tan poco científicos —añadió, cambiando de tono y un poco encendido—, nunca los había yo oído!

Aquel pequeño arrebato de mal genio fue un alivio, en cierto modo, para el señor Utterson. "Solamente han discrepado por cuestiones científicas", pensó, y siendo un hombre con poco interés en la ciencia, incluso añadió: "No es más que eso".

Concedió a su amigo algunos segundos para que recobrase su compostura, y luego abordó la pregunta que había venido a hacer.

—¿Alguna vez has conocido a un amigo suyo... un míster Hyde?

—¿Hyde? —repitió Lanyon—. No. Nunca he oído de él. Debe de tratarse de alguien que conoció recientemente.

Y esa fue toda la información que el abogado se llevó de regreso con él. Al recostarse en su cama, estaba ansioso y no

pudo conciliar el sueño hasta que las primeras horas de la mañana comenzaron a alargarse. En efecto, fue una noche de escaso descanso para su mente alterada, que en la oscuridad era asediada por constantes preguntas para las que no tenía ninguna respuesta.

Las campanas de la iglesia, que estaba convenientemente cerca de la casa de Utterson, dieron las seis de la mañana y él seguía dándole vueltas al problema, pero sin hacer ningún verdadero progreso. Hasta entonces lo había examinado solamente desde el punto de vista racional; pero ahora permitió que su imaginación se involucrara, y mientras recorría de un lado la encortinada habitación, en la oscuridad de la noche, el relato del señor Enfield pasaba por su mente en una sucesión de imágenes luminosas...

Fue consciente de una larga línea de farolas en las calles de la ciudad, en la noche; luego vio en su mente la imagen de un hombre que caminaba rápidamente; después vio a una niña que salía corriendo de casa del médico; y luego el encuentro y ese monstruo con forma humana pisoteando a la niña y pasando encima de ella, insensible a sus lamentos. O si no, veía la habitación de una casa lujosa, en la que vivía su amigo, durmiendo tranquilo y sonriendo en sus sueños; pero después la puerta de la habitación se abría, las cortinas de la cama se apartaban, el durmiente despertaba abruptamente... y ahí estaba, a su lado, la figura de un hombre que no tenía rostro, pero cuya mano le señalaba con un gesto amenazante y que obligaba al durmiente a despertarse, levantarse y seguirlo...

Esa figura atormentó al abogado durante toda la noche y si en algún momento caía en un sueño ligero, entonces volvía a ver a aquel hombre, que se deslizaba furtivamente al

interior de las casas donde dormía la gente, moviéndose cada vez con mayor rapidez a través de las amplias calles iluminadas por las farolas, para aplastar en cada esquina a una niña y abandonarla a su suerte, llorosa y gimiendo. Pero la figura seguía sin tener un rostro por el que se le pudiera reconocer o tal vez tenía uno que estaba allí por un instante, para después derretirse ante sus ojos.

Y todo eso produjo que en la mente del abogado se fuera gestando una necesidad de ver el rostro del verdadero míster Hyde. Si pudiera, aunque fuera sólo una vez, poner sus ojos en él, tal vez el misterio se aclararía, o al menos una parte importante de él, como sucede con las cosas que parecen misteriosas al ser examinadas con detenimiento. Podría encontrar, tal vez, una razón para la extraña preferencia de su amigo, e incluso para las sorprendentes cláusulas de su testamento. Al menos sería un rostro digno de verse, pues seguramente era el rostro de un hombre sin entrañas ni capacidad alguna de piedad, un rostro que sólo con mostrarse habría despertado en la mente de Enfield, de suyo poco impresionable, un intenso y aparentemente desproporcionado sentimiento de odio.

A partir de entonces, el señor Utterson empezó a merodear la puerta de la calle donde había caminado con el señor Enfield. Por la mañana, antes de las horas de oficina, al mediodía cuando los negocios estaban llenos y el tiempo era escaso, o por la noche, bajo el pálido rostro de la luna; a todas luces y a todas horas se podía encontrar al abogado en el puesto que había escogido.

Pero finalmente su paciencia se vio recompensada.

Fue en una noche espléndida, clara y sin lluvia, a pesar de que el aire era helado; pero las calles estaban tan limpias

como el piso de una sala de baile; el viento era tan suave que las farolas permanecían quietas, trazando un diseño regular de luces y sombras en el suelo. A las diez de la noche la calle se encontraba solitaria, pues las tiendas ya habían cerrado, y a pesar de la gran reverberación que se sentía proveniente de la gran ciudad, ahí había un gran silencio. Los tenues ruidos parecían llegar de muy lejos y el sonido de los pasos de un transeúnte que se fuese aproximando le precedía un largo trecho. El señor Utterson llevaba unos minutos en su puesto cuando percibió unos extraños y ligeros pasos que se aproximaban. En otras ocasiones, en su patrullaje nocturno, había escuchado el sonido característico de una persona sola que se acerca, por lo que este ruido era ya familiar para él y podía captarlo desde muy lejos, pues de pronto se destacaban claramente por encima del resonar de la ciudad. Sin embargo, nunca antes su atención se había dejado captar de una manera tan clara y decisiva; y fue con una acusada sensación de éxito, al fin, que decidió retirarse a la entrada del patio.

Los pasos se acercaron con rapidez y de pronto se hicieron más sonoros pues dieron la vuelta al final de la calle. El abogado atisbó desde su puesto y pronto pudo ver con qué tipo de hombre tenía que enfrentarse. Era más bien bajo de estatura, iba vestido con sencillez y su aspecto, incluso a esa distancia, producía una sensación de desagrado en quien lo miraba. El hombre avanzó directamente hacia la puerta con una gran prisa, y al encontrarse cerca extrajo una llave del bolsillo, con la actitud normal de quien se acerca a su casa.

Cuando pasó a su lado, el señor Utterson se adelantó y le dio unos golpecitos en el hombro.

—Míster Hyde, me supongo.

El hombre retrocedió conteniendo el aliento y produjo un siseo. Pero aparentemente su miedo duró solamente un instante; aunque sin mirar al abogado directamente a la cara, respondió con seguridad y frialdad:

—Ese es mi nombre. ¿Qué desea?

—Veo que va usted a entrar —dijo el abogado—. Soy un viejo amigo del doctor Jekyll; mi nombre es Utterson. Estoy seguro de que usted ha oído a Jekyll mencionarlo, y ya que nos encontramos de forma tan oportuna, pensé que quizá usted me admitiera. Sé, sabe usted, que esta puerta es una entrada posterior al laboratorio del doctor Jekyll.

—No encontrará usted dentro al doctor Jekyll, ha salido —respondió míster Hyde. Y entonces de repente, pero aún sin levantar los ojos preguntó—: ¿Cómo es que me conoce usted?

El señor Utterson evadió la respuesta y dijo:

—Dígame... ¿podría hacerme un favor?

—Con gusto. ¿De qué se trata?

—¿Me permitiría ver su rostro?

Hyde pareció dudar un momento, pero luego, como obedeciendo una súbita reflexión, levantó el rostro con un aire desafiante; entonces los dos hombres se quedaron mirando el uno al otro por unos segundos.

—Así podré conocerlo, llegado el caso —dijo el señor Utterson—. Puede ser útil.

—Sí —respondió Hyde— seguramente ha sido útil que nos hayamos conocido; pero, permítame que le de mi dirección.

Y entonces le dio el dato de una calle de Soho.

"Por Dios," pensó Utterson, "¿es posible que este hombre también haya estado pensando en el testamento?". Pero

se guardó sus pensamientos y solamente gruñó algo incomprensible al recibir la dirección.

—Y ahora —dijo Hyde—, ¿me puede decir cómo me ha conocido?

—Solamente por su descripción —fue la respuesta.

—¿Cuál descripción?

—Tal parece que tenemos amigos comunes —dijo Utterson.

—¿Amigos comunes? —hizo eco Hyde, desconcertado—. ¿Quiénes son ellos?

—Jekyll, por ejemplo —respondió el abogado.

—Estoy seguro de que él nunca le ha hablado de mí —respondió airadamente Hyde, sin ocultar su enojo—. No pensé que fuera usted capaz de mentir.

—¡Oh, por favor! —dijo Utterson—. Ese no es un lenguaje apropiado.

Entonces Hyde soltó una carcajada salvaje; pero al momento siguiente, con una sorprendente rapidez, había abierto la puerta y desapareció en el interior de la casa.

Capítulo 5

El doctor Jekyll

Tras la desaparición de Hyde, el abogado permaneció unos instantes inmóvil, encarnando la imagen de la ansiedad. Luego, comenzó a caminar calle arriba, deteniéndose cada uno o dos pasos para llevarse la mano a la frente, como hace un hombre cualquiera que se encuentra en un estado de confusión mental. Era un problema que no podía resolver fácilmente...

Hyde era pálido y bajo, por lo que daba la sensación de tener alguna malformación, aunque en realidad no había nada que pudiera apreciarse en su cuerpo. Tenía una sonrisa desagradable y se había comportado con una mezcla de timidez y atrevimiento, hablando con un ronco susurro y una voz desencajada; esos eran puntos en su contra; sin embargo, todas esas cosas juntas no podían explicar aquella extraña sensación de disgusto, miedo y casi aborrecimiento con la que lo había mirado el abogado.

"¡Tiene que haber algo más!", se dijo, "seguramente hay *algo* más, pero no puedo encontrarle un nombre... ¡Por Dios,

pero si apenas parece humano, es una especie de *monstruo*! ¿O es acaso que haya algo tan espantoso dentro de él que tuviera algún efecto sobre la apariencia del hombre? ¡Oh, mi pobre Henry Jekyll!, si alguna vez he leído la firma de Satanás en un rostro humano, ha sido en el de tu nuevo amigo".

Al otro lado de la esquina de la callejuela había una hermosa plaza donde se encontraban varias residencias antiguas. El señor Utterson se detuvo en la puerta de la segunda residencia desde la esquina, que ostentaba un aire de riqueza y prestigio y tocó la campana. Un mayordomo bien vestido abrió la puerta.

—¿Está en casa el doctor Jekyll, Poole? —preguntó el abogado.

—Iré a ver, señor Utterson —dijo Poole, dando entrada al visitante y conduciéndolo a un salón muy amplio y confortable, de techo bajo y piso embaldosado, con un gran fuego de chimenea y amueblado de manera muy costosa—. ¿Quiere esperar aquí junto al fuego o debo encenderle una luz en el comedor?

—Aquí está bien, gracias —dijo el abogado y se acercó y acomodó frente al fuego.

Aquel salón donde aguardaba Utterson era uno de los caprichos de su amigo el doctor y él se sentía inclinado a considerarlo como la estancia más agradable de todo Londres. Pero esa noche no podía sentirse tranquilo, porque sentía un estremecimiento que parecía correr por su sangre; traía el rostro de Hyde clavado en la memoria, sentía (lo que era raro en él) náuseas y una especie de aborrecimiento por la vida. Así, abatido por ese extraño malestar, creía percibir algo amenazante en el parpadeo de las llamas sobre los pulidos armarios y en la agitación de las sombras en el techo.

Entonces se sintió avergonzado del alivio que sintió cuando Poole vino a anunciarle que el señor Jekyll no se encontraba en casa.

—Yo vi a míster Hyde entrar por la puerta del laboratorio, Poole —dijo el abogado—, ¿es normal que suceda eso cuando el doctor no está en casa?

—Completamente normal, señor Utterson —respondió el mayordomo— míster Hyde tiene una llave.

—Tu amo parece tener una gran confianza en ese joven, Poole —señaló Utterson en un tono reflexivo.

—Así es, señor, la tiene —dijo Poole— todos tenemos órdenes de obedecerle.

—Creo que nunca me he tropezado aquí con míster Hyde —indicó el abogado.

—Oh, por supuesto que no, señor —respondió el mayordomo—. Él nunca cena aquí. De hecho, lo vemos muy poco en este lado de la casa; normalmente entra y sale por el laboratorio.

—Bien, buenas noches, Poole.

—Buenas noches, señor Utterson.

Y el abogado se dirigió a su casa con mucho pesar. "Pobre Jekyll —pensaba—, tengo el presentimiento de que se encuentra en un trance difícil y peligroso. Fue un poco salvaje cuando era joven y quizá míster Hyde tiene conocimiento de algún antiguo pecado. ¡Eso debe ser! ¡Es un chantajista, estoy seguro!" Y entonces, repentinamente se le ocurrió una idea que le dio una nueva esperanza: "Seguramente, si se investiga a este míster Hyde, encontraremos sus propios secretos, oscuros secretos que, comparados con los del pobre Jekyll, serían como los rayos del sol. Las cosas no pueden seguir así. Siento escalofríos con sólo pensar que esa

persona pueda estarle robando a Henry como un ladrón en la propia cabecera de su cama. Además, hay que considerar el peligro en el que está, porque si el tal Hyde se entera del contenido del testamento, puede impacientarse en su deseo de heredar y acabar con Henry. Estoy seguro de que no se detendrá por un asesinato, si sirviera para su propósito. Debo hacer algo acerca de todo esto, si Jekyll me permitiera... ¡si tan sólo él me lo permitiera!".

Y, mientras caminaba, vio una vez más en su imaginación, tan claras como si las estuviese leyendo, las cláusulas del testamento.

✦ ✦ ✦

Dos semanas después, a causa de una feliz casualidad, el doctor ofreció una de sus agradables cenas a unos cinco o seis viejos amigos, todos ellos hombres inteligentes, de buena reputación y todos excelentes catadores de vinos. Utterson se las arregló para quedarse al final, después de que los demás se habían marchado. Esto no tenía nada de extraño, pues había sucedido en muchas ocasiones anteriores. A los anfitriones les gustaba detener al mordaz abogado cuando los despreocupados y los sueltos de lengua se habían retirado. Les gustaba sentarse un rato en su agradable compañía para disfrutar del silencio y la quietud de este hombre, después del dispendio y las tensiones de la diversión. A esta regla el doctor Jekyll no era la excepción; y cuando se sentó al otro lado de la chimenea —un caballero robusto y apuesto, de cincuenta años y que no tenía ni una sola arruga en el rostro— podía sentirse en sus actitudes que sentía un cálido y auténtico afecto por el señor Utterson.

—Esperaba el momento de poder hablar contigo, Jekyll —dijo el abogado—. ¿Recuerdas ese testamento tuyo?

Un observador atento se hubiera dado cuenta de que el tema no era bien recibido, pero el doctor Jekyll aceptó hablar de ello con naturalidad.

—Mi pobre Utterson —dijo sonriendo— debe ser una desgracia tener un cliente como yo. Nunca he visto que un hombre se preocupara tanto como tú por mi testamento, con excepción de ese pedante de Lanyon, cuando discutimos acerca de lo que él llama mis *"herejías* científicas". Oh, sí, ya sé que es un buen hombre, no es necesario fruncir el ceño, es un tipo excelente y siempre intento verlo con más regularidad, pero él no es un verdadero científico. Nunca me he sentido tan decepcionado de alguien como de Lanyon.

—Tú bien sabes que yo nunca lo aprobé —siguió diciendo Utterson, desdeñando el intento de Jekyll por cambiar el tema.

—¿Mi testamento? Sí, por supuesto, lo sé —respondió el doctor con cierta sequedad—. Muchas veces me lo has dicho.

—Bien, pues te lo digo de nuevo —continuó el abogado—. Últimamente he estado averiguando algo sobre el joven Hyde.

El rostro sereno y jovial del doctor Jekyll palideció, incluso los labios y sus ojos se oscurecieron.

—No quiero escuchar nada de eso —dijo airadamente.

—Sí, pero lo que he oído es abominable —objetó Utterson.

—Pues yo no puedo hacer ningún cambio en mi testamento, tú no entiendes mi situación —exclamó Jekyll de una manera desencajada e incoherente—. La verdad es que me

encuentro en una situación muy dolorosa, Utterson, se trata de algo muy extraño... muy extraño. Es una de esas cosas que no se pueden arreglar hablando.

—Jekyll —dijo Utterson—, tú me conoces bien, yo soy un hombre en quien se puede confiar; háblame sinceramente; ten la seguridad de que yo te ayudaré a salir de esta situación.

—Mi buen Utterson —contestó el doctor—, esto es muy amable de tu parte, y no puedo encontrar palabras para agradecértelo. Te creo sin reticencia alguna, y te aseguro que antes que en cualquier otro, yo confiaría en ti; incluso confiaría más que en mí mismo, si pudiera elegir; pero realmente no es lo que tú te imaginas; no es tan grave como eso; y con el ánimo de tranquilizar tu buen corazón, te diré una cosa: en el momento en que yo lo decida puedo liberarme de Hyde; te doy mi palabra de que eso es cierto, y también te doy las gracias una vez más por tu disposición a venir en mi ayuda; y sólo añadiré una cosa más, que estoy seguro de que tú comprenderás perfectamente: este es un asunto estrictamente privado, te suplico que tomes en cuenta eso y que no lo olvides.

Utterson reflexionó unos momentos, con la mirada fija en el fuego.

—No tengo la menor duda de que tienes razón —dijo mientras se ponía de pie.

—Bien, pero ya que hemos tocado ese tema, y espero que sea por última vez —siguió el doctor— hay un punto que me gustaría que entendieras. Yo siento realmente un gran interés por el pobre Hyde; sé que lo has visto, él me lo ha dicho y me temo que se mostró un tanto rudo contigo. Pero te repito que siento un gran... un enorme interés hacia ese

joven, y si yo falto por alguna circunstancia, Utterson, quiero que me prometas que te ocuparás de él, y sobre todo te encargarás de que reciba todos sus derechos. Creo que lo harías de buen grado si lo supieras todo, pero ahora solamente puedo pedirte que me prometas eso.

—Yo no puedo fingir que ese joven me sea agradable —objetó el abogado.

—Yo no te pido eso —dijo Jekyll, apoyando una mano en el hombro de su amigo—. Sólo te pido que cumplas con un deber de justicia, sólo te pido que le ayudes en bien de nuestra amistad cuando yo ya no esté aquí.

Utterson dejó escapar un irreprimible suspiro.

—Está bien —dijo finalmente—, te lo prometo.

Capítulo 6

El caso del asesinato de Carew

C asi un año más tarde, el mes de octubre de 18... Londres se sobresaltó ante la noticia de un crimen de una crueldad inusitada, especialmente porque la víctima era una persona de elevada posición social. Los detalles del crimen eran escasos, pero sorprendentes. Una sirvienta que vivía sola en una casa cercana al río se había retirado a dormir a eso de las once. Aunque la ciudad se había cubierto de bruma en la madrugada, en las primeras horas de la noche el ambiente era claro, y desde la ventana de la sirvienta era perfectamente visible la calle, iluminada por la luna llena. Parece que ella disfrutaba de la luz de la luna, pues se sentó en una silla que se encontraba justo debajo de la ventana, y se perdió en ensoñaciones contemplativas. Nunca (y eso lo repetía entre lágrimas cuando narraba su experiencia), había sentido tanta paz y armonía con los hombres y el mundo como aquella noche.

De pronto vio por la calle a un hombre apuesto y aparentemente ya maduro, pues su pelo era cano; él venía caminando hacia el encuentro con otro hombre de baja estatura, aunque se prestaban poca atención el uno al otro. Cuando estuvieron frente a frente (que era justo debajo de la ventana donde se encontraba la chica), el hombre mayor hizo una inclinación y se dirigió al otro con modales que revelaban una gran educación. Al parecer el tema de su conversación no era de gran importancia; por sus ademanes, pareciera que el otro simplemente le estuviera preguntando alguna dirección; pero la luna brillaba sobre su rostro mientras hablaba, y la muchacha se sintió complacida al observarlo, porque estaba marcado por una inocencia y una gentileza propia de otros tiempos. La chica observó entonces al otro hombre más pequeño, le sorprendió reconocer a un tal míster Hyde, que en una ocasión había visitado a su amo y que le había parecido repugnante desde el primer momento de aquella visita. Ahora llevaba en la mano un pesado bastón y jugaba con él; aunque no respondía a las palabras del otro caballero, y parecía escucharlo con gran impaciencia; pero de pronto estalló en un terrible acceso de furia, pateando en el piso, agitando todo su cuerpo y blandiendo el bastón (según lo narró la sirvienta), sus actitudes eran las de un loco. El anciano caballero retrocedió un paso, mostrándose muy sorprendido; entonces míster Hyde perdió toda mesura y asestó un golpe al infortunado caballero, que de inmediato cayó al suelo. Entonces, con la furia de un simio, el tal Hyde se puso a golpear con los puños y a patear al que estaba tirado; se escuchaba el crujir de huesos mientras el cuerpo se retorcía sobre la calle. Ante el horror de aquella escena, la sirvienta perdió el conocimiento.

Eran las dos de la tarde cuando la muchacha recobró el sentido, y fue entonces cuando llamó a la policía. El asesino había desaparecido mucho tiempo atrás; pero la víctima seguía ahí, tendida a mitad de la calle. El bastón que había servido de arma mortal, aunque parecía de una madera rara, pesada y especialmente dura, se había roto en dos, de manera que una de las partes se encontraba tirada en el camino; la otra, sin duda, se la había llevado el asesino. Sobre la víctima se encontraron un monedero y un reloj de oro; pero ninguna tarjeta ni papeles, con excepción de un sobre cerrado y franqueado, que tal vez la víctima llevaba al correo, con el nombre y la dirección del señor Utterson.

El sobre fue entregado al abogado la mañana siguiente, antes de que él se levantara de la cama; apenas vio la carta y escuchó el relato del crimen, dijo con solemnidad:

—No diré nada hasta no haber visto el cadáver; este asunto puede ser muy serio. Tengan la bondad de esperar mientras me visto.

Y con una actitud de gran seriedad se apresuró a tomar el desayuno y se dirigió a la comisaría de policía, que era el lugar donde se encontraba el cadáver. En cuanto llegó a la celda en donde habían colocado el cuerpo asintió con la cabeza.

—Sí —dijo—, lo conozco; lamento decir que se trata de sir Danvers Carew.

—¡Por dios! —exclamó el agente—, ¿pero es posible? —y en ese momento sus ojos se iluminaron con una especie de entusiasmo profesional—. Esto va a hacer mucho ruido —dijo—. Espero que usted pueda ayudarnos a encontrar a ese hombre.

Entonces narró brevemente lo que había visto la sirvienta y le mostró el bastón roto.

El señor Utterson sintió un estremecimiento al oír el nombre de Hyde, pero cuando le mostraron el bastón, ya no le cupo la menor duda; roto y astillado como estaba lo reconoció como el bastón que él mismo le había regalado a Henry Jekyll hacía muchos años.

—¿Es ese míster Hyde una persona de baja estatura? —inquirió Utterson.

—Sí, particularmente baja y de aspecto muy desagradable; fue así como lo describió la sirvienta —respondió el oficial.

El señor Utterson reflexionó por unos instantes y después alzó la cabeza para decir:

—Si quiere usted venir conmigo, en mi coche, creo poder llevarlo a la casa de ese sujeto.

Eran aproximadamente las nueve de la mañana y la primera niebla de la temporada flotaba sobre Londres. Mientras el coche avanzaba entre las calles a media luz, el deprimente barrio de Soho, con sus lodosas calles y sucios transeúntes, lánguidos faroles y tiendas sucias parecían, a los ojos del abogado, como parte de una ciudad de pesadilla. Sus pensamientos, además, estaban teñidos con los colores más sombríos; y cuando volvió la mirada hacia su compañero de viaje, se le hizo consciente un ligero temor hacia la ley y sus representantes, lo que muchas veces asalta hasta a las personas más honestas.

Cuando el carro se detuvo ante la dirección indicada, la niebla se levantó un poco y mostró una calle sucia, con casas humildes y deplorables. Este era el hogar del amigo de Henry Jekyll; de un hombre que era heredero de un cuarto de millón de libras esterlinas.

Una vieja con cabellos plateados les abrió la puerta. Tenía una cara diabólica y unos ojos que se presentaban dema-

siado juntos, pero sus modales eras excelentes. Ella confirmó que aquella era la casa de míster Hyde, pero que él no se encontraba; había llegado muy tarde la noche anterior, pero se había vuelto a marchar antes de pasar una hora de estancia, lo que en realidad no era nada extraño, pues frecuentemente se ausentaba; esta última vez —dijo la vieja— tardó dos meses en aparecer.

—Muy bien, entonces deseamos ver su habitación —dijo el abogado, y cuando la mujer comenzó a decir que eso era imposible, Utterson agregó—: Será mejor que le diga quién me acompaña; él es el inspector Newcomen de Scotland Yard.

El rostro de la mujer se iluminó con una extraña alegría.

—¡Ah! —dijo ella con satisfacción evidente—, ¡entonces tiene problemas! ¿Qué ha hecho esta vez?

El señor Utterson y el inspector intercambiaron miradas.

—No parece un personaje muy popular —dijo el inspector—. Y ahora, mi buena mujer, permítanos a este caballero y a mí echar un vistazo dentro.

De toda la casa, que salvo por la anciana, permanecía vacía, míster Hyde utilizaba sólo un par de habitaciones, pero ellas estaban amuebladas con el mejor de los gustos. Uno de los armarios estaba lleno con botellas de buen vino; la vajilla era de plata; de una de las paredes colgaba una pintura excelente, un regalo (Utterson supuso) de Henry Jekyll, quien era un conocedor de arte; y las alfombras eran de la mejor calidad. Sin embargo, en ese momento, las habitaciones tenían todo el aspecto de haber sido registradas recientemente y de forma precipitada, pues había ropa tirada por el suelo con los bolsillos volteados al revés, los cajones esta-

ban abiertos y en la chimenea había un montón de ceniza gris, como si hubieran quemado muchos papeles. De entre esas cenizas, el inspector extrajo el extremo de un talonario de cheques verde que había resistido la acción del fuego. La otra mitad del bastón se encontraba detrás de la puerta, lo que era una confirmación definitiva de las sospechas, por lo que el inspector se consideró encantado. Una visita al banco, donde el asesino había depositado varios miles de libras a su nombre, completó su satisfacción.

—Puede contar con que lo atrapemos, señor —dijo el inspector al señor Utterson—. Lo tengo en mis manos. Debió perder la cabeza o nunca hubiera dejado allí el bastón, además de que fue un gran error quemar el talonario de cheques, pues el dinero es vital para el hombre. No tenemos más que esperarlo en el banco y, cuando aparezca, ponerle las esposas.

Aunque las cosas no se presentaron con la facilidad prevista, porque míster Hyde parecía no tener amistades. El dueño de la casa donde vivía apenas lo había visto un par de veces; no se le pudieron encontrar familiares por ningún lado; nunca había sido fotografiado y las pocas personas que podían describirlo tenían diferentes opiniones acerca de sus características. Sólo en un punto estaban todos de acuerdo y era en la extraña sensación de que estaba deformado. Esta era la impresión que se fijaba en la memoria de todos los que lo veían.

Capítulo 7

La carta

En la última hora de la tarde de ese mismo día Utterson se presentó en la casa del doctor Jekyll; Poole le dejó pasar de inmediato y lo llevó a través de la cocina a un patio que en otros tiempos había sido un jardín, hasta el edificio donde el doctor tenía su laboratorio. Era ésta la primera vez que el abogado era recibido en aquella parte de la residencia de su amigo y observaba a su alrededor con curiosidad las mesas y los estantes con montones de químicos y equipo. En el extremo más alejado, un tramo de escaleras ascendía hasta una puerta y al otro lado de ella finalmente llegó a lo que era el gabinete privado del doctor. Era una amplia sala, llena de armarios y amueblada, entre otras cosas, con un espejo de cuerpo entero y un gran escritorio que miraba al patio a través de tres ventanas enrejadas, por cuyos sucios cristales se podía ver el patio. La chimenea se encontraba encendida, lo mismo que una lámpara que se encontraba en la repisa, porque la niebla de afuera era tan densa que incluso se filtraba al interior; y ahí, cerca del fue-

go, se encontraba el doctor Jekyll, con un semblante enfermo y blanco como un papel. No se levantó para recibir a su visitante, pero le tendió una mano helada y le dijo unas palabras de bienvenida con una voz que no parecía la suya.

—Bien —dijo Utterson, cuando Poole se hubo retirado—; ¿te has enterado de la noticia?

El doctor temblaba violentamente. Asintió con la cabeza.

—La están voceando en la plaza —respondió—; lo pude escuchar en mi comedor.

—Una cosa —dijo el abogado—. Carew era mi cliente, pero también lo eres tú, y quiero saber qué es lo que estoy haciendo. No estarás cometiendo la locura de esconder a ese hombre de la policía, ¿verdad?

—Te juro por Dios —exclamó el doctor— que jamás volveré a poner los ojos sobre él. Te doy mi palabra de honor de que he terminado con él en este mundo. Ya todo está terminado; además de que él no desea mi ayuda; tú no lo conoces como yo; puedo asegurarte que él se encuentra a salvo, completamente a salvo; confía en mi palabra, nunca más volveremos a saber de él.

El abogado escuchó estas declaraciones con la cara sombría. A él no le gustaba la actitud febril de su amigo.

—Pareces estar muy seguro al respecto —le dijo—; y por tu bien espero que tengas razón; si el asunto llegara a juicio, tu nombre podría aparecer.

—Estoy completamente seguro de ello —respondió Jekyll—. Tengo razones para asegurarlo, pero no las puedo compartir con nadie. Pero sí hay una cosa sobre la cual puedes aconsejarme. Sucede que he... recibido una carta y dudo si debería mostrársela a la policía. Me gustaría dejarla en tus manos, Utterson. Estoy seguro de que tú sabrás juzgar prudentemente. Confío plenamente en ti.

—Supongo que temes que esa carta ayude a la policía a encontrarlo —señaló Utterson.

—No —dijo el otro—. La verdad es que ya no me importa lo que pueda ocurrirle a Hyde. Te repito que he termi-

nado por completo con él. Estaba pensando en mi propia reputación, que con este asunto terrible ha quedado expuesta.

Utterson reflexionó por unos instantes; le sorprendió el egoísmo que ahora mostraba su amigo, pero al mismo tiempo se sentía aliviado por esa actitud.

—Bueno —dijo al fin—, déjame ver la carta.

La misiva estaba escrita a mano, con una extraña letra sin inclinación y firmada "Edward Hyde", en ella se daba a entender, muy brevemente, que el señor Jekyll, un buen amigo del autor de la carta, a quien tan mal había pagado por sus favores, no tenía por qué preocuparse por su seguridad, ya que confiaba absolutamente en los medios con los que contaba para escapar.

La carta llenó de un gran alivio al señor Utterson. Ponía un mejor color a la amistad de lo que él se había imaginado y se culpó a sí mismo por algunas de las sospechas que había tenido en el pasado.

—¿Tienes el sobre? —preguntó.

—No, lo quemé —respondió el doctor—, sin pensar en lo que hacía. De cualquier manera no llevaba matasellos. La carta fue entregada en mano.

—¿Puedo quedármela para consultar con la almohada sobre ella? —preguntó Utterson.

—Te agradecería que decidieras por mí completamente —fue la respuesta—. Yo ya he perdido toda la confianza en mí mismo.

—Bien, tomaré eso en consideración —dijo el abogado—. Pero tengo una pregunta más: ¿fue Hyde quien dictó los términos de tu testamento en relación con tu posible desaparición?

El doctor pareció que iba a desmayarse, cerró apretadamente los labios mientras asentía con la cabeza.

—Ya me lo suponía —dijo Utterson con satisfacción—. Yo creo que tenía pensado asesinarte; has escapado de milagro.

—He recibido algo mucho más importante que eso —replicó el doctor con un aire solemne—. He recibido una gran lección... ¡Oh, Dios!, Utterson, ¡qué lección he recibido!

Y cubrió su rostro con las manos por un momento.

Al salir, el abogado se detuvo para intercambiar una o dos palabras con Poole.

—Me parece que se ha entregado hoy una carta —dijo—. ¿Cómo era el mensajero?

Pero Poole estaba seguro de que lo único que había recibido era el correo de la mañana, "y se trataba solamente de circulares", añadió.

Aquella información hizo que el abogado dejara la casa con renovadas dudas y temores. Era evidente que la carta había llegado por la puerta del laboratorio; incluso cabía la posibilidad de que se hubiese escrito en el mismo gabinete, y si eso fuera cierto, habría que juzgarla de otro modo y manejar todo el asunto con más cautela.

Mientras caminaba a través de la espesa niebla, los voceadores de periódicos gritaban en las calles: "¡Edición especial! ¡Espeluznante asesinato de un miembro del Parlamento!". Aquella era la oración fúnebre de un amigo y cliente, y no podía evitar el temor a que el nombre de otro se viera arrastrado por el escándalo. Era, cuando menos, una decisión delicada la que debía tomar y empezó abrigar el deseo de pedir un consejo a otros, lo que no era común en él.

Al poco rato estaba sentado delante de su propia chimenea, al lado del señor Guest, su principal ayudante en el despacho; entre los dos, y a una prudente distancia del fuego, sobre una mesita se encontraba una botella de vino muy añejo y de buena cosecha, que había esperado mucho tiempo en la bodega de la casa. La niebla todavía inundaba la ciudad donde las farolas apenas brillaban y a través del efecto amortiguador de aquellas nubes bajas, la procesión de la vida de la ciudad continuaba por todas las arterias de la ciudad y producía un sonido parecido a un fuerte viento.

Pero dentro de la casa el fuego inundaba la habitación y el ánimo del abogado se levantaba gradualmente. No había nadie a quien le ocultara menos secretos que a Guest y de hecho no estaba seguro de guardar tantos secretos como a veces pensaba. En muchas ocasiones, Guest se había ocupado de los asuntos del doctor y conocía bien a Poole; era dudoso que no hubiera escuchado nunca hablar de la familiaridad de míster Hyde, y por lo tanto podía tener alguna información o al menos alguna opinión al respecto; ¿no era correcto, entonces, que le mostrara la carta de Jekyll? Además de que Guest era un gran estudioso y crítico de la escritura manuscrita; ¿no podía ser considerada una medida lógica a tomar? Por cierto que el hombre era una persona a la que se podía consultar con toda seguridad, pues era difícil que leyera un documento tan peculiar sin dar alguna observación, y con sus opiniones el señor Utterson podría diseñar el curso de acciones futuras.

—Es muy triste este asunto de sir Danvers.

—Sí señor, lo es. Esto ha removido un sentimiento muy fuerte en la opinión pública —respondió Guest—. El asesino, por supuesto, era un loco.

—Me gustaría oír lo que opina usted al respecto —murmuró Utterson—. Tengo aquí un documento escrito de su puño y letra. Esto queda entre nosotros, aún no sé qué hacer con él, pues se trata de un asunto muy desagradable. Pero allí está, ¡la escritura y la firma de un asesino!

Los ojos de Guest brillaron y se sentó enseguida a estudiar la nota detenidamente.

—No señor —dijo—, no se trata de un loco, pero la letra es extraña.

—Y por lo que sé, quien la escribió también es un tipo de lo más extraño —añadió Utterson.

Justo en aquel momento entró el sirviente con una nota.

—¿Acaso es del doctor Jekyll, señor? —inquirió el empleado—. Me parece que es su letra. ¿Se trata de algo privado, señor Utterson?

—Se trata sólo de una invitación a cenar. ¿Le gustaría verla?

—Sólo un momento, se lo agradezco, señor.

Entonces el empleado colocó las dos hojas de papel, una al lado de la otra y comparó sus contenidos.

—Gracias, señor —dijo por fin, al momento de regresarlas— se trata de un autógrafo muy interesante.

Se produjo una pausa en la cual Utterson se debatía en sus propios pensamientos.

—¿Por qué ha comparado ambas notas?, señor Guest —preguntó repentinamente.

—Bueno, señor —respondió el empleado—, existe entre ellas un singular parecido; las dos escrituras son idénticas en muchos puntos, lo único que varía es su inclinación.

—Eso es muy extraño —dijo Utterson.

—Pues sí, señor, muy extraño —respondió el empleado.

—Yo preferiría que usted no dijera nada acerca de esta nota, ¿me comprende, Guest? —señaló el abogado.

—Por supuesto, señor, entiendo perfectamente —dijo el empleado.

Pero tan pronto como el señor Utterson estuvo solo aquella noche, guardó la carta en la caja fuerte, con la intención de que permaneciera allí para siempre.

¡Vaya! —pensó—. ¡Henry Jekyll falsificando una carta para proteger a un asesino!

Y con ese pensamiento, la sangre se le heló en las venas.

Capítulo 8

El terror del doctor Lanyon

El tiempo fue pasando. Se ofrecieron miles de libras esterlinas como recompensa por la captura de míster Hyde, ya que la muerte de sir Danvers se consideraba una ofensa pública. Sin embargo, el asesino se había desvanecido completamente como si jamás hubiese existido. Se desenterró gran parte de su pasado y todo era deshonroso: aparecieron muchas anécdotas que revelaban la crueldad de aquel hombre, a la vez insensible y violento; se encontraron datos de su vil estilo de vida, de sus extraños socios, del odio que parecía haber suscitado siempre a su alrededor, pero de sus andanzas actuales ni un susurro. Desde el momento en que abandonara la casa de Soho la mañana del asesinato, nadie lo había visto.

Gradualmente, a medida que transcurría el tiempo, el señor Utterson empezó a recobrar lo que a él le gustaba llamar su "sentido de balance" y a sentirse más en paz consigo mismo y con el mundo. A su modo de ver, la muerte de sir

Danvers había quedado más que compensada por la desaparición de Hyde. Ahora que la influencia maligna se había desvanecido de su casa, una nueva vida comenzaba para el doctor Jekyll. De hecho, salió de su reclusión y comenzó a salir y ver el mundo una vez más. Invitó a sus viejos amigos a su casa y volvió a ser un invitado regular y un buen anfitrión. Y así como siempre había sido reconocido como un hombre bueno y generoso, ahora se había transformado en un hombre religioso. Se mantenía ocupado y buena parte de su tiempo lo pasaba al aire libre, su rostro parecía más franco y brillante, y por más de dos meses el doctor se encontró en paz.

El 8 de enero, Utterson y un pequeño grupo de amigos cenaron en casa del doctor Jekyll. En esa ocasión Lanyon estuvo presente y parecía que había disfrutado de la compañía de Jekyll, su viejo amigo. El día 12 y de nuevo el 14, la puerta del doctor Jekyll permaneció cerrada para el abogado.

—El doctor está ocupado en su laboratorio —decía Poole—, y no recibe a nadie.

El día 15, Utterson intentó una nueva visita y una vez más se le rechazó. Habiéndose acostumbrado a ver a su amigo casi todos los días, el abogado estaba preocupado por este cambio de actitud. Por lo tanto, decidió visitar al doctor Lanyon y averiguar qué sabía sobre el regreso de Jekyll a la vida solitaria.

Allí, cuando menos, no le negaron la entrada, pero una vez dentro quedó impresionado por el cambio que se había producido en la apariencia del doctor. Aquel hombre saludable y rubicundo se había vuelto pálido; se le veía viejo y cansado y se movía débilmente, como si el deseo de vivir lo

hubiese abandonado. Pero fue la expresión de sus ojos lo que más impresionó al abogado. Eran ojos asustados, ojos que parecían revelar un profundo terror en algún lugar oscuro de su mente.

Cuando Utterson le hizo notar su mal aspecto, Lanyon afirmó que era un hombre a las puertas de la muerte.

—Soy un doctor —dijo, y su voz había perdido su vieja seguridad y firmeza—, y ahora sé que mis días están contados.

—Jekyll también está enfermo —dijo Utterson—, ¿lo has visto?

El rostro de Lanyon se transformó. Se puso blanco como un papel y la mirada de terror se hizo más evidente y levantó una mano temblorosa.

—¡No quiero ver ni oír nada más respecto del doctor Jekyll! —dijo—. ¡He terminado completamente mis relaciones con él, y te ruego que no menciones su nombre en esta casa! En lo que a mí concierne, él ya está muerto y olvidado.

—¡Oh, vamos! —dijo Utterson, sorprendido; y luego, tras una larga pausa—: ¿Hay algo que yo pueda hacer? —inquirió—. Recuerda que los tres somos viejos amigos, Lanyon, y no viviremos para hacer otros nuevos.

—No lo volveré a ver —dijo Lanyon—. Algún día, después de mi muerte, es posible que puedas averiguar la razón y sinrazón de esto que ahora no puedo contarte. Mientras tanto, puedes sentarte y contarme de otras cosas, y ¡por el amor de Dios, hazlo!; pero si tú debes hablar de Jekyll, entonces, en el nombre de Dios, es preferible que te vayas, pues yo ya no puedo soportarlo.

Tan pronto como llegó a su casa, Utterson se sentó y escribió una carta para Jekyll, quejándose de su exclusión de

la casa y preguntando la causa de aquella lamentable ruptura con Lanyon. Al día siguiente recibió una larga respuesta,
que no arrojaba ninguna luz sobre el misterio. La pelea con
Lanyon parecía algo que nadie podía remediar.

"No culpo a nuestro viejo amigo —escribió Jekyll— pero
comparto su opinión de que nunca debemos volver a ver-
nos. Quiero decir, a partir de este momento, me alejaré del
mundo. No debes de sorprenderte, ni dudar de mi amistad,
si mi puerta está cerrada incluso para ti. Debes dejarme seguir mi propio oscuro camino. He atraído hacia mí un peligro y un castigo que desgraciadamente no puedo narrar.
Pero debo decirte que si soy el mayor de los pecadores, también soy el que más sufre de todos. Yo nunca me imaginé que
en este mundo hubiese lugar para los sufrimientos y terrores
que he conocido. Y esto es lo que yo he atraído para mi propio ser. Si deseas ayudarme, Utterson, sólo puedes hacer una
cosa y esa es que me dejes continuar por mi camino".

Utterson se quedó asombrado. Después de que la sombría influencia de Hyde se había disipado, el doctor había
regresado a sus antiguos amigos. Y hace una semana, todo
estaba bien con él. Ahora, en un instante, todo eso se había
perdido. Un cambio tan abrupto indicaba una locura, pensó
el abogado, pero al recordar las palabras y la actitud de Lanyon, tenía que haber algo más profundo.

Una semana más tarde el doctor Lanyon ya no pudo
levantarse de su cama y en menos de quince días estaba
muerto.

La noche después del funeral, Utterson se encerró en su
despacho y, sentado allí a la luz de una vela, sacó un sobre y
lo puso frente a él. Estaba rotulado a mano por su difunto
amigo con su nombre y decía: "CONFIDENCIAL: para ser

leído SOLAMENTE por J.G. Utterson, y en caso de su falle-cimiento, deberá *destruirse sin ser leído".*

Utterson lo observó por un largo rato. Aquí, quizá, es-taba la clave para desvelar el misterio. Sin embargo, tenía miedo de abrirlo. "Hoy he enterrado a un buen amigo —pen-saba— ¿y si esto me hace perder otro?". Pero luego se arre-pintió de su miedo y rompió el sobre para abrirlo. Pero dentro había otro sobre, en el que se había escrito: "Para no ser abierto hasta la muerte o desaparición del doctor Henry Jekyll".

Utterson no podía dar crédito a sus ojos. Allí estaba, una vez más la palabra "desaparición", como en el descabellado testamento que hacía ya tiempo había devuelto a Jekyll. Utterson estaba seguro de que en el testamento, esa idea ha-bía sido inscrita a sugerencia del siniestro Hyde, con un pro-pósito totalmente evidente y horrible. Pero allí estaba de nuevo la idea escrita por la mano de Lanyon.

¿Qué significado podría tener? Sintió una curiosidad tan grande que incluso llegó a pensar en hacer caso omiso de la voluntad del doctor y llegar de inmediato al fondo de todos aquellos misterios; sin embargo, su honor profesional y la fe depositada en él por su fallecido amigo no le permi-tieron hacerlo. Por fin se levantó y dejó el paquete en su caja fuerte.

Pero una cosa es frustrar su curiosidad y otra superarla. Y a partir de ese día, él deseó más que nunca ver y hablar con Jekyll. Fue a visitarlo una y otra vez, pero la respuesta siempre era la misma. Habló con Poole en el umbral de la puerta y se enteró de que el doctor se había encerrado en sí mismo más que nunca en su gabinete o en el laboratorio, donde inclusive, algunas veces dormía. No tenía ánimo, se

había vuelto muy silencioso, no leía y parecía que algo le devoraba la mente.

Utterson llegó a acostumbrarse tanto al carácter invariable de aquellos informes, que poco a poco fue espaciando la frecuencia de sus visitas. Cuando finalmente pudo posar sus ojos sobre Jekyll una vez más, fue bajo circunstancias que sólo se agregaron al misterio y dejaron al señor Utterson muy alterado...

Capítulo 9

Una cara en la ventana

Ocurrió que un domingo, cuando el señor Utterson daba su habitual paseo con Richard Enfield, sus pasos los llevaron una vez más a aquella callejuela donde se encontraba la casa con *la puerta*. Cuando estuvieron frente a esa puerta, ambos se detuvieron y la observaron.

—Bueno —dijo al fin Enfield—, por fin terminó la historia. Ya no volveremos a ver a míster Hyde.

—Espero que no —dijo Utterson—; por cierto, ¿alguna vez te comenté que yo lo vi una vez y que sentí la misma repulsión que tú?

—Es imposible una cosa sin la otra —señaló Enfield—. Y a propósito, qué tonto te he de haber parecido por no saber que ésta es la puerta trasera del laboratorio del doctor Jekyll.

—Así que de veras lo descubriste por ti mismo, ¿no es así? —dijo Utterson—. Pero si tú *sabes*, podemos entrar en el patio y echar un vistazo a las ventanas. Si he de serte sin-

cero, estoy un tanto intranquilo por el doctor Jekyll; y tengo la sensación de que, incluso desde afuera, la presencia de un amigo podría hacerle algún bien.

El patio era muy fío y un poco húmedo. Cerrado, como estaba, lo hacía además un poco oscuro, a pesar de que el cielo, por encima de ellos, todavía era claro y brillante con el atardecer. Había tres ventanas en la pared del edificio donde se encontraba el laboratorio del doctor Jekyll, y la de en medio se encontraba entreabierta. Sentado cerca de ella se encontraba el doctor Jekyll, con la cara triste y melancólica; casi como un prisionero, pensó Utterson.

—¡Eh, Jekyll! Espero que te encuentres bien —gritó Utterson hacia la ventana.

—Estoy hundido, Utterson —respondió Jekyll— muy hundido. Pero, gracias a Dios, esto ya no va a durar mucho.

—Estás demasiado tiempo recluido en la casa —dijo el abogado—. Deberías salir un poco al aire libre, como Enfield y yo. Este es mi sobrino, el señor Enfield... el doctor Jekyll; ¡vamos, toma tu sombrero y acompáñanos a caminar! Te hará mucho bien.

—Es muy amable de tu parte —respondió Jekyll—. Me gustaría mucho... pero no, es completamente imposible; no me atrevo. Pero en verdad, Utterson, me alegro mucho de verte, este es realmente un gran placer. Les pediría al señor Enfield y a ti que subieran, pero este lugar no se encuentra en condiciones.

—Entonces —dijo el abogado con amabilidad—, lo mejor que podemos hacer es quedarnos aquí abajo y conversar un poco contigo desde aquí.

—Eso es precisamente lo que yo iba a sugerirles —respondió el doctor con una sonrisa.

Las palabras difícilmente dejaban sus labios, cuando la sonrisa se le borró del rostro. Sus ojos de pronto se agrandaron con temor. Había una mirada de terror y desesperación en el rostro, que los dos caballeros de abajo sintieron que la sangre se les helaba en las venas. Y entonces, frente a sus ojos, la cara pareció ennegrecer, torcerse y derretirse, hasta convertirse en algo diferente, algo horrible y estremecedor...

Sin embargo, sólo fue un vistazo. Jekyll dio un grito y comenzó con sus pies, sus manos, su garganta. La ventana se cerró inmediatamente y el doctor se perdió de vista.

Ese vistazo fue suficiente. Entonces se dieron la vuelta y salieron del patio sin decir una palabra. No fue sino hasta que dieron la vuelta hacia otra calle, donde la gente iba y venía, que el señor Utterson se volteó y miró a su compañero. Ambos estaban pálidos y en sus ojos se reflejaba un miedo muy profundo.

—¡Dios nos perdone! —dijo el señor Enfield en voz baja.

Pero el señor Utterson se limitó a asentir con la cabeza seriamente y siguieron caminando en silencio.

Capítulo 10

La última noche

Una noche de marzo estaba sentado el señor Utterson delante del fuego, con una botella de buen vino cerca, cuando escuchó sonar la campana de la puerta principal. Un minuto después el mayordomo del doctor Jekyll, Poole, entró a la habitación.

—¡Caramba, Poole! ¿Qué te trae por aquí? —exclamó el abogado, y al echarle una segunda mirada, se alarmó—. ¿Qué le preocupa? —agregó—. ¿Acaso está enfermo el doctor?

—Señor Utterson —dijo el hombre— ocurre algo malo.

—Siéntese y permítame servirle un vaso de vino —ofreció Utterson—. Ahora, tómese su tiempo y cuénteme qué es lo que desea.

Poole se hundió en la silla y tomó el vaso de vino como un hombre en un sueño. Su mano temblaba, el vino se derramó, pero él no pareció darse cuenta de ello.

—Cuéntemelo, Poole —dijo el abogado firmemente.

—Señor —dijo Poole— usted sabe de qué manera se comporta el doctor últimamente y cómo se ha recluido en

su casa. Pues bien, ahora se ha encerrado en su laboratorio y eso no me gusta, señor Utterson... tengo... ¡tengo *miedo*!

—Vamos, buen hombre —dijo el abogado—; trate de ser un poco más explícito. Exactamente, ¿de qué tiene miedo?

Poole pareció no oír la pregunta.

—Hace una semana que tengo miedo, señor —respondió— y siento que ya no podré soportarlo más.

El aspecto del hombre confirmaba ampliamente sus palabras. Parecía un hombre asustado y, excepto por el momento donde había comunicado su terror, no había visto una sola vez los ojos del abogado. Ahora permanecía allí sentado, con el vaso de vino sin probar entre las rodillas y los ojos perdidos en un rincón del cuarto.

—Ya no puedo soportarlo más —repitió.

—Vamos —dijo el abogado bruscamente —no tengo la menor duda de que tiene una buena razón para estas palabras, Poole. Trate de decirme de qué se trata.

—Creo que ha habido juego sucio —dijo Poole, con la voz quebrada.

El abogado se le quedó mirando fijamente.

—¡Juego sucio! ¿Qué es lo que quiere decir? —dijo Utterson.

—No me atrevo a decirlo, señor —fue su respuesta—. Pero, ¿quiere venir conmigo y comprobarlo con sus propios ojos?

El señor Utterson no se hizo esperar. Se levantó y tomó su sombrero y su abrigo. Vio, preguntándose la razón, el enorme alivio que se dibujó en el semblante del mayordomo, y también notó que el vaso de vino quedaba sin probar cuando lo depositó en la mesa para seguirlo.

Era una noche fría y poco apacible, con la pálida luna y en el cielo las nubes se partían en jirones. La fuerza del vien-

to hacía difícil el andar y parecía haber barrido las calles hasta dejarlas limpias, incluso de transeúntes. Utterson pensaba que no había visto nunca esa parte de Londres tan vacía de gente.

Cuando llegaron a la plaza, estaba lleno de viento y polvo, y los delgados árboles estaban doblados hacia el piso. Poole se detuvo a mitad de la acera. A pesar del viento y del frío, se quitó el sombrero y se secó el sudor de la frente con un pañuelo rojo. Su rostro estaba pálido y tenso.

—Bien señor —dijo—, aquí estamos y quiera Dios que no haya ocurrido nada malo.

Subió los escalones y llamó a la puerta de una manera muy discreta. Ésta se abrió y quedó sostenida por una cadena.

—¿Eres tú, Poole? —preguntó una voz asustada desde dentro.

—Todo está bien —dijo Poole—. Puede abrir la puerta.

Cuando entraron en el vestíbulo, éste estaba muy bien iluminado; el fuego ardía alto y en derredor de la chimenea se encontraban todos los sirvientes, como si fueran un rebaño de ovejas. Al ver al señor Utterson, la doncella se echó a llorar histéricamente y la cocinera exclamó: "¡Bendito sea Dios, es el señor Utterson!", y corrió hacia él como si fuera a abrazarlo.

—¿Qué están haciendo todos aquí? —preguntó el abogado con irritación—. Saben que esto no le va a agradar a su amo.

—Todos tienen miedo —dijo Poole.

Un silencio siguió a estas palabras. Nadie negó su miedo. Sólo la doncella levantó su voz, para sollozar ruidosamente.

—Basta ya de lloriqueos —le dijo Poole, y se volteó dirigiéndose hacia el muchacho que limpia los cuchillos—. Tú —le ordenó— tráeme una vela y veamos si podemos hacer algo. ¡Bien! Ahora, señor Utterson, si fuera tan amable de seguirme.

Y se fue abriendo camino hacia el jardín posterior.

—Ahora, señor —dijo con una voz temblorosa—, camine con tanto sigilo como le sea posible. Es necesario que escuche bien, pero no debe ser oído. Y vaya con cuidado, señor; si acaso él le pide que entre, por favor no lo haga.

Con aquellas palabras, los nervios de Utterson sufrieron una verdadera sacudida. Pero recuperó el valor y siguió al mayordomo hasta el pie de la escalera que lleva al edificio del laboratorio. Aquí, Poole le indicó que permaneciera a un lado y que escuchara. Entonces subió las escaleras y llamó a la puerta.

—Señor —dijo— el abogado Utterson pregunta si puede verlo—. Entonces hizo un gesto al abogado que indicaba que debía prestar atención.

—Dile que no puedo ver a nadie —respondió la voz desde dentro.

El señor Utterson se sobresaltó. La voz no era la de Jekyll, de eso estaba seguro, y, sin embargo, era una voz que ya había escuchado antes. ¿De quién se trataba?

—Gracias, señor —contestó Poole.

Y entonces condujo a Utterson a través del patio, de vuelta hacia la cocina. Allí, se volteó y miró fijamente a los ojos del abogado.

—Y bien, señor —dijo—, ¿era esa la voz de mi amo?

Utterson se pudo pálido y pensativo.

—Si esa era la voz —dijo el abogado— ha cambiado mucho.

—Señor —contestó Poole— he estado trabajando veinte años en la casa de este hombre, y *yo sé* que esa no era su voz. No, señor, mi amo ha sido *asesinado*, lo mataron hace ocho días, cuando lo escuchamos gritar el nombre de Dios. Pero, *¿quién* está allí en su lugar y *por qué* permanece allí, señor Utterson?

Una sospecha horrible llenó la cabeza del abogado. Pensó que sabía a quién pertenecía la voz que habían escuchado. Pero aún no podía creer que lo que decía Poole fuera cierto.

—Suponiendo que el doctor Jekyll haya sido *asesinado* —dijo—, ¿cuál podría ser el motivo del asesino para quedarse en la casa?, no es lógico, Poole.

—Señor Utterson, es usted un hombre difícil de convencer, pero yo lo lograré —dijo Poole respirando profundamente—. Usted debe saber que toda esta última semana él, o cualquiera que viva en ese gabinete, ha estado reclamando noche y día cierto tipo de producto farmacéutico, mismo que yo no he podido conseguir. El amo tenía por costumbre escribir sus órdenes en una hoja de papel y dejarla tirada en la escalera. Eso es todo lo que hemos tenido esta semana, un montón de papeles y la puerta cerrada; las comidas se han quedado en la puerta y han sido retiradas cuando nadie estaba ahí para verlo. Bien, señor, déjeme decirle que cada día no ha habido otra cosa que órdenes y quejas, y me ha enviado a todos los farmacéuticos mayoristas de la ciudad; pero cada vez que traía lo pedido, había otro papel diciéndome que lo devolviera, porque no era puro, y otra orden de ir a una farmacia diferente. Se entiende que él necesita ese producto desesperadamente, señor, sea lo que sea.

—¿Tiene alguno de esos papeles? —preguntó Utterson.

Poole buscó en su bolsillo y sacó un papel que el abogado leyó cuidadosamente. Estaba dirigida a una farmacia al mayoreo, y decía que la última cantidad de una sustancia entregada no era pura y no servía para los propósitos del doctor Jekyll. En el año 1881 les había comprado una gran cantidad de esa sustancia y les rogaba que la buscaran y que si quedaba alguna cantidad de esa calidad, se la enviaran en-

seguida. Y a pie de nota decía: "Por el amor de Dios, encuentren algo de la antigua remesa".

—Es extraña esta nota —dijo el señor Utterson, y añadió con aspereza— ¿Cómo es que está abierta?

—El hombre en la droguería se enojó mucho, señor, y me regresó la nota arrojándola —respondió Poole.

—No cabe duda de que ésta es la letra del doctor —prosiguió el abogado.

—Bueno, pues se le parece mucho, señor —replicó el mayordomo—. Pero, ¿qué importancia tiene la letra?, ¡cuando yo lo he visto a *él*!

—¿Lo ha visto? ¿A quién?

—Los ojos de Poole se llenaron de miedo.

—No lo sé, señor —dijo en voz baja—. Sucedió de esta forma. Entré en el laboratorio; yo venía del jardín. Él había olvidado cerrar la puerta, señor. Se encontraba en el otro extremo de la habitación, con una máscara sobre su rostro, trabajando con sus botellas e instrumentos. Cuando entré, él levantó la mirada, emitió algo así como un gemido y corrió hacia su gabinete, al otro lado del laboratorio. Yo lo vi solamente durante uno o dos segundos, señor, pero se me erizaron los cabellos. Si era mi amo, ¿por qué lanzó ese chillido como una rata y huyó de mí? Y entonces...

El mayordomo hizo una pausa y se pasó la mano sobre el rostro.

—Poole —dijo de repente el señor Utterson—, creo que ya estoy viendo una luz sobre el caso. Quizá tu amo está afectado por un enfermedad que ha alterado su aspecto —existen esas enfermedades— y necesita esa droga para curarse.

Poole negó con la cabeza y se puso más pálido de lo que ya estaba.

—Señor —dijo el mayordomo— estoy seguro de que esa cosa que vi no era mi amo. ¡Es la verdad! —continuó diciendo, pero entonces bajó el tono de su voz—: Mi amo era un hombre alto, señor; y la cosa que yo vi era como un enano. No, señor, esa cosa con máscara no era el doctor Jekyll. Dios sabe lo que será, pero *no* era mi amo. Estoy seguro de que se ha cometido un asesinato.

Y entonces, el señor Utterson tomó una decisión.

—Poole —dijo, con una cara muy seria—, si dice eso, entonces ¡considero que es mi deber el forzar esa puerta!

—¡Ah, Señor Utterson, así se habla! —gritó Poole—. Aquí hay un hacha, señor... y usted puede tomar el atizador de la cocina.

—Un momento —dijo el señor Utterson levantando una mano—, sabe que usted y yo nos vamos a exponer a un peligro. Dígame, ¿reconoció usted a la figura enmascarada que vio?

Poole lo miró fijamente a los ojos.

—Si lo que usted quiere decir es si era míster Hyde, pues sí, pienso que era él. ¿Quién más podría entrar por la puerta del laboratorio? El señor no habrá olvidado que cuando se produjo el asesinato, él todavía tenía la llave consigo. Pero eso no es todo. ¿Alguna vez conoció a este míster Hyde, señor Utterson?

—Sí —dijo el abogado—. Hablé una vez con él.

—Entonces sabrá que en ese caballero hay algo extraño, algo que hace sentir a uno una especie de frío interior.

—Sé lo que quieres decir —dijo el abogado en voz baja.

—Bueno, pues cuando esa cosa enmascarada saltó como mono entre los químicos del laboratorio, yo sentí un escalofrío que recorrió mi espina dorsal. ¡Estoy seguro de que era míster Hyde!

—Me parece que tienes razón —respondió el abogado—. Creo que el pobre Henry está muerto, y creo que su asesino, por alguna razón que sólo Dios conoce, permanece en la habitación de su víctima. Bueno, vamos a averiguarlo. Haga el favor de llamar a Bradshaw.

El sirviente acudió a la llamada, pálido y muy nervioso.

—Bradshaw —dijo el señor Utterson—, Poole y yo vamos a entrar a la fuerza al gabinete. Quiero que tú y el muchacho tomen esos dos garrotes y vayan alrededor de la esquina a la puerta exterior en caso de que alguien intente escapar por allí. Les daremos diez minutos para que tomen su posición.

Cuando Bradshaw se fue, Utterson consultó su reloj.

—Y ahora, Poole —dijo—, ocuparemos nuestros puestos frente a la puerta.

Tomó el atizador de la cocina. Poole levantó el hacha y se dirigieron al jardín. La luna estaba cubierta por una densa capa de nubes y había una gran oscuridad. Cuando ellos llegaron al pie de los escalones del laboratorio y se sentaron a esperar silenciosamente. El solemne murmullo de Londres se escuchaba por todas partes; pero cerca, al alcance de la mano, la quietud sólo se interrumpía por el sonido de unos pasos que resonaban de un lado a otro, más allá de la puerta.

—Así camina todo el día, señor —susurró Poole—, y también la mayor parte de la noche. Escuche cuidadosamente, señor, y dígame, ¿son esos los pasos del doctor?

Los pasos sonaban ligeros y extraños. Eran completamente distintos de los pasos firmes de Henry Jekyll. El señor Utterson sacudió su cabeza tristemente, y después los dos hombres se sentaron y escucharon los pasos ir de arriba abajo.

Los diez minutos llegaron a su fin. El señor Utterson levantó un dedo, Poole se puso de pie y colocó la vela sobre el escalón más alto. Dudaron por un momento, escuchando los pasos que seguían yendo y viniendo en la quietud de la noche.

—Jekyll —gritó Utterson con potente voz—, ¡exijo verte!—. Hizo una pausa, pero no hubo respuesta—. Debo ad-
vertirte que estamos a punto de derribar la puerta.

—Utterson —gritó una voz— ¡Por el amor de Dios, ten
piedad!

—¡Esa no es la voz de Jekyll, es la de Hyde! —gritó el
abogado—. ¡Derribe la puerta, Poole!

Poole blandió el hacha por encima de su hombro. El golpe hizo que se cimbrara todo el edificio y la puerta se cimbró contra la cerradura. Adentro se escuchó un lúgubre chillido, como de un animal aterrado. El hacha cayó cuatro veces sobre la puerta, pero la madera era dura y no fue sino hasta el quinto golpe que la cerradura se rompió y la puerta se derrumbó sobre la alfombra.

En el silencio repentino, los dos permanecieron de pie, sus corazones latían rápidamente y con fuerza; y miraron al interior del laboratorio. Allí nada se movía. El señor Utterson respiró profundamente y entró a la habitación, dio unos pasos y se detuvo completamente; un pequeño grito escapó de sus labios.

Justo en medio del cuarto yacía el cuerpo de un hombre, con la cara hacia el piso. El señor Utterson hizo una señal a Poole para que lo siguiera. Se acercaron al cuerpo, lo voltearon boca arriba y vieron la cara de Edward Hyde.

Capítulo 11

La desaparición

Un vistazo a esa cara fue suficiente para indicar a Utterson que Hyde estaba muerto. Estaba asombrado de ver que el hombre estaba vestido con ropa que era demasiado grande para él; y por la botella azul que sostenía en su mano y el fuerte olor a almendras que flotaba en el aire, supo que se trataba del cuerpo de un suicida.

—Hemos llegado demasiado tarde —dijo lentamente— ya fuera para salvar o castigar. Lo único que nos queda es encontrar el cuerpo de tu amo.

Gran parte del edificio lo ocupaba el laboratorio, y por el gabinete, que formaba un cuarto separado en una esquina y miraba al patio. Un pasillo unía al laboratorio con la puerta que daba a la callejuela. Además, había unos armarios grandes y un sótano. Todos esos lugares fueron examinados. Por ningún lado encontraron rastros de Henry Jekyll, vivo o muerto.

Poole golpeó con el pie las baldosas del corredor.

—Tiene que estar enterrado aquí —dijo—, aunque no parece que estas baldosas hayan sido removidas.

—O tal vez haya salido por aquí —dijo Utterson, y regresó a revisar la puerta que daba a la callejuela. Estaba cerrada con llave y cerca de ella sobre las losas, encontraron la llave, rota y manchada de herrumbre.

—Es como si la hubieran pisoteado —dijo Poole.

El abogado se llevó una mano a la cabeza.

—Esto escapa a mi comprensión, Poole —dijo el abogado—. Volvamos al laboratorio.

Entraron al laboratorio una vez más y, echando un vistazo de vez en cuando al cuerpo inerte, comenzaron a buscar más cuidadosamente en toda la habitación. Sobre una mesa había rastros de algún ensayo químico; varios montones de una sal blanca hacían suponer que el hombre había sido interrumpido a la mitad de un experimento.

—Señor, esa es la misma sustancia que siempre le traía —dijo Poole señalándola, y su mirada se dirigió al espejo de cuerpo entero que Utterson había notado anteriormente.

—Tengo la sensación de que este espejo ha visto cosas muy extrañas —murmuró Poole.

—Y sin duda, ninguna más extraña que él mismo —contestó el abogado—. ¿Para qué querría Jekyll un espejo así?

—No lo sé, señor. Pero a menudo me lo he preguntado —dijo Poole.

Luego se dedicaron a revisar el escritorio. Sobre él se encontraba un sobre grande. Al comenzar a revisar, Utterson se dio cuenta de que su nombre estaba escrito en él, por la propia mano del doctor. Lo abrió y algunos papeles se cayeron al suelo. El primero era un testamento, redactado en términos tan extraños como el que él mismo le había regre-

sado seis meses antes, para que sirviera como última voluntad en caso de *desaparición* de Henry Jekyll; pero en lugar
del nombre de Edward Hyde, el abogado, con gran asombro,
leyó el suyo propio. Miró a Poole y de nuevo a los papeles, y
finalmente al hombre muerto sobre la alfombra.

—Me da vueltas la cabeza —dijo—. Ese hombre ha estado encerrado aquí por días y no ha destruido este testamento.

El otro papel era una simple nota escrita por la misma
mano del doctor y fechada en la parte superior.

—¡Poole! —exclamó el abogado—. ¡Hoy todavía vivía y
estaba aquí! Pero, ¿a dónde se ha ido? ¿Podemos estar segu-
ros de que Hyde se quitó la vida él mismo? Debemos ser
cuidadosos, pues me parece que podríamos implicar a tu
amo en un problema muy serio.

—Señor, ¿por qué no lee lo que él dice? —preguntó
Poole, quien se veía muy preocupado.

Utterson miró el papel y leyó lo siguiente:

Mi querido Utterson

Cuando esto caiga en tus manos yo habré desaparecido. No
hay otro camino para ello. Adelante pues, y primero lee la
narración que Lanyon me advirtió que pensaba poner en tus
manos y si quieres saber más, recurre a la confesión de tu in-
digno e infeliz amigo.

                                        Henry Jekyll.

—Estaba esto también, señor —dijo Poole, y le entregó un
segundo sobre, sellado por varios lugares.

El abogado puso el sobre en su bolsillo.

—Por ahora no diré nada de esto a nadie —dijo seriamente—. Si tu amo escapó o si ha muerto, lo menos que podemos hacer es salvar su buen nombre. Son las diez en punto. Debo ir a casa y leer estos documentos en silencio... pero regresaré antes de medianoche, cuando enviaremos por la policía.

Los dos salieron y cerraron con llave el laboratorio detrás de ellos. Utterson dejó reunidos a los sirvientes alrededor del fuego de la chimenea y caminó de regreso a su oficina para leer las dos narraciones en las que se podría explicar este misterio.

Capítulo 12

El relato del doctor Lanyon

El nueve de enero, hoy hace cuatro días, recibí por el correo de la tarde un sobre certificado con los datos escritos de puño y letra de mi antiguo compañero de escuela Henry Jekyll. Me sorprendí mucho por ello, pues había cenado con él la noche anterior, y no podía imaginar nada que hubiera pasado en nuestra relación que lo obligara a tomar este paso. El contenido hizo mayor mi sorpresa, y esto es lo que decía la carta:

Mi querido Lanyon

Eres uno de mis más viejos amigos y, aunque hemos tenido algunas diferencias sobre temas científicos, no pienso que haya habido una verdadera ruptura en nuestra amistad. Lanyon, mi vida está en tus manos. Si me fallaras esta noche, ten la seguridad de que estaré perdido.

Te pido que, sin importar qué otros asuntos tengas pendientes, te dirijas directamente a mi casa cuando hayas leído estas palabras. Poole ya tiene sus órdenes. Lo encontrarás esperando tu llegada con un cerrajero, pues la puerta de mi gabinete tiene que ser forzada. Debes entrar solamente tú. Abres la puerta del armario que está mano izquierda, incluso rompiendo la cerradura si se encontrara cerrado. Toma el cuarto cajón comenzando desde arriba. Podrás reconocer el cajón correcto por su contenido: algunas sustancias en polvo, una botella y una libreta de notas. Te suplico que lleves este cajón contigo hasta Cavendish Square.

Debes estar de regreso antes de medianoche. A esa hora te pido que te encuentres a solas en tu consultorio, para dejar entrar personalmente en tu casa a un hombre que se presentará en mi nombre, y entonces deberás poner en sus manos el cajón que habrás traído desde mi gabinete. Así habrás cumplido con tu parte y te habrás ganado mi gratitud. Cinco minutos después, si insistes en una completa explicación, verás que todos estos arreglos eran de capital importancia para mí. Si me fallaras, estoy seguro de que cargarás con mi muerte en tu conciencia.

Mi mano tiembla ante la simple consideración de esa posibilidad. Piensa en mí en este momento, en un lugar extraño, con una oscura desesperación, consciente de que si haces lo que te pido, mis problemas se alejarán de mí como una historia que ha terminado de contarse.

Tu amigo

H. J.

Cuando terminé de leer esta carta, me sentía seguro de que mi amigo estaba loco, pero hasta que eso quedara absoluta-

mente demostrado, me sentí con la obligación de hacer lo que me pedía. Me levanté de inmediato y tomé un coche para dirigirme a la casa de Jekyll. Poole estaba esperando mi llegada y el cerrajero estaba con él. Nos dirigimos de inmediato al gabinete de Jekyll. La puerta era muy fuerte y le tomó al cerrajero casi una hora el poder abrirla. El armario que Jekyll había mencionado no estaba cerrado con llave. Tomé el cajón, lo envolví en una sábana y regresé con él a Cavendish Square.

Aquí examiné su contenido. Los polvos, supuse, fueron hechos por el propio Jekyll. La botella estaba a la mitad y contenía un líquido color rojo sangre. El libro tenía una lista de fechas, escritas a lo largo de muchos años, que terminó repentinamente un año antes. Todo esto despertó mi curiosidad, pero me decía muy poco. No me podía explicar cómo estas cosas significaban vida o muerte para Jekyll. Mientras más pensaba en ello, más convencido estaba de que me enfrentaba a un caso de salud mental; y aunque envié a mis sirvientes a dormir, tomé la precaución de tomar un viejo revólver para poder defenderme, si la ocasión lo ameritaba.

Apenas habían sonado las doce sobre Londres cuando escuché un suave llamado a mi puerta. Fui personalmente a abrir y me encontré con un hombre de baja estatura esperando en el escalón.

—¿Viene usted de parte del doctor Jekyll? —pregunté.

Asintió rápidamente con la cabeza y le dije que entrara. Primero echó una minuciosa mirada atrás, hacia la plaza. Había un policía no muy lejos, que avanzaba con su linterna, y al verla, me di cuenta de que mi visitante se sobresaltaba y se apresuró a entrar. Todos estos detalles me causaron

una mala impresión y mientras lo seguía hacia la luz brillante de mi consultorio, mantuve mi mano lista sobre el revólver.

Me senté y lo estudié detenidamente. Como dije, era bajo de estatura; me sorprendió la chocante expresión de su rostro y también una profunda sensación de desagrado o disgusto, que sentí al grado de ponerme enfermo.

Estaba vestido de una manera muy peculiar. Sus ropas, aunque eran de buena calidad, le quedaban demasiado grandes; los pantalones le colgaban sobre las piernas y los llevaba enrollados para impedir que le arrastraran; la cintura de su saco caía casi hasta sus rodillas y el cuello casi cubría sus hombros. Pero, por extraño que parezca, yo no deseaba reír, sino que me provocó una especie de temor.

Mi visitante parecía lleno de una febril excitación.

—¿Lo tiene usted? —exclamó—. ¿Lo ha conseguido?

Mientras decía esto, apoyó su mano sobre mi brazo, pero yo lo empujé hacia atrás, pues el tocarlo me había producido una sensación de frío que parecía correr por mi sangre y un nuevo sentimiento de horror me tocó el corazón. Sin embargó, todavía tenía una gran curiosidad y quería saber qué iba a pasar.

—Allí está, señor —dije, apuntando al cajón que estaba en el piso detrás de la mesa, cubierta por la sábana.

Corrió hacia ella, pero entonces hizo una pausa y se puso la mano sobre el corazón. Me enseñó los dientes con una terrible sonrisa, como el gruñir de un perro y la cara se le deformó como si estuviera hecha de hule. Se veía tan espantoso, parado allí, que temí tanto por su vida como de su cordura.

—Procure controlarse —exclamé.

Como si estuviera movido por la desesperación, tiró de la sábana. Al ver el contenido, estalló en un grito de inmenso alivio como nunca antes había yo escuchado. Y al siguiente momento, ya con una voz que estaba más bajo control preguntó:

—¿Tendrá usted un vaso graduado?

Le di lo que me pidió. Me agradeció con un movimiento de cabeza y esbozó una sonrisa, mientras medía una cuantas gotas de tintura roja, añadiendo después uno de los polvos. El líquido comenzó a adquirir un color más brillante y a arrojar pequeñas fumarolas de vapor. De repente, la mezcla cambió a un color púrpura profundo, para después desvanecerse hasta llegar a un verde acuoso. Mi visitante sonrió como si estuviera satisfecho, depositó el vaso sobre la mesa y al volverse me miró con un aire escrutador.

—Y ahora - -dijo—, ¿aceptará que yo salga de su casa con este vaso en la mano sin preguntar nada? ¿O acaso será dominado por la curiosidad? No, piense antes su respuesta. Si me voy ahora, usted se quedará igual que antes, ni más rico ni más sabio. Pero si prefiere lo otro, un nuevo campo del conocimiento se abrirá para usted aquí, en esta habitación y en este instante. ¡Usted verá algo que le sorprenderá, créame!

Había algo en su manera de decirlo, como una amenaza, que no me gustó en absoluto. Sin embargo lo miré fríamente, lo suficiente para decirle:

—Sus palabras no tienen ningún significado para mí, pero he ido demasiado lejos en este asunto, como para detenerme y no ver el final.

—Muy bien —contestó mi visitante con una torcida sonrisa—. Lanyon, recuerde sus votos como médico, lo que

sigue está bajo el sello de nuestra profesión. Y ahora usted, que se burló de mis experimentos, y que trató a sus superiores con escarnio... ¡mire!

Entonces se llevó el vaso a los labios y bebió su contenido de un solo trago. Siguió un grito, se tambaleó y se aferró a la mesa para no caerse, y me miró con sus ojos fijos y boca abierta; y mientras yo lo miraba, hubo un cambio —pareció hincharse— su rostro de pronto se puso negro y los rasgos se transmutaban constantemente... al momento siguiente me levanté de un saltó y retrocedí contra la pared, con el brazo levantado para protegerme de aquello... de ese monstruo; mi mente se llenó de un miedo descomunal mientras trataba de entender qué estaba pasando.

Allí, frente a mis ojos, pálido, tembloroso y a punto de desmayarse, tanteando todo con las manos como un hombre que vuelve a la vida... *¡ahí estaba Henry Jekyll!*

Lo que me contó durante la siguiente hora es algo que no puedo trasladar al papel; yo vi lo que vi y oí lo que oí, y mi alma se enfermó frente a aquello. Mi vida se ha sacudido hasta sus raíces; el sueño me ha abandonado; un terror mortal se sienta a mi lado a toda hora, de día y de noche; tengo la sensación de que mis días están contados y que debo morir; y sin embargo, moriré negándome a creer lo que me ha trastornado y que he visto con mis propios ojos. En cuanto a las malignas y diabólicas cosas que me enseñó ese hombre, no puedo, incluso en mi memoria, pensar en ellas sin que se produzca un comienzo de terror. Diré una última cosa, Utterson, y esa, si usted puede hacer que su mente lo crea, será más que suficiente...

La criatura que se arrastró al interior de mi casa aquella noche era, según la propia confesión de Jekyll, un sujeto que responde al nombre de Hyde, y se le persigue por todos los rincones del país como el asesino de Carew.

Hastie Lanyon.

Capítulo 13

La declaración completa de Henry Jekyll acerca del caso

Nací en el año 1825 heredero de una gran fortuna; y a una edad muy temprana, descubrí que tenía el gusto por la ciencia, y era lo suficientemente inteligente y lo suficientemente rico, para seguir cualquier línea de investigación científica que me pareciera. Me aficioné al respeto de mis colegas, y parecía que tendría un futuro promisorio.

Mi principal defecto era el hecho que yo tenía un gusto por la alegría y había cierto ímpetu salvaje en mi naturaleza que no correspondía al retrato común de un doctor o científico grave y educado. Encontré difícil el combinar estos gustos con la imagen que quería presentar ante la atención pública. Entonces ocurrió que tomé mis placeres —y fui culpable de muchos pecados— y los oculté detrás de puertas cerradas, sin llevarlo por las nubes.

Cuando alcancé los años de reflexión y pude mirar a mi derredor y hacer un balance de mis progresos y mi posición en el mundo, me di cuenta de que no había vivido una vida, sino dos. La mayor parte de los hombres no se habría preocupado en absoluto por los pecados que yo había cometido, pero la mejor parte de mi naturaleza los consideró y los ocultó con un fuerte sentido de culpabilidad. Me pareció que, a pesar de que todos los hombres están formados por partes buenas y malas, en mi caso la línea divisoria estaba marcada más claramente. En varias ocasiones y de acuerdo al humor de la hora, yo era completamente malo, o deseaba solamente hacer el bien y lo que consideraba correcto.

Sin embargo, cualquier lado que estuviera en control de mi ser, yo siempre fui honesto. Era yo mismo cuando realizaba un hecho malo en la oscuridad de la noche, como cuando trabajaba a la luz del día, aliviando las penas y el sufrimiento.

Y sucedió que la dirección de mis investigaciones científicas, que se orientaron hacia lo místico, comenzó a lanzar una fuerte luz sobre el conocimiento de los dos lados de mi naturaleza. Con cada día que pasaba, me iba acercando cada vez más hacia la verdad, por el descubrimiento que me ha llevado a la ruina y la desgracia: ese hombre no es realmente uno, sino realmente dos. Digo dos, porque el nivel de mi conocimiento no pasa más allá de ese punto. Otros seguirán y desarrollarán mi trabajo más allá de lo que jamás habré soñado. Por mi parte, avancé solamente en una dirección. Fue en el lado moral de mi propia persona que yo aprendí a reconocer los dos lados de mi naturaleza; observé que, aún si yo pudiera decir correctamente que yo era cualquiera de los dos, era porque yo era *ambos*. Comencé a considerar la

posibilidad de separar estos dos elementos. Me pregunté si era posible el que cada uno se liberara y fuera por su propio camino. ¿No era la maldición de la humanidad que estos dos elementos estuvieran así atados juntos, y siempre luchando por tener la supremacía? Pero, ¿cómo podría separárseles?

Fue en aquel punto de mis reflexiones cuando una luz de mi mesa de trabajo en el laboratorio comenzó a brillar sobre el tema. Mis experimentos comenzaron a revelarme qué tan ligero y vago era este supuesto cuerpo sólido en el cual caminamos. Encontré que ciertos agentes químicos tienen el poder de cambiar y quitarnos la pantalla de carne detrás de la cual vivimos. No entraré a profundidad en esta parte científica de mi confesión. Primero, porque he tenido que aprender que los cuidados importantes de nuestra vida se encuentran ligados para siempre a nuestras espaldas, y cuando alguien intenta deshacerse de ellos, se revierten hacia nosotros con una presión más horrible. Segundo, porque, como este relato lo dejará muy claro, mis descubrimientos no estaban completos. Fue bastante el que yo lograra producir una droga por la cual los poderes malignos dentro de mí tomaran completamente el control de mi mente y marcaran un efecto en mi cuerpo, porque ellos eran aún la expresión de una parte de mi naturaleza, a tal punto que mis rasgos y la forma externa de mi cuerpo cambiaron más allá de cualquier reconocimiento.

Dudé por mucho tiempo antes de poner esta droga a una prueba práctica. Sabía que arriesgaba mi vida al tomarla, ya que cualquier droga que controle y haga temblar mi ser hasta tal punto, podría destruir el cuerpo débil que busqué para cambiarlo. Sin embargo, mi impaciencia por pro-

bar tan extraño descubrimiento me convenció finalmente a realizar el experimento. Hacía mucho tiempo que había preparado, lo que yo había llamado, simplemente, el *líquido* que necesitaba; obtuve de inmediato de una firma mayorista de productos químicos una gran cantidad de cierta sal que sabía, por mis experimentos, que era el elemento más importante. Y una noche ya tarde mezclé los componentes, vi cómo hervía y humeaba en el vaso y, con una gran dosis de valor, me bebí la pócima.

Entonces sufrí los más terribles dolores, como si mis huesos crujieran y se rompieran, una náusea mortal, y un horror en el espíritu que no se puede comparar con el momento del nacimiento ni con el de la muerte. Al poco rato, conforme la náusea y el dolor fueron cediendo, sentí una rápida recuperación como si estuviera saliendo de una enfermedad. Había algo muy extraño en mis sensaciones, algo nuevo y extraordinariamente agradable. Sentí mi cuerpo más joven, más ligero, más feliz; la sangre parecía recorrer mis venas más rápido; yo estaba consciente de un sentimiento nuevo y despreocupado que ardía en mí como una llama. Sabía que yo era, desde el primer aliento de esta nueva vida, mucho más malo y estaba lleno del mal original. En ese momento, la idea me deleitó como el mejor de los vinos. Extendí mis manos, como para disfrutar la frescura maravillosa de estas sensaciones, y al hacerlo me di cuenta de que era mucho más pequeño que el grande y fuerte doctor Jekyll, a quien todo el mundo conocía.

En ese entonces no había un espejo en mi habitación. El que has visto fue traído más tarde. Pero la noche ya se había ido, dando paso a la madrugada; la servidumbre todavía se encontraba dormida y decidí caminar en mi nueva forma

hasta mi recámara. Crucé el patio, donde las estrellas deben haberme visto, maravilladas, como una especie de criatura que aún ellas nunca habían visto antes. Me arrastré por los corredores silenciosos, un forastero en mi propia casa, y, cuando entré en mi propia habitación, vi por primera vez el aspecto de Edward Hyde.

De inmediato, fue claro para mí que el lado malo de mi naturaleza estaba menos desarrollado que el bueno, el cual, por el momento, había sido reemplazado. De nuevo, en el transcurso de mi vida que había sido, en gran parte, una vida de esfuerzo, virtud y control, el mal se había ejercitado mucho menos y ahora tenía aún más vigor. Pienso que fue por esto que Edward Hyde era más joven y pequeño que Henry Jekyll. Mientras que el bien brillaba en el rostro de uno, el mal estaba escrito claramente en el del otro. Además, el mal había dejado sobre el cuerpo de Hyde una insinuación de deformidad y decaimiento. Aún cuando contemplé la horrible imagen frente a mí, no sentí repugnancia sino un sentimiento de bienvenida. Ante mis ojos era la imagen verdadera del espíritu, parecía más completa que la imperfecta y dividida que acostumbraba llamar la mía.

Hasta ahora, sin duda, tuve razón. He notado, cuando llevo la forma de Hyde, que nadie se puede acercar a mí sin tener un sentimiento de horror. Esto, como lo vi, era porque todos los seres humanos están hechos del bien y del mal. Pero Edward Hyde, solo en las filas de la humanidad, era pura maldad.

Me quedé uno o dos minutos frente al espejo. Tenía que realizar un segundo experimento. Aún quedaba por ver si podía recobrar la forma del doctor Henry Jekyll o si tenía que moverme sigilosamente, como un ladrón en la noche, en una casa que ya no era la mía. Y volví corriendo al laboratorio donde preparé de nuevo la pócima y me la bebí; una vez más sufrí los terribles dolores y de poco a poco volví a ser yo mismo, con el cuerpo, la estatura y el rostro de Henry Jekyll.

Aquella noche había llegado a una encrucijada. Si yo me hubiera acercado a mi descubrimiento con un espíritu más noble, todo hubiera salido bien. La droga no tenía efectos secundarios, pero había sacudido la prisión de mi naturaleza, y aquello que había sido silenciado desde dentro, ahora

se le había dado la oportunidad de ser libre. La maldad en mi interior estaba lista para aprovechar la ocasión.

Aun en aquel tiempo, yo aún no había conquistado la rusticidad en mi naturaleza y mi gusto por el placer, como un alivio a la sequedad del estudio.

Como yo era no sólo conocido y altamente considerado, sino que me inclinaba hacia la vejez, este lado de mi vida sostuvo ciertos peligros para mí. Fue por este lado que mi nuevo poder me tentó. Sólo tenía que beber la copa para librarme del cuerpo del famoso doctor y ponerme, como un cambio de ropa, la forma de Edward Hyde. Sonreí ante la idea. Pareció, en ese momento, divertido, e hice mis preparativos con mucho cuidado.

Tomé y amueblé esa casa en Soho, a la cual Hyde fue rastreado por la policía. Contraté como ama de llaves a una criatura de quien yo bien sabía que sabía guardar silencio y era mala en el fondo. En mi propia casa les comuniqué a mis sirvientes que un míster Hyde, a quienes les describí, debía tener plena libertad y el poder sobre mi casa en la plaza, y tenía que ser obedecido en todo como si se tratara de mi persona. Incluso me presenté en la figura de mi segunda personalidad e hice que se familiarizaran con él. Fue después que redacté aquel testamento que fue tan objetado por ti; entonces si algo me ocurriera en la persona de Henry Jekyll, podría adoptar la de Edward Hyde sin menoscabo de mi fortuna. Y así, poniéndome a salvo de cualquier ataque, como pensé, comencé a tomar ventaja de los poderes que me brindaba mi descubrimiento.

Los hombres les pagaban a otros para que realizaran sus crímenes, mientras que su persona y reputación quedaba a resguardo, pero yo fui el primero que hizo eso para mi propio placer. Fui el primero que pudo caminar ante la atención pública y ser respetado por todos. Y entonces, en un momento, tiré todo mi viejo y conocido aspecto y me puse uno nuevo. Y, para mí, la seguridad estaba completa. Piensa en ello, ¡yo ni siquiera existía! Permíteme escapar hasta mi laboratorio y dame uno o dos segundos para tomar la pócima que siempre tengo lista y cualquier cosa que él haya hecho, Edward Hyde fallecerá como una mancha de aliento en un espejo. En su lugar estará, trabajando silenciosamente en su

casa, Henry Jekyll, un hombre que podía darse el lujo de reír ante una sospecha.

Hice numerosas excursiones, regularmente de noche, en la personalidad de Edward Hyde, en busca de placeres que le fueron negados al honesto doctor. Cuando regresaba de esas excursiones, yo estaba a menudo lleno de una especie de asombro ante la maldad de la cual yo había encontrado que era capaz. El ser que hice venir desde mi propia alma, y al que he enviado sólo para saciar su placer, era un ser ma-

ligno y duro como una piedra. Todos sus actos y pensamientos se centraban en él mismo. A veces Henry Jekyll se horrorizaba ante los actos de Edward Hyde, pero la situación iba más allá de las leyes ordinarias y el culpable de todo era solamente Hyde. Jekyll no era peor, despertaba de nuevo con todas sus buenas cualidades, incluso se apresuraba, siempre que era posible, a reparar los males hechos por Hyde, y de esa manera su conciencia seguía dormida...

No contaré todos los pecados cometidos por Edward Hyde. Sólo quiero señalar las advertencias y los pasos sucesivos al castigo y al fin a los que me iba aproximando. Tuve que enfrentarme a un accidente que, aunque no tuvo consecuencias, creo que debo mencionar. Un acto de crueldad hacia una niña provocó la furia de un transeúnte en mi contra, al que reconocí el otro día en su compañía. El doctor y la familia de la niña se unieron en contra mía y hubo momentos en los que temí por mi vida. Pero al final, para calmar su furia, Edward Hyde tuvo que traerlos hasta la puerta y pagarles con un cheque extendido por Henry Jekyll. Pero este peligro fue fácilmente eliminado del futuro al abrir una cuenta en otro banco a nombre del propio Edward Hyde, y cuando, al echar hacia atrás la inclinación de mi propia letra, yo había suministrado una firma a mi doble, creí encontrarme completamente seguro y más allá del alcance de mi destino.

Unos dos meses antes del asesinato de sir Danvers, había salido en busca de aventuras y había regresado tarde; desperté al día siguiente en la cama con algunas sensaciones raras. En vano miré a mi alrededor; en vano puse mi atención a los muebles conocidos en mi habitación en la casa de la plaza; algo seguía diciéndome que no me encontraba en

ese lugar, que no había despertado donde parecía estar, sino en el pequeño cuarto en Soho donde estaba acostumbrado a pasar la noche en el cuerpo de Edward Hyde. Sonreí y me pregunté qué podría estar causando esta sensación. Y entonces mi mirada se posó en mi mano...

Ahora la mano de Henry Jekyll (como sin duda habrás observado), era larga y firme, blanca y delicada. Pero la mano que vi entonces con toda claridad, a la luz amarilla de una mañana londinense, tirada sobre las cubiertas de la cama, era flaca, anudada, marrón y cubierta de un crecimiento espeso de pelo negro. Era la mano de Edward Hyde.

Estaba asombrado. Creo que pasé casi un minuto contemplándola, maravillado, antes de que el terror se despertara en mi interior tan repentinamente como el estrépito de un pistola. Salté de mi cama y corrí hacia el espejo. A la vista de lo que apareció ante mis ojos, mi sangre se convirtió en algo helado y quebradizo. ¡Me había ido a la cama como Henry Jekyll y me había levantado como Edward Hyde! Me pregunté cuál podría ser la explicación de aquello. Y, con otro gran estremecimiento de terror, ¿cómo podría remediarlo? Era bien entrada la mañana; la servidumbre se había levantado y todas las drogas estaban en mi laboratorio. Era un largo trayecto, bajar dos tramos de escaleras, recorrer el pasillo de atrás y cruzar el patio. Desde luego, podría cubrirme el rostro; pero, ¿de qué me serviría eso con la estatura que tenía? Y luego, con la abrumadora sensación de alivio, se me ocurrió que los sirvientes ya estaban acostumbrados a las idas y venidas de mi segundo yo. Me vestí, lo mejor que pude, con ropas de la talla de Edward Hyde, crucé la casa, donde Bradshaw me miró extrañado y retrocedió un poco al ver a míster Hyde a esa hora y vestido de manera tan estra-

falaria; y diez minutos después el doctor Jekyll había recobrado su propia apariencia, y estaba sentado, fingiendo que tenía apetito para tomar su desayuno.

Debo confesar que el extraño incidente me atemorizó. Comencé a reflexionar más seriamente que nunca acerca de las perspectivas y posibilidades de mi doble existencia. Aquella parte escondida en mí, que tenía el poder de proyectarse, había sido ejercitada mucho durante los últimos meses. Ahora me parecía como si el cuerpo de Edward Hyde hubiera crecido en estatura y fortaleza, y entonces comencé a sospechar el peligro. Si le daba demasiada libertad, el equilibrio de mi naturaleza se vería trastocado, y el personaje de Edward Hyde se convertiría en el mío por el resto de mis días. La droga no siempre había trabajado exitosamente. Una vez, muy al principio de mis experimentos, me había fallado completamente. Desde entonces me vi obligado en más de una ocasión a duplicar la dosis, y muchas veces, con grave riesgo de muerte, a tomar tres veces la cantidad que en un principio había considerado necesaria.

Ahora, sin embargo, frente a este accidente matutino, pude darme cuenta de que, si bien al principio la dificultad había sido echar fuera el cuerpo de Jekyll, el problema era precisamente lo contrario. Por lo tanto todas las cosas parecían indicar que estaba perdiendo el control de mi personalidad original y mejor, y que poco a poco me estaba convirtiendo en mi segundo y peor yo.

Sentí que tenía que escoger entre alguna de estas dos. Mis dos naturalezas tenían una memoria en común, pero todo lo demás no estaba repartido equitativamente. Jekyll, que era una combinación de ambas, tenía temor de Hyde algunas veces, pero podía compartir sus placeres y aventu-

ras; pero a Hyde no le importaba Jekyll en absoluto. Jekyll tenía un interés más que paterno, pero Hyde sentía por él más que la indiferencia de un hijo.

El acabar con Hyde y permanecer solamente como Jekyll, era perder para siempre los placeres que había disfrutado tanto. Rendirme ante Hyde era perder cualquier contacto con mi trabajo y mis intereses, y convertirme, en un instante, en un solitario, sin amigos en el mundo. Por extrañas que fueran mis circunstancias, los términos del debate son tan antiguos como el hombre mismo; y me sucedió lo mismo que a muchos hombres, y escogí la parte buena, pero descubrí que me faltaban fuerzas para mantener esa elección.

Sí, prefería al viejo y descontento Jekyll, rodeado de amigos y lleno de honestas esperanzas, y le di una despedida determinante a la libertad, a la relativa juventud, al paso ligero, a los impulsos repentinos y los placeres secretos de Edward Hyde. Quizá no fui honesto conmigo mismo, pues no me deshice de la casa en Soho ni destruí la ropa de Hyde, que todavía permanecen en mi gabinete. Sin embargo, durante dos meses me mantuve en mi determinación; por dos meses llevé una vida de maravillosa bondad. Pero entonces comencé a sentir nostalgia, como si Hyde luchara por su libertad y, finalmente, en un momento de debilidad, una vez más mezclé la poción y la tomé.

Incluso entonces, me supongo, no tuve en cuenta la terrible propensión al mal que era la característica principal de Edward Hyde. Y fue precisamente por ello que fui castigado. Había encerrado por demasiado tiempo a mi demonio y salió rugiendo. Fui consciente, al tomar la poción, de una propensión aún más fuerte hacia el mal...

Debió haber sido esto lo que llevó a Edward Hyde a cometer el crimen. Recuerdo cuan impacientemente escuché las corteses palabras de aquel pobre hombre, que era mi víctima. Declaro ante Dios que ningún hombre moralmente sano podría haber sido culpable de un crimen tan terrible sin una causa o razón; y declaro también que cuando asesté el golpe lo hice con el mismo espíritu con el que un niño enfermo puede romper un juguete.

El espíritu del mal despertó en mí esa noche y estaba más allá de cualquier control. Golpeé a ese hombre indefenso y le llovió golpe tras golpe, alardeando el placer de mi propia crueldad. Y no fue sino hasta que comencé a debilitarme que repentinamente mi corazón se sintió bruscamente traspasado por un frío estremecimiento de terror. Me di cuenta de que lo que había hecho podría costarme la vida y corrí a mi casa en Soho, sin sentir lástima en mi interior, pero temblando por mi propia seguridad. Destruí mis papeles y después recorrí las calles apenas iluminadas, saboreando intensamente mi crimen, incluso planeando otros para el futuro, pero escuchando a mis espaldas en espera de pisadas que indicaran que había sido descubierto. Hyde tenía una canción en sus labios, mientras mezclaba la poción, pero los dolores que le siguieron no habían terminado de desgarrarlo cuando Henry Jekyll, con lágrimas de compasión, cayó sobre sus rodillas y levantó sus manos hacia Dios.

En esa hora vi mi vida completa. La seguí desde los días de mi infancia, cuando caminaba de la mano de mi padre y a través de los años de mi vida profesional, hasta llegar una y otra vez a los horrores de esa noche. Hubiera querido gritar a todo pulmón. Traté de detener con lágrimas y plegarias el raudal de espantosas imágenes que llenaban mi mente. Y

después una nueva idea llegó hasta mí. El problema con mi conducta estaba resuelto. A partir de ese momento, Hyde ya era imposible. No tenía otra alternativa más que vivir en la personalidad de Henry Jekyll, y ser guiado por la mejor parte de mi existencia. Para asegurarme de que la maldad había quedado atrás, cerré la puerta que da al callejón, por la cual había salido y entrado tantas veces, ¡y rompí la llave bajo mi tacón!

El siguiente día conocí la noticia de que una niña sentada en una ventana había sido testigo del crimen y que todo Londres sabía que Edward Hyde era el culpable, y que la víctima era un hombre muy estimado públicamente. No se trataba sólo de un crimen, había sido un acto de locura. Creo que me alegró el saberlo; me alegró el tener a mi mejor naturaleza cautelosa por los terrores de la horca que esperaba a Edward Hyde. Jekyll era ahora mi único refugio; si Hyde se asomaba al mundo aunque fuera por un instante, las manos de todos los hombres se levantarían para agarrarlo y matarlo.

Decidí que en mi conducta futura haría lo que pudiera para reparar la maldad del pasado. Puedo decir honestamente que mi resolución dio algunos frutos. Tú ya sabes con cuánta intensidad trabajé durante los últimos meses del año pasado para aliviar los sufrimientos, y seguramente te diste cuenta de lo mucho que hice por los demás y los días que pasé tranquilamente, casi feliz. Y no puedo decir que no fuese satisfactoria aquella benéfica e inocente vida; creo más bien que la disfrutaba de una manera más completa cada día que pasaba; pero me sentía todavía maldito por mi lado inferior, recientemente encadenado; y conforme pasaba el tiempo, comenzó a demandar su libertad. No es que haya soñado con dar vida y forma a Edward Hyde una vez más. La

sola idea me llenaba de terror. No, estaba en mi propia persona, como un pecador ordinario y secreto, que finalmente cedió el paso a la tentación.

Todas las cosas tienen un final, y esta entrega a mi maldad destruyó, al final, el equilibrio de mi alma. Y sin embargo no me sentí enormemente preocupado; la caída parecía natural, como el regreso a los días de antaño, antes de haber hecho mi descubrimiento...

Fue en un espléndido y luminoso día de enero y yo me encontraba sentado al sol, en una banca en Regent´s Park, sintiéndome adormilado y descansado. Recuerdo que pensé que, después de todo, era como cualquiera de mis vecinos. Y sonreí, comparándome con otros hombres, y pensando en el bien que había hecho últimamente. Y en el momento mismo en que cruzaba por mi mente aquel pensamiento, me invadió una enfermedad, con todos los dolores conocidos y ese horror de espíritu que me era familiar. Aquellas convulsiones pasaron y me dejaron débil. Y entonces, cuando pasó la debilidad, comencé a darme cuenta de un cambio en la dirección de mis pensamientos, un mayor atrevimiento, un desdén al peligro. Bajé la vista. Mis ropas colgaban informes sobre mis miembros y la mano que yacía sobre mi rodilla era nudosa y velluda. Yo era una vez más Edward Hyde. Un momento antes había estado a salvo, era respetado y adinerado; la mesa me esperaba en el comedor de mi casa; ahora era un perseguido sin hogar, un asesino conocido, con la mano de todos los hombres en mi contra.

Mi razón no me falló y Hyde estuvo a la altura de las circunstancias. Mis drogas estaban guardadas en uno de los armarios de mi gabinete, ¿cómo podría llegar hasta ellas? Este era el problema que yo tenía que resolver. Yo había ce-

rrado con llave la puerta del laboratorio. Si intentaba entrar por la casa, mis propios sirvientes me entregarían a la policía. Comprendía que tenía que utilizar a otra persona y pensé en Lanyon. ¿Cómo podría llegar hasta él? ¿Cómo podría persuadirle? Suponiendo que escapara a la captura en las calles, ¿cómo iba a llegar hasta su presencia? Y, ¿cómo podría yo, un visitante desconocido y desagradable, convencer al famoso médico para que forzara su entrada al gabinete de su colega, el doctor Jekyll? Entonces recordé que todavía conservaba una parte de mi carácter original: podría escribir con mi propia letra. Una vez que recordé esto, vi el camino que debía seguir.

De inmediato arreglé mis ropas lo mejor que pude, conseguí un coche de alquiler que me llevó a un hotel en la calle Portland, cuyo nombre recordé por casualidad. Ante mi apariencia, el cochero estalló con una risa. Pero yo rechiné los dientes mientras le echaba una mirada de cólera diabólica y la sonrisa se desvaneció de su rostro, afortunadamente para él, peor todavía más para mí, porque un instante más y le hubiera puesto las manos encima, matándolo. Al entrar en el hotel miré a mi alrededor de una manera tan sombría que todo el personal de servicio se puso a temblar. No se rieron a mis expensas. Me condujeron a una habitación privada y me trajeron papel y una pluma. Hyde, con la vida en peligro, era una criatura nueva para mí. Me encontraba tembloroso con furia, anhelando golpear e infligir dolor. Pero la criatura dominó su furia con gran esfuerzo de voluntad; escribió dos cartas, una para Lanyon y otra para Poole, y las envió con órdenes de que debían ser certificadas.

Por el resto del día, se sentó junto al fuego en su habitación privada, mordiéndose las uñas, tratando de controlar

su furia. Allí cenó, sentado a solas con sus temores; y desde allí, cuando llegó la noche, partió en un coche de alquiler cerrado, oculto en un rincón, y fue conducido de un lado a otro por las calles de la ciudad. Él, ahora prefiero no decir yo, ese hijo del infierno no tenía nada de humano, nada vivía en él, excepto el miedo y el odio. Y finalmente, creyendo que el cochero empezaba a mostrarse suspicaz, pagó el coche y se aventuró a pie, vestido en su ropa extraña, en medio de la multitud de transeúntes nocturnos, aquellas dos bajas pasiones ardieron en él como una tempestad. Caminó rápidamente, perseguido por sus miedos, escogiendo las calles menos transitadas y más oscuras, contando los minutos que aún le separaban de la medianoche. En un momento una mujer se le acercó ofreciéndole una caja de fósforos, pero él la golpeó en el rostro y la mujer huyó llorando.

Cuando volví a ser yo en la casa de Lanyon, quizá el horror de mi viejo amigo llegó a afectarme a mí también, no lo sé, no fue sino una gota más en el mar de horror con que contemplaba aquellas diez horas pasadas. Puse poca atención a las palabras con que me maldecía y condenaba Lanyon. Y fue en parte como en un sueño que regresé a mi propia casa y me metí en la cama. Dormí bien después de los cuidados del día y me desperté débil pero repuesto. Seguía odiando y temiendo la idea de que en mi interior dormía una bestia y no había olvidado los espantosos peligros del día anterior; pero me encontraba de nuevo en casa, en mi propia casa y cerca de mis drogas y la gratitud de mi escape llenaba mi ser completamente.

Estaba caminando por el patio después del desayuno cuando se apoderaron de mí los dolores y las sensaciones que anunciaban el cambio de personalidad. Sólo tenía tiem-

po suficiente para refugiarme en el laboratorio, antes de sentir de nuevo la ira y los odios de Edward Hyde. En esta ocasión necesité una dosis doble para regresar a Henry Jekyll, y así, seis horas más tarde, mientras estaba sentado contemplando tristemente el fuego, los dolores regresaron y tuve que volver a tomar la droga. En pocas palabras, a partir de ese día pareció que sólo con un gran esfuerzo y únicamente bajo el inmediato estímulo de la droga, era capaz de mantener mi aspecto de Jekyll. A cada hora del día y la noche me veía afectado con el violento temblor que era la primera advertencia del cambio de aspecto y personalidad. Sobre todo si dormía o si me adormecía en mi sillón, me despertaba siempre como Hyde.

Bajo la tensión de la falta de sueño, de la cual ahora me condeno, me convertí, en mi propia persona, en una criatura devorada por completo y vacía por la fiebre, débil tanto en mente como en cuerpo, y obsesionada por un único pensamiento: el horror de mi otro yo. Y cuando dormía o cuando desaparecía el efecto de la droga, saltaba casi sin pensarlo (porque los dolores de la transición eran menos señalados día con día) a la posesión de un delirio lleno de imágenes de terror, una alma ardiendo con odios sin causa y un cuerpo que parecía no ser lo bastante fuerte como para contener la vida que rugía por dentro. Los poderes de Hyde parecían haber crecido con la debilidad de Jekyll. Y ciertamente el odio que los dividía ahora era igual de cada lado.

Jekyll ahora había visto la maldad absoluta de la criatura que compartía con él el cuerpo de un hombre; conocía demasiado bien al demonio que se encontraba encerrado en su carne, donde lo oyó murmurar y sintió su lucha por renacer.

El odio de Hyde hacia Jekyll era de otro orden. Su terror a la horca lo impulsó, por un tiempo, a retornar al refugio en el cuerpo de Jekyll; pero odiaba la aversión que sentía Jekyll por él y, ciertamente, de no haber sido por su temor a la muerte, él se hubiera lanzado hace mucho a la ruina con tal de verme implicado en ella. Pero su amor a la vida es maravilloso. Y puedo decir algo más, yo, que me enfermo y me siento helado con sólo pensar en él, aún encuentro que en mi corazón siento piedad por él, cuando recuerdo cómo teme a mi poder de amputarlo por el suicidio.

Es inútil prolongar esta descripción y se me acaba el tiempo. Pienso que nadie ha sufrido lo que yo en estas últimas semanas. Y mi castigo quizá podría haberse prolongado por años, de no ser por la calamidad que acaba de acontecer. Mi provisión de aquella sal esencial empezó a agotarse. He enviado en busca de una nueva provisión y he mezclado la pócima. Se produjo el primer cambio de color, pero no el segundo. La he bebido y no ha hecho efecto. Habrás oído por Poole cómo he buscado en Londres la calidad que necesito. Todo ha sido en vano. Ahora estoy persuadido de que mi primer suministro era impuro y fue precisamente esa impureza la que le dio a la mezcla su poder.

Ha transcurrido una semana y estoy terminando esta declaración bajo la influencia del último resto de los polvos antiguos. Esta es, pues, la última vez que Henry Jekyll puede pensar sus propios pensamientos o ver su propio reflejo en el espejo. No debo retrasar mucho el poner punto final a mi escrito, porque si mi relato ha escapado hasta ahora a la destrucción por parte de Hyde, ha sido gracias a la combinación de un gran cuidado y buena suerte. Si mi aspecto cambiara mientras escribo esto, Hyde lo haría pedazos; pero

si transcurre un cierto tiempo después de terminado, su sorprendente egoísmo probablemente lo salvará una vez más de su rencor simiesco. Y por supuesto, el destino que se cierne sobre nosotros dos ya lo ha cambiado y abrumado.

Dentro de media hora, cuando tome de nuevo la apariencia de la criatura que yo he creado, sé que permaneceré llorando y temblando en mi sillón, escuchando cualquier sonido exterior, temiendo el castigo por su crimen.

¿Morirá Hyde en la horca o encontrará el valor, en el último momento, para librarse? Sólo Dios lo sabe. A mí no me importa, esta es mi verdadera hora de la muerte, y lo que sigue le concierne a alguien distinto a mí. Aquí, pues, mientras dejo a un lado la pluma y procedo a sellar mi confesión, pongo también fin a la vida del desdichado Henry Jekyll.

OTROS TÍTULOS

Impreso en los talleres de
MUJICA IMPRESOR, S.A. de C.V.
Calle camelia No. 4, Col. El Manto,
Deleg. Iztapalapa, México, D.F.
Tel: 5686-3101.